ATTESE 23

Rodge Glass

Voglio la testa di Ryan Giggs

66THAND2ND

titolo originale
Bring Me the Head of Ryan Giggs
edizione originale Tindal Street Press

Opera pubblicata in accordo con PNLA/Piergiorgio Nicolazzini Literary Agency

traduzione dall'inglese di Roberto Serrai

progetto grafico
Silvana Amato, Marta B Dau

illustrazioni
Alexis Rom Estudio, Alexis Rom e Claude Marzotto

composizione tipografica
Cycles di Sumner Stone
Linotype Univers di Adrian Frutiger

edizione italiana

ISBN 978-88-96538-79-1

A Tim

Primo tempo La Repubbl**i**ka di Mancunia

«Non voglio nascondere le mie origini,
né mi interessa farne un argomento di conversazione.
Io sono quello che sono».
Ryan Giggs

Estate 1991. 17 luglio. L'inizio.

Il Grand'uomo era parecchio in anticipo e quando suonò il campanello non me l'aspettavo e lo giuro su Dio andai *fuori di testa*, cazzo. Cominciai a correre in giro per casa senza sapere dove andare. Avrei potuto arrampicarmi sul muro fino al soffitto e poi tornare giù, dall'energia che avevo. Avrei dato un morso al divano. Saltai su una sedia, saltai giù dalla sedia. Ci corsi intorno in un senso e nell'altro. Mamma mi colpì con lo strofinaccio e disse *Smettila, vuoi che ti prenda per un criceto?* Anche lei scalpitava, però. Non faceva che guardare la Mercedes dalla finestra. (Secondo noi, se restava lì troppo a lungo gliel'avrebbero fregata). Poi mamma gridò. *Vai ad aprire, insomma! Che aspetti?* Allora aprii la porta, sorrisi e dissi *Salve, Mister Ferguson, si accomodi!*, come se fosse una cosa che facevo tutti i giorni. Le prime parole che mi disse furono *Figliolo, se scatti sulla fascia come corri per casa andrai benissimo. Non c'è dubbio. Nessun dubbio.*

Oooh, saaalve disse mamma, facendogli strada in salotto dove aveva preparato un piatto con dei biscotti. Poi chiese *Come devo servirlo, il tè?*, come se lui fosse un lord o qualcosa del genere, e lei la domestica. Mentre lui prendeva e sbocconcellava un Digestive io me ne stavo lì a riflettere. Pensai che non me lo aspettavo così basso, e poi che aveva un naso buffo, piccolo e rosso, e che non sembrava così rosso nelle interviste alla tv nel dopopartita, e poi pensai, Oh cazzo, Alex Ferguson è seduto sul divano di mamma, lei gli ha preparato il tè e lui adesso lo beve. Mentre stavo lì fermo a fissare, fissare, fissare quel naso, l'allenatore del Manchester United parlava del più e del meno e sorrideva e annuiva ogni volta che mamma apriva bocca. Poi disse *Dev'essere molto fiera del suo ragazzo, signora Wilson,* e lei rise un po' troppo forte, quasi un grugnito, come se avesse appena sentito una barzelletta sconcia e avesse scordato di fingere di non trovarla divertente.

Tutta la faccenda si concluse alla svelta. Venti minuti, e Alex Ferguson aveva appena toccato il suo tè. (Gli avevo dato la tazza dello United, quella con la scritta EUROPEAN CUP WINNERS' CUP 1991. Quando la vide sorrise). Pensavo che sarebbe rimasto una mezza giornata, avremmo bevuto il tè insieme, poi forse avremmo visto un film o che so io. Magari sarebbe venuto al parco a dare due calci al pallone e a bere un goccio di sidro. Quando era arrivata la telefonata che annunciava la sua visita avevo pensato a noi due svegli tutta la notte sotto il piumone, alla luce della torcia, a parlare delle grandi formazioni dello United del passato. A mangiare sandwich e a parlare dei nostri giocatori preferiti. A mettere insieme gli undici migliori di sempre e ad architettare un piano – come avrebbe detto qualche anno dopo – per *buttare giù il Liverpool da quel piedistallo del cazzo*.

Invece non successe niente. Disse solo a mamma che avevo una *carriera molto promettente davanti, signora Wilson, se lavora sodo, e mi assicurerò che lo faccia, non si preoccupi*. Beh, mamma non riuscì a trattenersi. *Gli farà anche mettere in ordine la stanza, Mister Ferguson? Sarebbe fantastico*. Il Grand'uomo non rise. Mi guardò e basta, serio come chi sta per dire qualcosa di importante, e poi se ne uscì *Figliolo, tratta bene tua madre. Ti ha fatto venire al mondo e può rimandarti indietro in un attimo.* (Era una battuta? Stava scherzando? Alexander Ferguson era uno che faceva battute?). Poi ringraziò mamma per il tè, si alzò e sorrise. Sulla porta disse *Di solito non faccio visite a domicilio, figliolo. È successo solo una volta, prima di oggi.* Strofinò insieme il pollice e l'indice. Guardò fuori dalla finestra. Forse per controllare se la macchina era sempre lì. Poi disse *Lo hai visto giocare Ryan Giggs, Mike?* Ero troppo stordito per rispondergli a parole, quindi mi limitai ad annuire, una volta sola, tutto teso. *Ha talento, il ragazzo* disse Alex Ferguson. *Ha talento. Ti consiglio di imparare da lui. Vieni al Cliff alle nove, lunedì, e vediamo se riusciamo a fare di te un calciatore.* Poi mi diede un colpetto sulla spalla e se ne andò. Non mi chiese se avevo un procuratore. Non fece parola del City né volle sapere quanto mi avevano offerto. Non aveva importanza, no?

Dopo che se ne fu andato mi misi a ballare in cucina. Senza musica, non serviva – ballavo e ballavo come un cretino, braccia e gambe dappertutto, finché dimenticai perché avevo iniziato. Allora mi accasciai sul divano dove *lui* aveva poggiato il culo – lo stesso con cui si sedeva in panchina – e sorrisi tanto che mi facevano male i muscoli. Mamma allora mi prese per le guance, le strinse tra le dita e disse *Non ti* AZZARDARE *a mandare tutto a puttane, Michael Jonathan Wilson. Promettimelo, ok?* PROMETTIMELO. Un vero «asciugacapelli» alla Ferguson, a brutto muso, guardandomi negli occhi tutta tremante. Come se avessi già fatto qualcosa di sbagliato! Mamma di solito non dava in escandescenze e non parlava *mai* di calcio. Di solito era tutto un *Dai retta ai tuoi insegnanti* e *Ripassa per gli esami* e *Non combinerai niente nella vita se non fai i compiti di geografia.* Adesso eccola lì con le lacrime agli occhi. Che mi pregava perché diventassi un calciatore. Così le dissi quello che voleva sentirsi dire. *Sarò il* MIGLIORE DI TUTTI dissi. Le diedi un grande bacio umido sulla fronte e le dissi *Non preoccuparti più di* NIENTE, *mamma. D'ora in poi vivrai come la* REGINA. La cosa più importante era convincerla a farmi lasciare la scuola prima degli esami che non avrei comunque passato, ma quando lo dissi – *Non preoccuparti di niente, mamma, penserò io a te* – facevo sul serio, sapete?

Era già tutto pulito come uno specchio, ma lei rifece comunque la cucina daccapo. Poi cominciò a spolverare in salotto. Poi tirò fuori l'aspirapolvere. Rimasi seduto per un po' sul divano, davanti alla tv, con un mezzo sorriso ebete, come se mi avessero ipnotizzato. Non guardavo quello che c'era in tv. Non lo sapevo nemmeno cosa c'era. Sapevo solo che da qualche parte sullo schermo, in un angolo del mio campo visivo, c'erano colori e persone che si muovevano. L'aspirapolvere smise di fare rumore. Mamma indicò la tv e disse *Allora, presto sarai là dentro, eh?* Sorrisi. *Sì. Sì. Credo.* Poi dissi *Avrei voluto che ci fosse anche papà. Si sarebbe scompisciato dal ridere, cazzo. Fergie. A casa nostra, così. È pazzesco.* Mamma mi diede uno scappellotto perché avevo detto una parolaccia, ma leggero. Poi staccò la spina dell'aspirapolvere, si sedette accanto a me e disse, con un sorriso rilassato, *È meglio così, Mikey. Meglio che tuo padre non ci fosse, oggi pomeriggio. Possiamo raccontargli tutto quando torna.*

Il vero inizio

Provate a immaginare: dapprima è una piccola cosa. Hai tre anni. C'è il sole. È l'estate del 1978 e cominci a dare calci a una palla rossa nel giardino dietro casa, con papà. All'inizio non te ne importa granché ma lui ti guarda, allora quando fa rotolare quella cosa tonda verso di te lo fai – tiri fuori il piede, colpisci la plastica, è una bella sensazione. La palla rotola per qualche metro, poi papà applaude e sorride e sembra una cosa naturale. Tiri indietro il piede e dai un altro calcio.

Per la festa del tuo quarto compleanno il giardino è pieno di bambini con i genitori, ma invece di giocare con loro passi la maggior parte del pomeriggio con papà, lo zio Si e Guy, tuo fratello maggiore, a dare calci alla palla e a fare scivolate sull'erba, perso nel gioco. Come se non avessi mai fatto altro e non volessi più smettere. Come se ti fossi scordato che è il tuo compleanno e che non dovrebbe essere un giorno come gli altri, quando per la maggior parte del tempo fai ESATTAMENTE QUESTO. Passano pochi mesi. Lo zio Si ti costruisce una porta in miniatura per il giardino, due grossi pali e una traversa fatti col legno di uno dei suoi alberi. Lui ci sa fare, è tutto come si deve, ma alla fine dell'estate la rete è già logora e consunta. Poi, nel settembre del 1979, vieni mandato in un grande edificio grigio chiamato *scuola* dove giochi la tua prima partitella su un terreno decente. È meglio che starsene col culo sulla sedia a guardare numeri e parole. È meglio di qualsiasi cosa succeda in classe. Bella scoperta.

Il tempo passa lentamente e sembra eterno, fino a quando non compi sei anni e poi sette. Vedi che alcuni bambini sono bravi a giocare a questo magico gioco chiamato calcio che stai imparando, che altri non lo sono, e che tu – incredibile – sei uno dei migliori. A differenza del noioso mondo reale di prima, in questo nuovo mondo di sport c'è pura giustizia perché più ti alleni più migliori, e dopo l'allenamento tutti ti vogliono bene, la famiglia, gli amici e i compagni che adesso ti scelgono per primo quando fate le squadre invece di ignorarti o tirarti giù i pantaloni davanti alle ragazze. Entri nella squadra della scuola, negli Under-9. Inizi come difensore. Sei un talento naturale: composto, solido, sempre controllato. Ti aspetta un grande futuro. Dopo qualche settimana, però, chiedi all'insegnante se puoi giocare in avanti. Perché? Perché sei piuttosto veloce rispetto agli altri, e anche se hai appena otto anni l'hai capito che fare il terzino destro non è questa gran cosa.

Presto cominci a giocare partite vere, su campi veri, contro altre scuole. E nella prima, dopo solo pochi minuti, ecco che succede. Ti arriva la palla al limite dell'area, ti smarchi, la calci più forte che puoi verso lo specchio della porta, e anche se il portiere è grande come un criceto e la rete come un elefante e solo tu ti sei accorto che l'hai quasi sbucciata, segni il tuo primo gol in assoluto. Ti lasci andare. Ti senti il padrone del mondo. Vedi papà a bordo campo che fa il tifo. Quel giorno, nel 1984, ti compra la tenuta del Manchester United – il primo regalo che tu abbia mai ricevuto che non fosse stato chiaramente acquistato da mamma. E c'è dell'altro, qualcosa di superspeciale. Ti porterà per la prima volta a una partita, *allo stadio e tutto il resto*.

Sai già cos'è lo United. Sai che sei un tifoso dello United, lo sei sempre stato, è quello che sono e sono sempre state tutte le brave persone del mondo. Sai che sei un Rosso, proprio come sai di essere un umano e non un alieno venuto dallo spazio, un maschio e non una femmina, uno di Manchester e non un fetido scouser (non hai mai incontrato uno di Liverpool, e speri di non incontrarlo mai), ma anche se sei rimasto seduto in salotto a guardare i risultati ogni sabato pomeriggio, anche se hai visto le partite dello United alla tv e sono tre anni che hai un calendario dello United appeso al muro della tua stanza, la squadra non è mai esistita davvero, no? Nel breve tragitto da casa tua allo stadio, circondato da migliaia di altri tifosi, papà ti mette un braccio intorno alle spalle e lo United, l'idea dello United, non è più in bianco e nero ma a colori, possibile, concreta. Di solito lui non parla molto, quindi stai attento quando ti racconta del grande palcoscenico dove *vedrai lo spettacolo più cazzuto della terra*. Ad un semaforo, mentre aspettate il verde, stringi forte le palpebre e provi a immaginartelo. Non ci riesci.

Papà dice che questo posto a cui ti stai avvicinando passo dopo passo non si chiama semplicemente Old Trafford – per tutti i Rossi del mondo è il Teatro dei sogni, e lui e lo zio Si ci vengono da tutta la vita. Non solo, anche il loro papà c'è andato per quasi tutta la vita. *Nonno Peter, che è morto prima che tu nascessi* dice papà, con gli occhi come batuffoli di cotone, morbidi e velati di lacrime. *Il nonno comprò questi abbonamenti alla ripresa del campionato, dopo la guerra. Adesso valgono una fortuna. E costano una fortuna*. Non sai di quale guerra stia parlando, ma non lo chiedi perché c'è qualcosa di strano negli occhi di tuo padre. Sembrano diventati troppo grandi per il suo viso. Immobile, non vuoi fare nulla per cambiare quegli occhi, lo tieni solo per mano, stretto, poi più stretto. *Sempre gli stessi posti* dice papà. *Proprio a metà campo. Tra poco vedrai*. Forse dopo dice qualcos'altro, ma si perde nel rumore della folla, sempre più forte.

Quando arrivi allo stadio, a questo Teatro dei sogni, resti senza parole. Tutto sembra davvero un sogno. Il rumore. L'odore. Le imprecazioni e le grida. È come un gioco diverso; niente a che vedere con quelle partite di merda a scuola che quasi nessuno segue e dove a tutti importa solo dei propri figli, e l'unico a prenderle sul serio sei TU. Vi separate quando papà oltrepassa il tornello per primo, con i biglietti, poi vai tu, poi vi prendete di nuovo per mano. Passate davanti a un uomo che vende il programma (*Fregatura del cazzo* dice papà, dandogli i soldi), salite i gradini, passate attraverso la massa di tifosi, uscite all'aperto e guardate giù, la grande distesa verde. Poi ti avvicini, a passi incerti, a quei posti dove la tua famiglia si siede da quella che sembra la notte dei tempi. I sedili sono di plastica rossa e sono freddi sotto il culo, ma appartengono alla storia. Ti siedi e aspetti. Chiedi *Perché oggi siamo solo io e te?* Papà vede che stai guardando i due posti vuoti alla tua sinistra e anche lui dà un'occhiata furtiva. *Beh*, dice *perché tuo zio è impicciato con una faccenda di soldi per l'azienda di famiglia. La Wilson Electrics del cazzo, Mikey, lui non pensa ad altro. E Guy? Beh, è a lezione di teatro, o di danza, o in qualche altro posto di merda dove lo manda tua madre*. L'arbitro fischia, comincia la partita. Papà dice *Mikey, mettiamola così: tutti i Rossi sono uguali, ma alcuni Rossi sono più uguali degli altri*.

Dopo che la partita è finita quasi non ti ricordi che cosa è successo nel frattempo. Nessuna azione, nessuna occasione da gol, niente di niente. Hai la testa vuota, ricordi solo una cosa. La sensazione di essere lì con papà quando è entrato il primo gol, quando lui è scattato in piedi, ha alzato il pugno e ha gridato *Evvvaaai Rossi! Cazzzooo!* Non l'hai mai visto così. Non lo riconosci. Tra molti anni ricorderai quello strano suono, come un gemito che gli sale da dentro, e la cosa ancora più strana che succede dopo: gli occhiali che gli cadono dal naso e finiscono a terra un paio di file sotto. Forse si sono rotti, pensi. Forse non li ritroviamo più. Urli *Papà! Papà!*, ma lui non risponde. Magari gli occhiali sono andati per sempre, o andranno riparati. Magari gli costeranno metà dello stipendio di una settimana. Potrebbe non vederci più – ma non gliene frega niente. È in un'altra dimensione. Libero.

Tornando a casa gli dici che vuoi giocare nel Manchester United, un giorno. Daresti tutto per giocare in quella squadra, anche solo una volta. Ti taglieresti un braccio per stare in campo due minuti, per dare solo un calcio, mentre lui ti guarda dai posti di famiglia, ti saluta, fa il tifo e urla il tuo nome. Papà ci pensa, poi con quella voce strana e distante risponde *Potevo giocare da professionista, sai Mikey. Ho fatto anche qualche provino da ragazzo. Col Preston North End. Col Blackpool. Col Crewe*. Ti dice che si è infortunato e ha dovuto smettere. Sfortuna, ecco tutto. Lui lo sa cosa serve. *Beh, ragazzino, forse non sei abbastanza bravo per farcela* dice papà mentre vi allontanate dallo stadio. *Ma se lo sei, ho sentito dire che è una bella vita*. La sua voce cambia. Diventa più calma, più alta. Anche più leggera. *Non fare caso a quello che ho detto. Ti va di giocare a bowling, stasera? Che ne dici? Alla sala?* dice. *Se siamo fortunati magari tuo fratello ci degnerà della sua presenza*. Poi butta la cicca sul cemento davanti ai tuoi piedi. La sigaretta, quel che ne resta, è ancora accesa e fa salire una spirale di fumo. La schiacci col piede. Alzi gli occhi. Fai un gran sorriso.

Pochi giorni dopo la vostra uscita all'Old Trafford chiedi a papà se puoi giocare in qualche squadretta di club oltre che in quella della scuola. Lui dice di SÌ. E – sorpresa, sorpresa – sei bravo. Sei più piccolo degli altri, ma è chiaro che sei il migliore della squadra. Tanto più bravo che è imbarazzante. Segni già al tuo debutto. Dopo solo qualche partita ti danno la fascia di capitano, anche se sei nuovo e hai più di un anno in meno di tutti gli altri. Ti viene facile dare ordini durante le partite, spostare i giocatori su, giù, avanti, indietro, come se giocassi a Scale e serpenti. In campo, non devi nemmeno pensare. Le cose belle succedono e basta. E adori essere il leader della squadra, quello che tiene tutti su su su, sempre a battere le mani, a gridare FORZA RAGAZZI, NON È FINITA, CREDETECI anche se perdete 5-0, o peggio. Cioè quasi ogni settimana. Una volta papà e lo zio

Si stanno a bordo campo insieme e parlano di qualcosa a voce bassa, come se fossero a una riunione di lavoro e non a una partita di calcio. Anche se è domenica lo zio Si è in giacca e cravatta. Mentre corri accanto a loro, inseguendo la palla, pensi che se è più giovane di papà di cinque anni perché sembra sempre il contrario?

Appena cominci ad abituarti alla tua nuova squadra, a farti dei nuovi amici, a divertirti, papà ti sposta in una squadra più grande e migliore, a diversi chilometri da lì, perché dice che *In questa sono tutti paki e negri*. Tu lo sai che invece è perché la squadra fa schifo e lui ha avuto la sua cazzo di illuminazione e ha capito che potresti combinare davvero qualcosa. Si immagina di passare il resto dei suoi giorni a tirarsela, a braccia conserte, con un ghigno su quel brutto muso a dire *Quello è il mio ragazzo, sapete!* a tutti quelli che incontra. Come se fosse merito suo. Perché ti ha messo al mondo, tu sei parte di lui e lui è parte di te. Lo senti nella sua voce quando parla del futuro, come se fosse un grande terreno inondato di sole e fosse tutto suo. Come se avesse vinto una scommessa. Magari pensa a come sarebbe bello licenziarsi, dire al suo capo dove può cacciarsi quel lavoro. Ogni notte, mentre russa, quel ciccione sogna di cavalcare verso il tramonto su un cavallo che si chiama Libertà, senza dover più ubbidire a nessuno, mandando tutti affanculo mentre si allontana.

Non sai esattamente quando è cominciato ma una sera, disteso sul letto, cercando di dormire senza riuscirci (non riesci MAI a dormire), capisci che per te il calcio non è più la stessa cosa, è cambiato, e forse per sempre. Ora quando papà ti accompagna in macchina alle partite e agli allenamenti passa quasi tutto il tempo a darti istruzioni. Punta il dito, dà ordini, torna sui tuoi errori. Dice che ne hai fatti parecchi. Di questi tempi, quando resta a bordo campo, irrequieto, scalpitante, calciando ogni palla dentro la sua testa, tirando forte dalla sigaretta come per vendicarsene, riconosci lo sguardo deciso e intenso che ha quando scommette sui cavalli. Lo fa ancora, anche se mamma pensa che abbia smesso da tanto tempo, quando lei gli disse *O me o quei bookmaker del cazzo* e lo tenne fuori di casa per tre giorni. Papà ci fa un salto mentre andate agli allenamenti, a volte, e a volte anche tornando a casa. È il vostro piccolo segreto, una cosa tra te e lui.

DOMENICA 12 AGOSTO 2007
PREMIER LEAGUE

UNITED 0-0 READING

SPETTATORI: 75.655

Giggsy Watch[1] – MadRed4Eva666 dice: So ke tutti voi haters mi infamerete xké dico la verità, e sì avrà anke preso un palo, ma Giggsy oggi ci ha mollato. NON BASTANO i cross! È una stagione importante x lui e mi sembra nei casini. Deve dimostrare ke non è finito, sennò FUORI DAI PIEDI! Come dice il Mister, Nessuno è più importante della squadra!

Voto medio dei tifosi: 6/10

La prima partita della stagione 2007-08 fu la più noiosa che Mike Wilson avesse mai visto. 0-0 contro il Reading – certo, non una buona pubblicità per il «campionato più bello del mondo» come continuavano a chiamarlo ogni volta che accendeva la tv. «L'invidia di tutta l'Europa» dicevano i telecronisti. «La vetta più alta del bel calcio». Il vero problema, però, era che il pubblico, mai tanto numeroso, era anche così silenzioso che Mike avrebbe giurato di sentire il rumore della gomma da masticare che Alex Ferguson si girava in bocca. Il rumore dei sandwich ai gamberi che masticavano su negli Sky Box. Il rumore della vita che se ne va. Il Manchester United tecnicamente era la squadra campione in carica, ma non sembrava affatto di essere al Teatro dei sogni – nelle loro teste, piuttosto, gli

1. Tutti i contributi sono tratti da commenti generati in modo casuale e lasciati su AllThingsGiggs, «Il primo e unico sito della blogosfera dedicato interamente alle gesta del più grande giocatore di sempre della Premier League».

spettatori erano a Edgeley Park insieme a Guy, a guardare gli undici brocchi dello Stockport County giocare su una distesa di fango e a domandarsi se non ci fosse un modo più divertente di passare i preziosi pomeriggi del fine settimana. Per Mike era la prima partita in casa senza il fratello da parecchi anni. Tirò su col naso. Si guardò intorno. Tese le orecchie.

Il silenzio intorno allo United, a volte, metteva paura. Uomini adulti seduti a non fare niente, a preoccuparsi che tutto potesse andare storto, a lamentarsi a non finire di problemi immaginari. Mike non se n'era mai accorto quando era con gli amici o i familiari, ma adesso non riusciva a pensare ad altro. Gli spettatori più anziani, quelli dei distinti, si erano lamentati fino alla nausea diversi anni prima, e anche se dai tempi della retrocessione negli anni Settanta avevano visto più successi di quanto potessero aver sognato, ormai si erano assuefatti alla scontentezza e non potevano o non volevano cambiare. I giovani, invece, non avevano conosciuto che vittorie. Non avevano mai sofferto come la sua generazione. Non conoscevano altro metallo che l'oro, e dunque non gli attribuivano grande valore, e nemmeno se ne rendevano conto. Alla sinistra di Mike, nel vecchio posto del fratello, c'era un uomo sulla trentina. Mike si girò verso di lui.

«Tutto questo talento in campo!» disse. «Tutta questa bravura! Ma dov'è la passione, eh? Dov'è?».

Mike non aspettò la risposta. Si alzò in piedi, invece.

«E CHI NON CANTA È UN FIGLIO DI PUTTANA...» cominciò, in piedi tra un mare di gente seduta, le braccia alzate, aperte. «FORZA, CHI È CON ME?».

Due uomini in fondo alle gradinate gridarono «noi, ragazzo!», alzarono al cielo i bicchieri di plastica pieni di caffè e poi tornarono a sedersi. Tutto intorno, il silenzio. Mike era sicuro che lo stessero guardando. Poi Wes Brown calciò male la palla, male davvero, alta e parecchio fuori bersaglio, regalando un'altra rimessa laterale, e il pubblico fischiò come un sol uomo. Mike fece una smorfia.

L'Old Trafford non era più lo stesso da quando avevano vietato l'alcol sulle gradinate.

Tre di quelli che avevano fischiato, e che quando la squadra giocava in casa si sedevano sempre dietro di lui, erano l'esempio perfetto della tipologia di spettatore ormai fin troppo diffusa. I Tre Scimuniti, come li chiamava Guy. Tutti sulla cinquantina, anche se dimostravano il doppio degli anni. Era evidente che le mogli li mettevano in libertà giusto una volta alla settimana, e solo per il tragitto fino all'Old Trafford e ritorno, poi di nuovo al guinzaglio e a cuccia fino alla prossima partita in casa. Tre montgomery vecchi e sudici, tristi come le facce di chi li indossava. Rughe profonde sotto gli occhi. Espressioni che forse erano le stesse dai tempi di Best, Lew e Charlton – e nemmeno allora saranno stati contenti. Una volta, Mike si era girato dopo un gol dello United, e quei tre non esultavano, non sorridevano, non si alzavano nemmeno in piedi. Farfugliavano che l'arbitro «doveva darci una punizione prima del gol». Avevano da ridire perché il difensore non era stato espulso, ed erano sicuri che l'arbitro era «un bastardo tifoso dell'Arsenal». Quel giorno poi, mentre Mike seguiva la palla e si concentrava sugli scatti di Ryan Giggs, sempre un attimo in ritardo, sui traversoni sempre un po' troppo lunghi e sugli sporadici tiri in porta – sempre fuori dallo specchio –, i Tre Scimuniti erano scatenati.

Il primo, Dave, aveva una voce alta e piagnucolosa. Mike se lo immaginava nel campo delle assicurazioni, il paria del suo ufficio. Il secondo era Bill: il maschio alfa, il più chiassoso, il più arrabbiato. Che a ogni punizione concessa agli avversari reagiva come se lo avessero appena informato che la sua unica figlia era stata stuprata e ammazzata, e che il colpevole era un tifoso del City. Per Bill, tutto era un'indecenza. Un'offesa alla propria dignità. Una cospirazione. Poi c'era il terzo Scimunito. In una vita di partite Mike non aveva mai sentito pronunciare il suo nome. Perlopiù se ne stava tranquillo, sempre imbronciato in accordo con gli altri, e rispondeva con grugniti e cenni del capo a quello che dicevano, qualunque cosa fosse. Per Mike Wilson, era il peggiore di tutti.

Insieme, quei tre producevano una specie di brusio continuo e discorde che si diffondeva come una sostanza tossica per diverse file di posti in tutte le direzioni. Mike tirò di nuovo su col naso. Chiuse la cerniera del giubbotto e si fregò le mani. Non disse nulla. Certa gente è felice solo quando è infelice, ma lui no. Le vittorie della squadra erano le vittorie di Mike Wilson. La loro gioia era la sua gioia. Il loro successo era il suo successo.

«Quel pezzo di merda di Giggs!» disse uno dei Tre Scimuniti, Dave stavolta. «Fallo uscire. È bollito!».

Mike si sentì in dovere di rispondere.

«Ehi, è Ryan Giggs, Ufficiale dell'Ordine dell'Impero Britannico, capito?» gridò, senza voltarsi.

Mike fece i suoi esercizi di respirazione. Cercò di ignorare gli insulti alle sue spalle, per non esserne ferito. Avrebbe dovuto esserci più tensione, tuttavia. Più passione. Sì, la partita era brutta, ma l'atmosfera era già moscia al calcio d'inizio, a parte qualche raro «oooh», «e che cazzo!» o «passa, bastardo!» a interrompere il silenzio. Era come se il pubblico aspettasse Natale, o magari febbraio, prima di emozionarsi di nuovo per il calcio. Agli uomini in completo grigio sarebbe piaciuto riuscire a tenere alto l'entusiasmo dei tifosi per tutto l'anno, ma a quei tempi la valuta corrente all'Old Trafford erano i trofei, e alla prima giornata di campionato non se ne vince nessuno. Perché sprecare fiato, allora? Il più delle volte la squadra vinceva comunque. Alla fine sarebbe andata bene. Questa sembrava l'opinione comune. Un paio di file più in basso, due abbonati si domandavano con quanto anticipo andarsene per evitare il traffico.

Per i tifosi del Reading esaltarsi non era altrettanto difficile. Le diverse migliaia ammassate in un angolo dello stadio erano ancora in delirio per aver spuntato una seconda stagione nella Terra Santa della Premier League. Non la smettevano di cantare, anche se in campo non succedeva niente. Ai tifosi del Reading non importava. Erano ubriachi della loro fortuna, del loro successo contro ogni previsione.

Con l'avvicinarsi della fine della partita, la scommessa da una sterlina su chi avrebbe segnato il primo gol – che almeno una squadra, una qualsiasi, avrebbe segnato – sembrava sempre più ottimistica e alla fine Mike si arrese, strappando la ricevuta in quarti, ottavi, sedicesimi. Nel frattempo i tifosi del Reading cominciarono a emettere il suono che più odiava al mondo. Più del doversi alzare presto la domenica. Più del pensiero che il City vincesse *davvero* qualcosa. Quel piccolo suono umiliante.

«SSSSSSSSSSSSSSSSSSHHHHHHHHHHHHHHHHHH».

Di nuovo. Più a lungo.

«SSSSSSSSSSSSSSSSSSSSHHHHHHHHHHHHHHHHHHHHH».

Allora un canto, debolissimo, rispose.

«U-ni-ted, U-ni-ted, U-ni-ted».

Un applauso ironico si levò dal contingente del Reading, come se pensassero di aver vinto almeno quello scontro. Come infatti era.

In quel momento Mike notò qualcosa che gli fece dimenticare la partita, i Tre Scimuniti, tutto.

Un uomo seduto nelle prime file stava dando un morso a un cheeseburger che grondava ketchup, con le dita unte di grasso. Masticò con entusiasmo, poi un po' meno, infine sputò un boccone bruno giallastro, con un filo di rosso, e buttò per terra il resto del cheeseburger.

«Ehi tu,» disse Mike «che fai?».

L'uomo si tolse pezzetti di cheeseburger dalla lingua con un dito guantato, tra conati di vomito. Poi sorrise.

«Fa schifo, amico… qui la roba da mangiare è un vero scandalo. Con quello che costa!».

Mike disse: «E allora? Che fai, lo butti per terra? Questo è l'Old Trafford!».

L'uomo guardò Mike. «Che c'è, lo volevi tu?». Si chinò, raccolse il resto del cheeseburger e glielo porse. «Prego, serviti pure. E che cazzo».

Mike scosse la testa. «No, no» disse, con un altro tono. «È solo che... Non lo so. Lo stadio è sacro».

L'uomo fece un mezzo sorriso. «Ok. Va bene, amico» disse. «Come vuoi tu».

Si rimise a parlare con i suoi amici. L'arbitro fischiò la fine. Non avevano visto gli ultimi minuti di partita.

Per Mike Wilson la strada fino a casa era lunga, dopo la partita. D'ora in poi sarebbe stato sempre così. Ne avevano discusso per settimane prima dell'inizio della stagione, ma Guy glielo aveva ripetuto centinaia di volte: adesso avrebbe portato i figli a vedere la squadra locale, lo Stockport County. Ancora una volta, mentre tornava dalla partita contro il Reading, Mike gli telefonò, e ancora una volta Guy fu irremovibile.

«Mikey, non ne posso più di quel parco giochi da miliardari» disse. «Preferisco dare il mio stipendio a dei mezzi talenti appassionati che se la giocano su un campetto di merda, piuttosto che andare avanti con queste grandi squadre spocchiose e prevedibili. I loro giocatori sono come puttane, fratello. Capisci cosa intendo?».

Mike non capiva cosa intendesse suo fratello. Cominciava a pensare che avesse qualcosa che non andava.

Malgrado quei cambiamenti, tuttavia, certe cose per fortuna restavano sempre le stesse. Quando lo United vinceva, Mike Wilson andava a festeggiare. Se la squadra perdeva, tutti sapevano che era meglio non contrariarlo fino alla prossima partita. In caso di pareggio, come quel giorno, la sera restava a casa. Faceva comunque male, a prescindere, e tuttavia Mike si rendeva conto che non bisognava abbattersi. Come diceva sempre Giggsy, «sono le delusioni che alimentano il desiderio». E almeno lo United non aveva perso nella prima giornata di campionato.

Con le mani affondate nelle tasche, Mike tornò a casa facendo la solita strada, sicuro che tutti lo guardassero mentre camminava. Passò accanto ai ragazzi che vendevano la «Red Issue» fuori dallo stadio, imboccò Sir Matt Busby Way, poi girò l'angolo, respirando l'odore di patatine fritte e aceto del Legends Takeaway e di birra vecchia e sigarette delle agenzie di scommesse. Quel miscuglio di odori gli faceva sempre venire in mente suo padre e quando, da ragazzo, lo aveva portato alla sua prima partita. Allora, prima di quello che chiamava «il grande P45», Gregory Wilson si comportava come se in qualunque momento potesse capitare qualcosa di emozionante, e forse ci credeva davvero.

In mezzo alla folla di tifosi pieni di chiacchiere sulla nuova stagione, Mike canticchiava alcuni dei suoi cori preferiti e pensava al padre, alle persone che conosceva, alle strade della Repubblika di Mancunia dove viveva, e immaginava un futuro in cui potesse accadere qualunque cosa. Il campionato era appena all'inizio. Dopo le interminabili, morte giornate estive, finalmente la sua esistenza aveva di nuovo un senso. Il risultato di quella giornata non era importante – come ricordò a sé stesso, bisognava pensare in grande. Come faceva il Mister. Bisognava tenere a mente che la vita non era solo quello che succedeva un certo pomeriggio. La vita si decideva nel lungo periodo. E, come aveva dimostrato negli anni, nel lungo periodo Mike Wilson se la cavava benissimo.

Lo hanno già detto, lo so. Ma ecco lo sporco, piccolo segreto: a volte le cose vengono ripetute perché sono VERE. Se ancora non mi credete, carini, guardate sui libri di storia! Andate su internet! Chiamate a casa! Quasi tutti, anche i più stupidi e oziosi tra i cosiddetti esperti del mondo occidentale, sono d'accordo. È stato il momento più emozionante nella storia della squadra – di QUALUNQUE squadra – per un giovane talento e io, all'improvviso, mi ci sono trovato in mezzo. È come scommettere su un cavallo che danno centomila a uno e vederlo stravincere mentre gli altri sono solo dei puntini all'orizzonte. È come avere una probabilità su un milione. Di più. Avevo avuto una gran botta di culo, questo è poco ma sicuro, ma ero anche in paranoia, sapete? Perché lo United avrebbe potuto, anzi avrebbe dovuto, vincere il campionato già al mio primo anno in squadra. E mentre la classe del '92 nasceva, alzando al cielo la Fa Youth Cup con l'amichevole partecipazione del sottoscritto, i grandi si lasciarono scappare la stagione.

Il Leeds non era nemmeno meglio di noi. Era una squadra qualunque fatta di mezze tacche e picchiatori, nella migliore tradizione dello Yorkshire. La maggior parte di loro sono stati dimenticati, tranne per un ex giocatore dello United in declino (il piccolo Gordon Strachan) e un *artiste* francese (il grande Éric Cantona), che invece era sulla via della redenzione. Aveva firmato con loro a metà stagione e segnato una manciata di gol mentre noi crollavamo, perdendo tre partite di fila proprio nelle ultime giornate. Lo chiamavano *il campionato che nessuno voleva vincere*, e questo spiega perfettamente quanto cazzo sono stupidi quelli della tv. Hanno perso il contatto con la realtà, quei soggetti. Troppo comodi sulle loro sedie del cazzo, al calduccio negli studi televisivi, pensano solo ad arraffare con i loro becchi ingordi il prossimo assegno che cade dal cielo. Troppo occupati a riempire le trasmissioni di congetture per vedere la luce che hanno proprio davanti agli occhi. Il punto è: lo United voleva quel campionato più di OGNI ALTRA COSA. Lo United lo voleva TROPPO. Nel 1991-92 le leggende del futuro cominciavano a farsi notare, sapendo che la squadra era vicina a qualcosa di grosso ma che era ancora troppo presto. Nel 1991 vincemmo la Coppa delle Coppe – una grande impresa, a quei tempi –, ma i veri successi erano ancora lontani. In quel periodo tutti si preparavano alla guerra. Io entrai in squadra proprio all'inizio, insieme a una lunga lista di nomi che tutti ricordano. Beh, quasi all'inizio.

Il primo fu Ryan. Esordì in prima squadra a diciotto anni, nel marzo del 1991. Fu diversi mesi prima del mio arrivo, ma come avrei voluto dire al Mister quel giorno a casa mia, io sapevo già chi era. Il giorno del suo esordio eravamo seduti ai soliti posti, papà, Guy, lo zio Si e io. Papà disse *Presto toccherà anche a te, se non mandi tutto a puttane.* Avevo un sacco di buoni motivi per seguire i progressi di Ryan. Aveva perfino giocato con i Salford Boys, come me, prima del contratto. All'Old Trafford Giggsy lo conoscevano dal lontano 1987, quando lo soffiarono alle giovanili del City, dove ancora non aveva un contratto, ma dove quegli idioti pensavano che sarebbe rimasto comunque. (Scommetto che lo hanno licenziato, il responsabile di una simile stronzata). Era dagli anni Sessanta che appiccicavano l'etichetta di «nuovo George Best» a qualunque ragazzetto semidecente e pieno di brufoli capitasse a tiro dello United, e quell'etichetta finì col rovinare una marea di giovani promesse. Si diceva, tuttavia, che quel ragazzo fosse speciale, uno che lo vedi una volta nella vita. Fin dall'inizio la gente ne parlò in modo bizzarro, come se fosse una specie di angelo o che so io. Aveva questa sicurezza. Uno degli allenatori disse all'«Evening News», qualche anno dopo, *Sapete quel brontolio che si avverte subito prima di un terremoto? Lo* sentivamo *che stava per succedere qualcosa*. Ryan era più veloce di chiunque avessi mai visto. Come un fulmine. E quel tocco di palla! Se ce l'hai contro uno così può distruggerti. Quando sta dalla tua parte è un pozzo di petrolio. Una miniera d'oro. Significa andare in pensione alle Bahamas. Dopo tutti questi anni Alex Ferguson continua a ripetere che la cosa migliore che abbia fatto allo United è stata mettere sotto contratto il giovane Ryan Wilson. (Cambiò nome dopo. In segno di lealtà verso la madre dopo la separazione dei genitori, sembra. Per me sarà sempre un Wilson, comunque).

È pazzesco come vanno le cose, a volte. I primi tempi pensavo di poter fare tutto e di saper affrontare chiunque, senza temere niente e nessuno. ESSERE un giocatore dello United significava essere come Dio. La prima volta che vidi Ryan Giggs al campo di allenamento, tuttavia, non riuscivo a muovermi. Non volevo credere che fosse proprio lì. In quel primo allenamento insieme non avevo smesso un secondo di guardarlo, come se aspettassi che facesse qualcosa, dicesse qualcosa, mi prendesse a schiaffi per confermare che non mi stavo inventando tutto. Io, appena ingaggiato dallo United. Lui lì, insieme a me. E quella nuova realtà, che non aveva alcun senso. Durante la partitella finale ero così impegnato a fissargli i piedi che non mi accorsi che mi aveva passato la palla. Andò fuori, e a me toccarono cinquanta flessioni per aver guardato le farfalle. *Cominciamo bene, Wilson* disse uno degli allenatori. Cercai di rispondere ma, di nuovo, tutto inutile. Aprii la bocca per parlare e non uscì fuori niente. L'allenatore guardò in basso e mi poggiò un piede sulla schiena mentre facevo le ultime flessioni.

Quarantasette, quarantotto, quarantanove, e poi mi schiacciò a terra con i tacchetti.

Insomma, Ryan era il più anziano tra noi e fu il primo a farsi notare, perché in pratica aveva saltato la seconda squadra ed era andato direttamente in prima. (Molto raro). Era un ragazzo intelligente, anche allora. Lavorava sodo. In campo era elegante, aveva stile, ma non era uno di quei tipi alla faccio-festa-tutta-la-notte e non-riesco-a-tenerlo-nei-pantaloni. Un vero modello. Anche allora si vedeva che sarebbe rimasto nel giro per anni, come dirigente o chissà cosa, capite? Senza attirare l'attenzione, però. Seduto tra i veri tifosi, nei posti economici, invece di spassarsela con dirigenti e compagnia a caviale e champagne. Chiunque avesse mezzo cervello sapeva che non gli interessavano i soldi o le donne e nemmeno fare la checca in sarong. Gli interessava solo il bel calcio, giocato bene. Così, da quando uno degli allenatori mi chiamò «Little Giggs» dopo un gol alla Ryan segnato in allenamento, dopo aver scartato cinque giocatori dell'altra squadra, aggirato il portiere con la palla al piede e concluso tutto con un tocco vellutato, portai quel soprannome come una medaglia. Anche se non ero poi tanto piccolo e non somigliavo affatto a Ryan Giggs. Ammettiamolo. Ero davvero brutto, io. Era impossibile confonderci.

Dopo di lui arrivò una serie di ragazzetti come me. Era come se il suo ingresso in squadra fosse stato, per tutti gli altri, il via libera a pretendere la stessa cosa. Gary Neville esordì nel settembre del 1992 contro il Torpedo Mosca, in Europa, e David Beckham fece la sua prima apparizione nello stesso mese. Nicky Butt era un altro ragazzo di Manchester, il migliore a quei tempi, lo dicevano tutti i centrocampisti. Scholesy era rimasto un po' indietro, non c'era nella prima ondata che vinse il campionato. Non esordì fino al settembre 1994, e altrettanto fece Phil, la più giovane delle sorelle Neville. (Tutti li chiamavano *le sorelle Neville,* solo che non glielo dicevano in faccia). Ryan, David, Nicky, Gary e Phil: venivano tutti dalle scuole di calcio dello United o dalla seconda squadra come me. Nell'autunno del 1992 tutti gli uomini chiave erano a disposizione della squadra, in un modo o nell'altro. Ai margini, sì, ma PRONTI. Da dove venivano tutti quei talenti? Beh, come dice mamma, *Molte cose belle possono nascere dall'immondizia* e anche se i dirigenti della lega erano stati troppo impegnati a rincorrere i milioni di Murdoch per accorgersene, il Mister aveva passato un sacco di tempo a cercare e a mettere insieme le sue pedine. Cristo, aveva fatto entrare Beckham negli spogliatoi dello United a *undici* anni, era un cockney ma lui lo aveva ripulito, un po' alla volta, nella speranza che il ragazzo crescendo dimostrasse che ne era valsa la pena. Poi c'erano tutti i Lee Sharpe di questo mondo. Lui era un po' più anziano, un tipo tranquillo che poteva diventare un grande giocatore dello United, poi è quasi successo, poi no. Quel ragazzo era più cazzo che cervello – e per questo è finito a fare i reality e a parlare dei vecchi tempi. Ma è proprio questo il calcio, no? Alcuni si concentrano sul gioco, altri pensano a scopare e qualcuno li manda a fare la doccia prima del tempo.

Il calcio, comunque, resta una cazzo di lotteria. Non tutti siamo stati fortunati. Con me, Giggs, Scholes e Beckham c'erano tanti altri ragazzi che nessuno ricorda eppure hanno giocato insieme a noi, negli anni Novanta. Michael Appleton (un ragazzo di Salford, tifoso dello United da tutta la vita, fece due partite in prima squadra poi fu ceduto). Ben Thornley (fece causa al giocatore responsabile del suo infortunio. Finì al Salford City). Più avanti, ragazzi come Alex Notman (l'ultima volta l'hanno visto giocare nel Wroxham, una squadra giovanile della Eastern Counties League). Avrebbe potuto benissimo chiamarsi Topolino o Paperon de' miei Coglioni, tanto nessuno sa chi siano queste persone, giusto? E ce ne furono a centinaia. Ai miei tempi, ogni volta che un ragazzo veniva scaricato, si infortunava o lo cedevano a una squadra più scarsa io trattenevo il respiro. Perché ogni volta che calava la mannaia per qualcuno io facevo un altro passo verso la prima squadra. Se ero sempre lì significava che mi volevano ancora. Qualcuno mi guardava e gli piaceva quello che vedeva. Meno male.

Se mi sembra di aver avuto fortuna, nella vita? Beh, sono stato MIRACOLATO, cazzo. Non credete? A nascere con un talento del genere?

Un posto dove progettare il futuro

Cresci alla svelta, Mikey Wilson!

Compi dieci anni, in testa hai solo figurine di calciatori, riviste di calcio e i poster di calciatori che coprono le pareti della tua stanza. Dormi, pensi, parli United. Metti alla prova la pazienza degli adulti con la tua descrizione passaggio-per-passaggio di come nel 1985 Norman Whiteside segnò con un tiro a effetto e fece vincere allo United la finale della Fa Cup, una partita che guardasti alla televisione grande nel soggiorno dello zio Si e che NON SCORDERAI MAI. Dici a chiunque ti stia a sentire che Whiteside ha solo qualche anno più di te e che PRESTO farai come lui. Ne parli per MESI. Gli altri bambini si stufano, ma chi se ne importa? Perché se riuscirai a giocare al Teatro dei sogni allora, come dice papà, dovrai *impegnarti, concentrarti ed essere pronto a lasciarti alle spalle i comuni mortali.*

Così cambi amici come si cambia pelle. Se ne vanno, tu li dimentichi. Ti sacrifichi, ti prepari alle battaglie più dure che verranno. *Devi volerlo più di chiunque altro, Mikey* dice papà. *Vallo a prendere quel pallone. Fai finta che è la fine del mondo, tutti muoiono di fame e il pallone è l'ultimo maiale sulla terra.* Dimostri che vale la pena investire su di te. Ascolti con attenzione i discorsi di papà. *I giocatori migliori,* dice mentre si accende un'altra sigaretta, con gli occhi che brillano *gli immortali – i Best, i Pelé, i Maradona di questo mondo – sono consumati dal calcio. Lo vivono, attimo per attimo. Vedono solo quello. Pensano solo a quello.* Quando dice certe cose è come se parlasse da solo. A volte nemmeno ti guarda, e quando dici qualcosa il più delle volte non ti risponde. Perché no? A volte sbagli qualcosa, in allenamento, e vedi che lo metti di malumore.

Diventi più grande giorno dopo giorno. Riesci quasi a sentire i muscoli che si rinforzano e si irrobustiscono, le gambe che si allungano e il collo che si ingrossa ogni secondo di più. Durante le partite, poi, vedi che in campo non tutti si comportano come te. Il mondo è pieno di ragazzi a cui non importa dare l'ottanta, il cinquanta, il trenta percento. Ragazzi che non sono *consumati* dal calcio: ragazzi che sono in campo con il corpo ma con la testa pensano alla scuola, ai videogiochi, alle gambe delle ragazze dei banchi di fronte. Papà invece dice che sei stato BENEDETTO DALLE GRANDI MANI DI DIO perché tu le gambe delle ragazze NEMMENO LE VEDI. Tu hai una sola strategia, che è dare tutto, sempre, a ogni costo. In partita, negli allenamenti, al campetto o per strada. Sempre impegnato, sempre consumato. Col paraocchi, pronto per la prossima sfida. Questo ti rende diverso dagli altri. Lo sanno tutti.

Bisogna muoversi in fretta per salvare Mikey Wilson da un'*esistenza mediocre*. Perciò quando lasci le elementari del quartiere, a undici anni, ti iscrivi a una scuola media a chilometri di distanza, di cui tutti parlano bene per lo sport e malissimo per il resto, era CHIARO CHE SAREBBE ANDATA COSÌ, eppure mamma e papà litigano in cima alle scale mentre tu rimani al piano di sotto, aggrappato al corrimano, e ti domandi come farai ad arrivare in camera tua. Lei dice *Lo stai privando della sua educazione!* Lui dice *Questa* È *la sua educazione!* e *Tu non vuoi capire!* e *Ti odio!* Come se papà fosse il bambino che scalcia e urla finché il capriccio non paga. Nessuno vuole ammettere che è strano. Nemmeno Guy, che quando si tratta di dire qualcosa che non si dovrebbe dire è un professionista. Ha appena compiuto sedici anni, ne ha cinque più di te e sa tutto di tutto, eppure papà è quasi sempre concentrato su di te. Perché sa che se Guy doveva essere il biglietto vincente della lotteria a questo punto lo avremmo capito. Sarebbe già per la sua strada e papà sarebbe vicinissimo alla casa al mare di cui parla come se esistesse davvero, da qualche parte, nel mondo reale.

Passa un anno e tu non sei più un ragazzino. Bene! Sei come decollato, ti serve un nuovo guardaroba (mamma non è contenta, i vestiti costano), e i piedi ora ti spuntano dal bordo del letto a castello che tu e Guy avete sempre diviso, tu sotto e lui sopra, inseparabili. I poster dello United coprono tutte le pareti della stanza, ogni spazio bianco nascosto sotto i festeggiamenti per qualche gol, azioni e foto della squadra. L'unica eccezione è un piccolo spazio accanto al cuscino di Guy, dove c'è un'altra cosa. È il paginone centrale di una rivista, col mezzobusto di una bionda nuda, in primo piano, che avvicina il suo enorme seno spingendo con due dita di ciascuna mano, coprendo solo i capezzoli, e guarda nell'obiettivo leccandosi le labbra come se avesse tanta, tanta sete.

C'è qualcosa in quella foto che ti mette a disagio.

Nei mesi successivi ti crescono i peli sotto le braccia e in mezzo alle gambe, cominci a puzzare, diventi ancora più alto, ti svegli tutte le mattine con una fastidiosa erezione e pensi di poter superare qualunque difensore e fare gol a qualunque portiere del mondo. La scuola è solo un posto dove giocare durante la ricreazione, la pausa pranzo e il doposcuola, e un posto dove progettare il futuro. Rincorri la vita vera mentre gli altri ragazzini ubbidiscono agli ordini, come robot, programmati per affrontare un compito dopo l'altro. Ce ne sono in continuazione, e tutti si comportano come se ognuno fosse *ancora più importante di quello prima*, quando la cosa è impossibile, no? Non è che TUTTO può essere più importante di tutto il resto, giusto? Non fai caso alle pagelle. Dicono cose tipo *È intelligente ma non si applica* e *Purtroppo sembra che Michael non abbia voglia di imparare* e *Un ragazzo sveglio che però sembra deciso a farsi bocciare*.

Anche se vuoi fare contenta mamma, NON PUOI impegnarti a scuola, perché il tempo ti serve per un'altra, e più preziosa, esperienza formativa. Anche quando ti mandano dal preside non te ne importa. Quello che ti dice non conta niente, anche se il vecchio cerca sul serio di farti cambiare. Ti convoca perfino nel suo ufficio insieme a papà, perché possiate vergognarvi entrambi. Padre e figlio, invece, ridono come due ragazzine quando lui parla del disperato tentativo di *fare breccia nella tua coscienza*, e poi vi congeda. A casa, mamma vi aspetta sulla porta d'ingresso. Dice *Raccontatemi! Raccontatemi! Che è successo?* Sembra che le sia morto qualcuno, ma voi non ci state a giocare a quel gioco. Entrambi fate spallucce e rispondete *Niente*. A volte, tu e il tuo vecchio siete indistruttibili.

DOMENICA 19 AGOSTO 2007
PREMIER LEAGUE

MERDE 1-0 UNITED
GEOVANNI 32'

SPETTATORI: 75.655

Giggsy Watch – CityMustDie_3 dice: Giornata difficile per i ragazzi, senza dubbio, e RG non si è comportato da capitano. Il Chelsea finirà x vincere il campionato. Sono tempi duri, gente, ma bisogna AVERE FEDE! ARMATA ROSSA! PER SEMPREEEEEEE!!! PS Godetevela finché dura, PERDENTI del City. Potete SUCCHIARMELO.

Voto medio dei tifosi: 5/10

La curva dello United al City of Manchester Stadium si svuotò in fretta. Un grande contingente familiare seduto davanti a Mike Wilson se n'era andato a cinque minuti dalla fine, facendo previsioni di retrocessione. Il resto del pubblico lasciò lo stadio con regolarità finché tutti, a parte gli steward e gli addetti alla raccolta dell'immondizia, non se ne furono andati a casa. Mike era rimasto seduto e cantava a bassa voce.

Non molleremo, non molleremo mai,
Non molleremo, non molleremo mai,
Le bandiere rosse al vento vedrai,
Noi siamo lo United e non molliamo mai…

Uno steward gli si avvicinò. «C'è per caso qualche problema, signore?» domandò.

Mike alzò le spalle: «Solo questo risultato del cazzo».

Lo steward sorrise: «Beh, qui siamo abituati a certe lamentele. È buffo, credo, ma i vip sono i peggiori. Diventano abbastanza irrequieti quando le cose non vanno bene».

«Mi stai accusando di qualcosa, raggio di sole? Io mi siedo tra la gente comune, sai? Mi piace pensare di essere un ambasciatore della squadra ovunque io vada. Come fare volontariato».

«No, signore... scusi. Non volevo...».

Mike sospirò. La rabbia se n'era già andata. «È tutto a posto» disse. «È solo che... se ne dicono tante su noi ex giocatori, sai? È dura. Siamo sempre costretti a doverci spiegare».

Lo steward fece un passo indietro per far passare Mike. «Capisco perfettamente, signore. Mi scusi. Buona giornata».

Mike si mise il giubbotto, fischiettando piano mentre passava accanto allo steward dirigendosi verso l'uscita. Il City of Manchester Stadium, pensò, era un posto morto.

Con il vecchio inno dello United ancora in testa Mike tornò verso casa, deviando per il centro città e girando un po' a vuoto per le strade. Aveva la testa piena di numeri. Faceva il conto delle partite giocate, della differenza reti, delle percentuali di probabilità. Mike non riusciva a pensare, a parlare, a stento riusciva a mettere un piede davanti all'altro. Dopo un risultato come quello il City era in vetta alla classifica della Premiership mentre la squadra campione in carica, il Manchester United, languiva in sedicesima posizione, il peggior inizio di stagione dall'Anno zero, il 1992. Quell'anno, un giovane goleador di nome Mike Wilson fece il suo debutto e lo United finì per vincere il campionato inaugurale della Premiership. Mike però adesso si era ritirato, il servizio che prestava alla causa era di natura diversa e non riusciva a immaginarsi la rimonta dell'Armata rossa. I multimilionari di Mourinho erano già in vetta alla classifica, e ciò significava che Mike avrebbe dovuto per forza tifare Liverpool nel posticipo contro il Chelsea. Gli veniva da vomitare. Il campionato era appena iniziato e sembrava già finito.

Oggi perfino Ryan era stato fischiato da un gruppo esiguo ma rumoroso di tifosi che gli avevano gridato di fare la cosa più decente: ritirarsi. Mike sperava di risvegliarsi presto, con i sudori freddi, grato perché era solo un incubo. Almeno non doveva andare in radio o in televisione, come alcuni di quegli ex calciatori da palcoscenico con cui aveva condiviso la gavetta. Mike si immaginò costretto a dire agli altri commentatori, con un penoso mezzo sorriso, che la Premiership *era una maratona e non uno scatto*. Si vide seduto lì, a disagio, in uno studio illuminato a giorno, che tentava di non dire *cazzo*.

Mike doveva trovare una maniera sensata per far passare in fretta il resto della giornata e così, mentre tornava a casa, telefonò a Guy per sentire se voleva venirlo a trovare per giocare a Football Manager, ma Guy era di turno come Florence Nightingale – Sally, sua moglie, stava di nuovo male. Ogni anno, ormai, Sally stava male per metà campionato. Carenza di ferro. Problemi alle articolazioni. Mal di testa, tosse, raffreddore. Da quando aveva avuto i bambini quella donna era un virus ambulante. Mike allora chiamò un paio di amici, ex calciatori come lui, ma non rispondevano o partiva subito la segreteria. Lasciò dei messaggi, aspettò che lo richiamassero, infine si arrese. Si sedette su una panchina di Piccadilly Gardens a guardare gli autobus che entravano e uscivano dalla stazione, incerto se andare a casa o fermarsi in un pub a vedere Liverpool-Chelsea. E se lo riconoscevano di nuovo? Non era dell'umore adatto, quel giorno. Mike non voleva andare da nessuna parte e non aveva voglia di altro calcio. Non aveva voglia di niente, così decise di andare a piedi fino a casa.

Più tardi, quella sera, Mike arrancava per la salita che portava a casa sua, immaginando di dare un bel calcio in faccia a Geovanni Deiberson Maurício Gomez, che aveva segnato per il City. Poi sostituì nei suoi pensieri il volto di Geovanni con quello di ogni singolo giocatore del City. Micah Richards aveva giocato bene, quindi fu il primo. Poi toccò a Kasper Schmeichel, figlio di Peter, una leggenda dello United (e dunque colpevole di alto tradimento). Questo lo aiutò a passare un po' di tempo e a migliorare leggermente il suo umore senza fare sul serio del male a qualcuno, che probabilmente sarebbe stato un ragazzo perbene, gentile con la mamma e con una bella moglie e dei bei bambini, e che insomma non meritava di essere preso a calci. Una volta rincasato, Mike si lasciò cadere nella morbidezza della sua poltrona preferita, pensando a casa sua, a quel posto in cui si svegliava ogni mattina. Non aveva intenzione di alzarsi per il resto della serata. Forse per un paio di visite al bagno, tutto lì. In effetti non c'era bisogno nemmeno di quello. Poteva sempre pisciare in una bottiglia.

Mike si tirò su e mise una mano dietro la schiena per cercare il telecomando. In serate come quella, la Mutv era sempre un'ottima scelta. Quasi sicuramente stavano trasmettendo un episodio del glorioso passato della squadra, per alleviare il dolore. Era un canale che conosceva il suo pubblico. Forse avrebbero scelto un documentario su George Best e i favolosi anni Sessanta. Una bella intervista con Fergie a proposito dei suoi più grandi successi o una serena chiacchierata davanti al camino tra lui e Denis Law, nella villa di qualcuno. Forse avrebbero trasmesso la replica di una partita intera – una vittoria –, magari contro una certa squadra locale, la rivale storica.

Mentre pensava a queste cose squillò il telefono. Non poteva essere Guy perché quel giorno si erano già sentiti. Non poteva essere mamma perché si erano sentiti il giorno prima, mentre lei aspettava la lezione di yoga. Nessun altro aveva il suo numero di casa – certe cose devono restare private. Quando Mike alzò il ricevitore, dunque, sapeva perfettamente chi c'era dall'altra parte.

«Ciao papà, come stai?» domandò.

Quando arrivò la risposta la voce sembrava lontana. La linea ronzava e crepitava. In sottofondo, rumore d'acqua. «Alla grande! Il sole splende e ballerò tutta la notte. Come cazzo stai TU?».

Mike mise in bocca una patatina. «Una meraviglia» rispose, facendo uno zapping svogliato tra il notiziario e il canale sportivo, che parlavano entrambi di City-United. «Che vuoi?».

«Ehi, bel modo di parlare a tuo padre».

«Ok, ok. Allora, l'hai vista o no la partita?».

«Certo che l'ho vista la partita» disse Gregory. «Una recita del cazzo, ecco cos'è stata! Sarebbero dovuti rimanere in dieci – banda di ladri che non sono altro. Feccia con la maglia azzurra. E avrebbero dovuto darci almeno un rigore. Te lo dico io, quei coglioni della Fa, è un complotto, uno schifoso complotto! Tutti contro lo United, fino all'ultimo. Per questo ci assegnano sempre questi arbitri di merda, questi stronzi che pensano solo a Londra e non vogliono veder prosperare il Nord. Che ci possiamo fare, però? Combattiamo contro secoli di pregiudizi, ecco che facciamo!».

Il tono era scherzoso.

«Abbiamo giocato di merda però, no?» disse Mike.

Gregory espirò lentamente. Pausa. «Già. Di merda che più di merda non si può. Sai, a volte mi domando, figliolo… non sarà ora che Fergie se ne vada?».

Mike si mise prima a sghignazzare, poi a ridere in modo sguaiato. Quando finalmente si fu ricomposto suo padre aveva riattaccato.

La gente è pazza.

Pensa che siccome sei bravo nello sport ti verranno tutti dietro, ma una squadra di calcio è come un esercito. Ogni squadra ha una catena di comando, e in una catena di comando gli anelli che contano davvero sono solo una manciata. Come ti comporti sul campo, poi, non ti garantisce un cazzo di invito alla festa, capite cosa intendo? È il solito ritornello: vince chi urla più forte e chi dà del finocchio a tutti gli altri per primo.

Alla mia scuola si trattava quasi sempre di un ragazzo che si chiamava Jay Gibbons, uno grosso che giocava come stopper nella squadra della scuola. Quando non era lui, era uno come lui. Todd Drinkwater. Davey Fairweather. Questi ragazzi con un classico cognome inglese, il padre alcolizzato e la bocca larga, di solito sono quelli col pisello piccolo, quelli che sparano cazzate nelle docce e mentono su quante ragazze si sono fatti e su quanto erano porche, e raccontano le loro storie nei minimi e più schifosi particolari. Di quella a cui l'hanno messo nel culo. Di come si sono fatti tre sorelle insieme. Di come sono andati avanti tutta la notte. A pavoneggiarsi con tutta questa robaccia, con tutte queste stronzate, mentre fingono di farsi tutti gli altri, nelle docce. Mimando l'intera prestazione come se non fossimo capaci di immaginare com'è, scopare a pecorina. Non ho mai capito certi atteggiamenti. Voglio dire, perché comportarsi da checca per evitare che ti pestino perché sei una checca?

A quei tempi, sarà stato il 1989 o il 1990, ci lasciavano un po' più da soli. Papà ogni tanto si recava nel Nordest per il suo nuovo incarico di rappresentante sindacale. Mamma certe sere andava al St Helens, ad assistere la cugina, certe altre in chiesa, magari a confessarsi. (Cazzo, per una che non aveva mai fatto niente di male passava un sacco di tempo a scusarsi). Nel frattempo io ero il capocannoniere sia della Under-16 della scuola (anche se ero il più piccolo in squadra) sia della mia squadra di club. Anche mentre festeggiavamo il mio ultimo gol, tuttavia, sembrava che nessuno volesse venirmi vicino, come se potessi attaccargli qualche malattia (o Jay potesse avere qualcosa da dire). D'accordo, ero abbastanza sensibile. Non ero una gran bellezza. Non uscivo spesso, non facevo battute. Ma perché tutti mi prendevano per il culo? *Forse sono solo invidiosi* mi disse Guy. *Ignorali*. Io invece insistetti perché mi spiegasse, e il mio fratellone mi rispose con un sussurro, come se Jay potesse sentirci. *È una bella cosa essere diversi dagli altri, Mikey. Sai, vedere le cose in modo diverso. Essere interessati a cose diverse. Vieni, prendiamo qualcosa al fish and chips*. Ci fu un anno in cui quella diventò la risposta di Guy a qualunque domanda: *Prendiamo qualcosa al fish and chips*. Era meglio che tornare a casa e rischiare di trovare papà sul divano che si preparava a passarci un'altra notte.

Fu in quel periodo, quando avevo quattordici anni, che cominciai a perdere i capelli. Come Bobby Charlton dopo Monaco, diventato calvo troppo presto, qui però non si trattava di una calvizie da battute sul riporto, ma di capelli che cadevano a ciuffi, all'improvviso, e mi rimanevano in testa grossi buchi che lasciavano scoperto il cuoio capelluto. Una mattina della primavera del 1990 mi svegliai e vidi dei capelli sul cuscino. Non ci feci nemmeno caso. Me ne dimenticai. Una settimana dopo però ero partito alla grande. Una sera, dopo l'allenamento, ero seduto in camera mia, mi guardavo allo specchio e tiravo i capelli che mi erano rimasti, stupito della facilità con cui mi restavano tra le dita. Di come non facesse male per niente. Un leggero strappo dietro l'orecchio ed ecco una manciata di linee scure e spesse, ognuna avvizzita, umida, untuosa e incollata alla mia mano. Sembrava che stessi morendo di cancro o qualcosa del genere. Dopo un paio di giorni così, senza andare a scuola, con mamma che mi portava la cena in camera su un vassoio, pensai, Vaffanculo. Certe volte non ti resta che comportarti da uomo. Così tirai fuori il rasoio elettrico di papà, lo attaccai alla presa e mi diedi da fare, e quello che restava dei miei capelli finì nel lavandino. Qualcosa continuava a tornare a galla, come se non volesse finire nello scarico, ma non c'era altra scelta. La testa rasata mi cambiò tutta la forma del viso, sapete? E quando tornai a scuola gli altri se ne accorsero.

Alla fine delle lezioni noi ragazzi andavamo a piedi fino alla stazione, dove di solito dovevamo aspettare un autobus. Per mezz'ora al giorno quel posto era un inferno. C'era questa edicola dove andavamo e che prendevamo d'assalto tutti i giorni, un posto piccolissimo con la merce tutta esposta, accanto a una squallida tavola calda. Quel posto aveva qualcosa, o forse era solo l'assenza di genitori e insegnanti che trasformava anche i ragazzi più calmi in ribelli in preda a un calo di zuccheri. Ragazzi di tredici, quattordici anni che agguantavano centinaia di tipi diversi di cioccolatini, dolciumi, patatine, gomme da masticare. I più piccoli che si urlavano addosso per catturare l'attenzione delle commesse, che sembravano tutte e due la mamma di qualcuno – e noi le trattavamo proprio così. Una volta vidi un ragazzo lanciare i soldi e scappare perché non voleva perdere l'autobus. La stazione era un campo di battaglia, ma oltre che a combattere ci andavamo a rimorchiare, con tutte le belle ragazze divise in gruppetti a spettegolare, a cercare di farsi il fidanzato o di lasciarlo, mentre i ragazzi si comportavano come se nessuna delle due cose li sfiorasse. Quel venerdì, in particolare, c'erano ancora più ragazzi del solito. Alcuni erano nel negozio perché ancora non c'erano autobus e fuori pioveva che Dio la mandava. Ero in fondo alla coda quando mi venne in mente che la coda forse non la dovevo proprio fare. Avevo entrambe le tasche aperte, in attesa. Diventai rosso come un peperone, alzai lo sguardo e vidi Jay che annuiva.

Jay mi era entrato in testa e aveva capito cosa stava succedendo, prima ancora che me ne rendessi conto io. Sorrise con malizia e annuì un'altra volta, appena un cenno, sicuro. Non riuscivo a distogliere lo sguardo. Lasciai andare la barretta di cioccolato senza staccargli gli occhi di dosso, la sentii cadere dalla mano nella tasca, poi mi voltai e corsi lungo la strada principale, senza guardarmi indietro finché non mi fui avvicinato a casa di tre fermate. Quando alla fine l'autobus mi raggiunse e salii, fradicio, gli altri ragazzi scoppiarono in un applauso. Jay rise e disse che ero un talento naturale. Disse che secondo lui da quel negozio si poteva prendere tutto quello che si voleva. Ci si poteva entrare vestiti a strisce bianche e nere, con una borsa con su scritto REFURTIVA. Disse che potevamo fare un sacco di soldi rivendendo i dolciumi a scuola a metà prezzo. Quel pomeriggio mi lasciò sedere in fondo all'autobus e durante la partita successiva con la squadra della scuola mi passò la palla tre volte. Mi fece perfino un assist e festeggiammo il gol insieme. Quel giorno, nelle docce, mentre si raccontavano tutte le storie, le bugie e le avventure, nessuno mi diede del finocchio.

La settimana dopo tornai al negozio per rifarlo, ma stavolta ero tranquillo. Perché no? Rimasi in fondo alla coda, a guardare i prodotti, come se cercassi con attenzione qualcosa che – sorpresa, sorpresa – non c'era. Mi sentivo già un professionista. Astuto. Sveglio. Uno che ha tutto sotto controllo. Feci scivolare in tasca una barretta di cioccolato, poi un'altra, poi un'altra e un'altra ancora, e poi me ne andai, tranquillissimo, con le tasche gonfie, rubacchiando qualcos'altro che nemmeno volevo mentre uscivo. Sempre attento a essere coperto da altri ragazzi, lasciandoli tra me e la cassa. Controllando che la vecchia e sporca telecamera nell'angolo in fondo non mi inquadrasse. Mi misi a correre solo quando non potevano più vedermi. Credevo di essere lì lì per svenire. Continuai a correre anche se non ce n'era bisogno. Corsi e corsi, con il cranio appena rasato esposto al freddo e alla pioggia.

Stavolta corsi per cinque fermate, e l'autobus mi salutò come un eroe – applausi e complimenti che arrivavano da ogni parte. Mentre quel chiasso echeggiava per tutto l'autobus io ero tutto una scarica di adrenalina, una scossa elettrica che sentivo fino nelle ossa. Allora, senza pensarci gridai *Ehi ragazzi, qualcuno ha fame?* Mi sentivo come Gesù o roba del genere, quando moltiplica i pani e i pesci. Come Babbo Natale. Distribuendo i miei regali a tutti i bravi bambini, come se fosse la mattina di Natale. I ragazzi allungavano le mani e supplicavano, inventando qualunque scusa per essere i primi. Uno disse che aveva finito la paghetta e quel giorno non aveva mangiato dolci. Un altro disse che la paghetta non gliela davano proprio, e che quindi di dolci non ne mangiava *mai*. Una disse che i soldi glieli aveva rubati una ragazza più grande. Feci quello che potevo e mi sedetti in fondo all'autobus come se quello fosse sempre stato il mio posto.

Jay, però, non si sentiva altrettanto generoso. Si alzò, mi spinse via dal sedile e mi chiese che cosa stessi facendo. Disse che avevamo un accordo. Disse che non dovevo *dar via gratis tutto quel ben di Dio* – che se voleva poteva FARMI IL CULO. E secondo me avrebbe anche potuto. In quel momento avevo tanta paura di essere pestato che dovevo fare di tutto perché non succedesse. Così gli diedi un cazzotto, più forte che potevo, sulla guancia destra, col pugno stretto come una palla bianca. Quando lo colpii si sentì un crac sordo, e allora fui certo che se non facevo qualcosa quando si fosse rialzato mi avrebbe ucciso. Lo colpii di nuovo, stavolta al naso, che iniziò a sanguinargli sulla maglietta e sul giubbotto, colorando entrambi di un bel rosso vivo. Tutto quel colore. Guardai il volto ferito di Jay, la sua espressione distorta dal sangue. Pensai che ero stato io. Era la mia vittoria. E continuai a pensarlo. Così lo colpii ancora. E ancora. E Jay non reagì. E gli altri mi incitavano. Urlavano. E mi dicevano STACCAGLI LA TESTA! e SCHIACCIAGLI LE PALLE! e STRAPPAGLI IL CUORE E MANGIALO! Mi dicevano AMMAZZALO! Tutti quei ragazzi che non mi rivolgevano mai la parola, e che adesso avevano la bava alla bocca all'odore del sangue.

Quando si accasciò a terra, partirono i calci.

Quello che serve alla squadra

Nei due anni seguenti vai a tutte le partite in casa dello United. Il più delle volte la formazione familiare include te, Guy, papà e lo zio Si, di solito negli stessi posti. (Almeno finché lo United non va in svantaggio e lo zio Si decide che gli eventi sul campo sono direttamente influenzati dall'ordine in cui siede la famiglia Wilson, e sposta tutti). Per papà ogni partita è l'occasione per una lezione di vita. Ti spiega gli schemi nei dettagli, ti dice quello che dovrai sapere quando sarai un professionista – *quando* –, smonta tutto e lo rimonta in una forma completamente nuova. Ha tante cose da insegnarti che quasi lo fanno star male. Non riesce a farsele uscire di bocca abbastanza in fretta. Spiega quanto il bel calcio sia bello davvero, mentre Guy è immerso nella lettura del programma e delle statistiche, o parla con lo zio Si della sua attività, di come vorrebbe diventare come lui, un leone con un bel conto in banca e un futuro glorioso alla Wilson Electrics. Durante l'intervallo di una partita, a metà inverno, lo zio Si mette un braccio intorno alle spalle di Guy e dice *Non è difficile, ragazzo. Lavora duro, punta in alto e spera. Ci sono buone possibilità che ti vada bene.*

Lo zio Si, però, non ha sempre ragione perché in campo, anche lavorando duro, i Rossi non se la cavano bene. Dalla finale di coppa del 1985, dal gol della vittoria di Whiteside, lo United ha fatto schifo e Ron Atkinson ha avuto il benservito. Ora siamo nel novembre del 1986 e il nuovo allenatore è uno scozzese che si chiama Ferguson, e papà dice che se dura sei mesi è grasso che cola. Si comporta come se prima o poi dovesse sostituirlo, e dice che il nuovo arrivato non deve fare altro che mettere fuori squadra certi ubriaconi, tornare a un po' di sana disciplina e spaccare il culo agli altri. Quello che serve davvero alla squadra, tuttavia, è evidente. Una volta, con lo United in svantaggio, lo zio Si ti prende dal tuo posto, ti tira su e grida *Fergie! Fergie! Fagli un contratto!* Guy ride, e ti domandi se non stia ridendo DI te. Perché sei un po' ambizioso.

Le sere in cui non giochi per la squadra della scuola o per quella di club passi la maggior parte del tempo a dare calci al pallone sul retro di casa insieme a Guy – lo COSTRINGI ad allenarsi anche quando lui vuole leggere o giocare dentro casa, perché forse si vive una volta sola e adesso è IMPORTANTE fare così. Fai la cronaca minuto per minuto, a voce alta, e finisce sempre con E WILSON SEGNA ANCORA! Guy si stanca presto. Gioca ancora per la scuola, a centrocampo, ma una sera dopo che avete spento la luce ti dice che è un po' stanco, e non fa che rimandare il momento in cui dirà a papà che smette di giocare, perché pensa che darà di matto. Non fai parola del fatto che a papà non frega più niente di cosa fa Guy. Perché lui non è stato miracolato come te. (Ricorda, però, il talento non è tuo: *appartiene a Gesù*, come ti ricorda sempre mamma). Negli ultimi tempi, inoltre, papà non fa caso a troppe cose, a meno che non gliele portino in una pinta. Digrigna i denti. La mattina. Di notte. A volte, ti sembra che quel rumore stridente trasudi dalle pareti.

Guy dice che vuole prendere il comando dell'impero dello zio Si da quando ha compiuto dodici anni. È un adolescente a cui *piace la matematica* e che parla di imparare a tenere un bilancio come se fosse una cosa divertente. Perciò è strano quando una sera ti dice che in realtà vorrebbe fare l'astronauta. Vedere la Terra dallo spazio. Guardare giù e vedere i paesi del mondo tutti insieme. Galleggiare lassù, al buio, in assenza di peso, e guardare l'umanità. Non riesci a pensare a una cosa più da smidollati, e gli dici di continuare a fare le addizioni e a leccare il culo allo zio Si. Gli dici che è troppo vecchio per certi discorsi. Lui ride, ti dà un pugno sul braccio e ti dice *Sei proprio un idiota, Mikey*. Più tardi quella sera, dopo aver spento le luci, con lo sguardo rivolto al soffitto finisci col dire a Guy che vorresti che fosse *lui* tuo padre, e non solo tuo fratello. Lo credi davvero, ma glielo dici perché pensi che lo farà felice. Pensi che dirà *Grazie, figliolo*. Ti arrufferà i capelli. Poi riderà. Come lo zio Si fa con lui, a volte. Guy invece ti fa promettere di non dirlo mai più, e ti dice che *nostro padre è in una situazione finanziaria molto difficile e fa del suo meglio. Ricordatelo*. Sembra piuttosto arrabbiato. E lo sei anche tu, in effetti, perché se nessuno ti dice cosa significa *una situazione finanziaria molto difficile*, tu come fai a saperlo?

L'inverno del 1986 arriva e se ne va e sempre, tutti i giorni, c'è il calcio. In tv, sui giornali (leggi la pagina sportiva tutte le mattine, ci fai cadere sopra i cereali), alla radio, all'andata o al ritorno da una partita. Lunedì dopo la scuola: allenamenti con la squadra della scuola. Mercoledì dopo la scuola: partita con la squadra della scuola. Giovedì dopo la scuola: allenamenti con la squadra di club. Domenica mattina: partita con la squadra di club. Poi c'è lo United. Quindi mamma non la vedi tanto, tranne a cena o a colazione o quando ti servono soldi, e quando succede lei ti guarda con quegli occhi tristi e sembra che pensi che sul serio, davvero, se deve essere onesta, sarebbe stata più contenta se quel Dio di cui parla tanto (ma che non FA mai niente!) le avesse dato due belle bimbe tutte rosa, e non due ragazzi chiassosi, sempre imbronciati e puzzolenti, che non vogliono stare fermi un attimo, stare in casa, tenerle la mano, dire qualcosa su qualche argomento, mai. Tranne *voi-sapete-cosa*. QUEL MALEDETTO CALCIO. Bambine che avrebbe saputo come amare. Bambine che avrebbe potuto educare e a cui avrebbe potuto insegnare delle cose e che il mondo non le avrebbe portato via così presto. Capisci tutto questo in un pomeriggio caldo e soleggiato di primavera mentre lei sta sulla porta a guardarvi palleggiare – trentatré, trentaquattro, trentacinque, testa, spalla sinistra, piede destro… Ma i bambini non si ordinano per posta. Non puoi sapere se farai nascere Lex Luthor o Superman. Peter Davenport o Denis Law. Tiri i dadi, incroci le dita e preghi.

Quel giorno, quando mamma ti chiama dalla finestra, ti accorgi di come stanno davvero le cose. Non puoi ammettere, tuttavia, di sapere cosa stia pensando, anche se i suoi occhi dicono chiaramente *Che cosa ho fatto per meritarmi questo?* Il suo sguardo si posa su di te e dice *Diventerai proprio come tuo padre*. Dice *Ti ho già perso*. Così le ricordi che quando sarai un giocatore dello United ricco e famoso farai una barca di soldi e le comprerai una casa enorme – una casa cento volte più grande della bifamiliare dove abitate ora – e lei sorride di nuovo, triste-triste-triste, e torna dentro. Tu le vuoi bene ma sarebbe davvero da smidollato dirglielo, ancor più che voler fare l'astronauta, e comunque NON È COLPA TUA SE È COSÌ INFELICE, NO? Allora ti volti e torni alla tua partita. Guy aspetta in porta e ci sono i rigori. United contro City. La finale della Fa Cup. Finisce sempre allo stesso modo. Mikey Wilson, ragazzo di Manchester nato per giocare al Teatro dei sogni, segna il gol della vittoria. Scivola sulle ginocchia verso il pubblico (la siepe tra il giardino e i binari del treno) e mette le mani a coppa dietro le orecchie.

Scrosciano gli applausi.

Sorride.

DOMENICA 23 SETTEMBRE 2007
PREMIER LEAGUE

UNITED 2-0 CHELSKI
TÉVEZ 45'
SAHA 89' (R)

SPETTATORI: 75.663

Giggsy Watch – JohnTerry'sMumIsMyBitch dice: Ryan DI NUOVO IN FORMA! Voialtri teste di cazzo che lo insultavate non dovreste nemmeno ESSERCI su questo sito. Chi dice che non ha più le gambe? Ha giocato 90 minuti, ha mandato in gol Tévez e ha pure sfiorato la traversa. Come diceva sempre Gold_finger, «Ryan ti fa credere che esiste un Dio del calcio». Beh, alleluia, gente. Sia lodato Gesù Cristo!

Voto medio dei tifosi: 8/10

Era l'ottantanovesimo minuto di gioco. Il Manchester United, campione d'Inghilterra, stava per battere il rigore del 2-0, ormai non poteva perdere e per la prima volta da settimane aveva giocato con carattere. Un boato risuonò in tutto l'Old Trafford quando Louis Saha prese la rincorsa e spedì il pallone al centro della porta.

Nell'istante in cui gonfiò la rete, Mike Wilson era abbracciato all'uomo alla sua sinistra e pensava a quanto fosse fortunato a vivere in quel posto e in quel periodo. Sarebbe potuto nascere ovunque nel mondo, in qualunque secolo. Sarebbe potuto nascere prima che inventassero il calcio, o in qualche altro posto dove non avevano un campionato professionisti, in qualche altro posto dove il calcio era vietato o dove, semplicemente, alla gente non piaceva. Sarebbe potuto nascere dall'altra parte dell'Atlantico, nel paese del baseball. Sarebbe potuto essere uno dei famosi Rossi di Mumbai, condannato a guardare tutte le partite da migliaia di chilometri di distanza, a tarda notte o la mattina presto, avvolto nella bandiera e sognando di andare, un giorno, in pellegrinaggio alla Mecca del calcio. Oppure uno dei famigerati Rossi di Londra, che affollavano i pub e i bar di Camden e facevano il tifo imitando l'accento di Manchester, fingendo di essere nati in una fila di case a schiera del Nord. Lui invece era fortunato. Da dove era nato al Teatro dei sogni poteva arrivarci a piedi. Ancora aggrappato alle spalle del suo nuovo amico pensò, C'è gente in Cina che *sogna* di vivere a Salford. Sarebbe potuta andare molto peggio. Sciogliendosi finalmente dall'abbraccio Mike si rese conto, con un brivido, che sarebbe potuto nascere tifoso del City.

Per poco, anzi, non succedeva davvero. Anni prima, lo zio Si gli aveva raccontato che da ragazzo andava con suo padre e suo nonno a vedere una settimana lo United e un'altra il City. Nonno Peter aveva perfino due sciarpe, una rossa e una blu, legate alle estremità della testiera del letto. Tutte le settimane, così, aveva una partita in casa a cui andare.

«Oggi non succederebbe mai» disse lo zio Si a Mike con un sorrisetto. «Era un altro mondo».

Mike allora era solo un ragazzino. Aveva riso. «Era peggio!» aveva risposto. «Meglio morto che Blu!».

Allora fu lo zio Si a ridere. «Ne sei sicuro, giovanotto?» aveva detto. «Assolutamente sicuro?».

Mike ripensò al vecchio botta e risposta con lo zio Si mentre tornava a vedere la partita, negli stessi posti dove avevano avuto quella conversazione, ai tempi lontani in cui i Wilson andavano all'Old Trafford al completo. Ancora non riusciva a credere che la sua famiglia avesse tifato per tutte e due le squadre insieme. Il fatto di non essere il City rendeva lo United ancora più United e, appena finì la partita contro il Chelsea, Mike si alzò e intonò un coro, a braccia aperte.

Mio padre mi dice di tifare City
Io dico COGLIONE ma che CAZZO dici
Meglio scopare un secchio col buco
Che tifare City un solo minuto...

Quel coro gli procurava un fremito in ogni parte del corpo. Non se ne stancava mai. La giornata, tuttavia, non era stata del tutto piacevole.

Ancora 0-0 dopo mezz'ora e negli ultimi tempi si segnava poco, e allora i Tre Scimuniti erano abbastanza contenti e si crogiolavano nel loro particolare genere di infelicità. Mike non aveva detto niente. Anche dopo che il Chelsea era rimasto in dieci loro continuavano a pensare che l'arbitro fosse corrotto, «pagato dalla mafia ebrea di Abramovič» come diceva uno di loro. Poi, dopo che lo United ebbe segnato, tornarono a quello che facevano sempre quando non c'era niente di cui lamentarsi, mettendosi a gridare ogni volta che uno del contingente straniero del Chelsea toccava palla.

«Maledetti stranieri, imbroglioni!» urlò Dave.

«Tornatevene affanculo da dove siete venuti!» gridò Bill.

Mike schiumava di rabbia, in silenzio, e non riusciva a godersi la partita. Non finché i Tre Scimuniti si comportavano come se fossero ancora negli anni Trenta e tutti i giocatori dovessero essere onesti ragazzi di Manchester, figli della classe operaia che quando non giocavano lavoravano in fabbrica con la coppola in testa, andavano allo stadio in autobus e poi, dopo la partita, li trovavi al pub coi tifosi a farsi un paio di pinte e una partita a domino. Oggi anche nello United c'era qualcuno che non aveva un passaporto esattamente britannico – Cristiano, Nemanja, Patrice non sono proprio tipici nomi inglesi, no? Anche Paul Scholes era di Oldham. Neanche il povero vecchio e dimenticato Wesley Brown, l'unico nato dalle parti di Manchester, era proprio bianco, e perfino Ryan, il prototipo del mancuniano d'adozione, aveva un padre nero. Il calcio ormai apparteneva al mondo intero. I Tre Scimuniti, però, capivano solo quello che volevano capire, e più Mike cercava di ignorarli, più non riusciva a pensare ad altro. Il primo tempo era quasi finito, e adesso si stavano divertendo.

«Che bella abbronzatura Bill» disse Dave. «Sei andato in vacanza, giusto?».

Bill disse: «Io e mia moglie ci siamo fatti una settimana low cost a Marbella. Dicono che se ti va male, in questo periodo dell'anno puoi anche gelarti le palle, ma invece faceva caldissimo, credimi. Trenta gradi! Ho passato l'intera vacanza a prendere il sole. Qualche altro giorno su quella sdraio e diventavo negro!».

Dave si mise a ridacchiare. «Beh, allora non avresti più dovuto pagare le tasse, no? E avresti preso tutti i cazzo di sussidi del mondo».

Con tutto sé stesso, Mike avrebbe voluto girarsi e interromperli, e dire ai Tre Scimuniti di *chiudere quelle cazzo di bocche oppure lui...*, di *guardare la partita*, di *avere un po' di rispetto*, ma proprio in quel momento arrivò il primo gol, lo stadio esplose e tutto fu dimenticato. Era stato un cross di esterno di Ryan Giggs, un colpo di classe della più grande ala sinistra di sempre, e il primo gol nello United per l'ennesima stella del lungo elenco di stelle dello United, Carlos Alberto Tévez, un uomo che adesso Mike era sicuro di poter amare, senza condizioni, per sempre.

Durante l'intervallo Mike andò in bagno, prese un caffè e un pacchetto di patatine e tornò al suo posto. Poi si girò verso il suo nuovo amico.

«Giggsy è al massimo adesso, eh?» disse. «Quel cross me ne ha fatto ricordare un altro che mi fece in allenamento, nel 1991. Me la mise proprio sulla fronte».

«Non ci credo!» disse l'uomo. «Giocavi nello United?».

Mike alzò le spalle. «Anche allora Ryan era il migliore».

L'uomo guardò Mike come se lo vedesse per la prima volta, cercò di capire se stava scherzando o diceva sul serio e poi gli tese la mano.

«Terry Masterson» disse. «Ingegnere civile. E GRANDE fanatico dello United. Piacere di conoscerti».

Mike strinse la mano di Terry e sorrise. «Mike Wilson» disse, sorridendo. «Un altro fanatico dello United. Piacere mio, credimi».

«Wow» disse Terry. «Credo di non aver mai incontrato un vero giocatore dello United. Quando sei entrato in rosa?».

«Beh, ho firmato che ero molto giovane e sono arrivato in prima squadra negli anni Novanta. Insieme a Ryan, a David Beckham, alle sorelle Neville. La classe del '92, sai?».

Terry schioccò le dita. «Ehi, ma io ti conosco! Eri un attaccante, vero?».

Mike annuì con modestia. Sapeva che in situazioni come quella era meglio non tirarsela. Ai tifosi non piacevano quelli che se la tiravano.

«Allora, sei rimasto in contatto con qualcuno della vecchia squadra?» domandò Terry.

«Certo» disse Mike. «Quando si vive una cosa del genere si resta legati. Adesso, però, sono con una squadra di dilettanti. Voglio fare l'allenatore. Non vorrei che i ragazzi pensassero che sono a caccia di favori».

Terry annuì. «Certo» disse. «Sei un uomo d'onore».

«Comunque sì, sono in contatto con alcuni di loro. Rosso una volta, Rosso per sempre, no? E ho visto Ryan qualche settimana fa, a Salford. Abbiamo bevuto una cosa in santa pace».

«E com'era?».

«Come sempre. Un perfetto gentiluomo».

«Ehi, venite mai allo stadio insieme?».

Mike alzò le spalle e sorrise. «Che vuoi che ti dica? Preferisco sedere in mezzo ai tifosi».

Proprio in quel momento il pubblico applaudì.

Una volta messo al sicuro il risultato, nemmeno i Tre Scimuniti potevano rovinargli l'umore. Gli ultimi due minuti furono i migliori della stagione fino a quel momento. Il mondo intero, come disse a Terry, stava per diventare un «paradiso senza-José-Mourinho». Dopo quella partita i media avrebbero ricominciato a parlare dello United come di un vero pretendente al titolo. Dopo il fischio finale, Terry e Mike si strinsero di nuovo la mano.

«Bene, allora» disse Terry. «Ci vediamo alla prossima?».

«Sicuro».

«Aspetta che dica ai miei amici che ho il posto accanto a una vera stella dello United!».

Mike rise. «Ehi, è passato un sacco di tempo. Sono solo uno qualunque».

Quella sera Mike uscì, come voleva la tradizione, ma rientrò prima del solito. Il giorno dopo doveva alzarsi presto – ogni giorno era pieno di nuove sfide – quindi arrivò a casa in tempo per *Match of the Day* 2, un piccolo piacere che aveva sempre un suo perché. Secondo i conduttori l'arbitro aveva sbagliato forse un paio di volte, come in occasione del rigore, ma per Mike Wilson lo sapevano tutti che a *Match of the Day* erano contro lo United, anche nell'edizione della domenica. Sul divano c'erano un sacco di ex giocatori del Liverpool e dell'Arsenal. Il programma però gli piaceva lo stesso; il culmine di quella che era stata una settimana insolitamente tranquilla. Fino a quel giorno aveva solo dormito e lavorato. Il curry in equilibrio su un ginocchio, una coca in mano, in jeans e maglietta, Mike alzò la lattina al cielo davanti alla classifica. Lo United era salito in seconda posizione, il Chelsea era sceso in sesta.

Dopo la fine del programma Mike studiò una versione più dettagliata della classifica sul computer, nella sua stanza dello United. Là dentro non c'era quasi più spazio – era zeppa di trofei, foto incorniciate e vecchi programmi. C'era anche un letto, ma non ci si poteva dormire. Tanto a Mike non serviva. Meglio tenerlo per cose più importanti.

Guy cominciò a passarmi i suoi fumetti quando avevo sei o sette anni. Parlavano perlopiù di calcio, vecchi numeri di *Roy of the Rovers* e roba del genere. Insomma, gol all'ultimo secondo, rimonte fantastiche, giocatori che tornano come per magia dopo aver lasciato la squadra o essersi infortunati, scendono in campo barcollando, direttamente dall'ospedale allo stadio per un ultimo istante di gloria. Non mancava niente. Non erano solo fumetti sul calcio, però, c'era anche un sacco di roba militare, storie di eroi basate sulla Seconda guerra mondiale, dove i buoni erano buoni e i cattivi erano morti. Ce n'erano a montagne. A volte li leggevo quei fumetti, a volte no. Servivano a passare il tempo tra le partite, tutto qui.

Una volta iniziate le superiori, Guy cominciò a passarmi dei libri veri – niente cose troppo pesanti, però. Niente che per esempio sembrasse consigliato da un insegnante, o addirittura letto da un insegnante. Niente di troppo lungo, o scritto a caratteri piccolissimi e infilati in ogni angolo della pagina. Mi fece iniziare coi serial killer. Storie di uomini che erano sfuggiti alla legge per anni, si erano dati alla macchia o erano diventati un mito per quanto erano bastardi, e poi avevano battuto cassa scrivendoci sopra un libro. Un sacco di foto di gente tosta sulle copertine. Tatuaggi. Grossi anelli. Grossi gioielli. Il pacchetto completo. Di solito quei libri avevano titoli lunghi.

Me ne ricordo ancora qualcuno perché erano così stupidi, sapete? Ce n'era uno intitolato *Ti scuoierò la faccia*. Non scherzo! Ti leverò la pelle! dalla faccia! Un altro si intitolava *Il cavaocchi. Come ho commesso i miei crimini*. Non me lo dimenticherò nemmeno se campassi cent'anni. Cioè, come fai a scrivere un libro del genere e a non farti prendere? Che, gli sbirri non leggono?

Circa sei mesi dopo Guy era passato a certe pesantissime storie di mafia, a roba fantastica sui ninja e anche su qualche sadico stupratore. Più forte, sì, ma niente di che. Parlavano tutti di uomini muscolosi e solitari che rompevano tutte le regole, ammazzavano un sacco di gente e scappavano con la ragazza. Che la ragazza volesse andare con loro o meno. Guy, però, diceva che quei libri erano diversi. Che, per cominciare, dovevamo nasconderli a mamma e papà, e anche allo zio Si, che era famoso per come vedeva il mondo, il brutto mondo che avevamo intorno: alla che-me-ne-importa, alla peace-and-love, alla va-bene-tutto. Quei libri avevano un inserto fotografico, a metà, che mostrava cadaveri e scene del crimine – lo sa il cazzo dove Guy trovava quella roba. Ehi, non mi vergogno a dirlo, a me più che altro piacevano il sangue e le budella. Tutto quel rosso schizzato su pavimenti, pareti, macchine, letti. Mi ricordo di un cadavere su un biliardo. Alcune palle dovevano ancora finire in buca. E chi non vorrebbe vedere com'è un corpo in decomposizione? Basta non doverne sentire l'odore.

Guy non rovinava mai le cose parlandone troppo. Se ne stava seduto a fumare una canna fuori dalla finestra (per me niente: papà diceva che il tabacco «corretto» era una *garanzia di un biglietto di sola andata per lo Stockport County*) e poi mi passava qualcosa che aveva appena finito di leggere. Magari diceva *Lo vuoi? Il tipo taglia le mani alla ragazza e gliele ficca in bocca*. Oppure *Dai un'occhiata a questo. Mettono il tizio in un sacco e lo buttano giù da un burrone*. Io prendevo tutto quello che mi dava. Una volta spente le luci, annoiato, spompato o entrambe le cose, tiravo fuori la torcia e leggevo *I duri del Bronx* o *I 100 delitti irrisolti più raccapriccianti* o *Terribili fatti di cronaca* finché non mi addormentavo sul libro. La mattina, con gli occhi rossi per essere rimasto sveglio fino a tardi, raccontavo a Guy le cose che già sapeva. Veniva tutto fuori mentre ci lavavamo i denti e ci vestivamo, tipo di quel tizio di Melbourne che incideva una croce sulla fronte delle sue vittime con un coltellino svizzero, poi le uccideva e si filmava mentre faceva sesso con loro. Le cose più malate, come se fosse un gioco. Tutti e due facevamo i duri, fingendo che non ci facessero venire gli incubi. Io a volte aggiungevo particolari alla storia per farla suonare meglio. Di solito Guy lasciava correre, ma a volte diceva *Sei sicuro di aver capito bene, Mikey? Non cominciare a cambiare la storia.*

Poi, un altro cambiamento. Guy compì diciassette anni, io dodici, e i libri sulla mafia e i serial killer scomparvero. Sulla sua metà della parete Guy tolse i poster dello United e della bionda e mise quelli di Che Guevara e di un sacco di vecchi comunisti barbuti. Non fu un granché come scambio, ma almeno era ancora tutto rosso. In quel periodo sembrava che stesse cambiando tutto. Guy smise di uscire la sera e di ubriacarsi col sidro o le lattine di birra scadente giù alla rotatoria. Un giorno mi disse, tutto serio, *Sono cresciuto, fratellino, è ora che cominci a comportarmi da adulto.* Si impegnava a scuola, guardava un sacco di film di guerra e cominciò a parlare della *rivoluzione* oltre che di complotti, intrighi e colpi di Stato. Guy disse che i libri che mi aveva dato fino a quel momento erano una perdita di tempo e passò, in un attimo, dagli omicidi ai massacri. *Ehi, non fare il coglione per tutta la vita* diceva, lanciandomi una copia di qualche libro da fricchettoni sulla rivoluzione russa o sui nazisti. *Leggi* QUESTO.

Attraversò anche una fase in cui impazziva per i nazisti. Dove prima c'era un cadavere alla volta, ora ce n'erano centinaia, a volte migliaia. Cataste di cadaveri. Mucchi di corpi nudi nelle fosse comuni. Corpi portati via con le ruspe e le pale meccaniche. Poi c'era quella cosa degli esperimenti sui prigionieri, sia vivi che morti. Non riuscivo a smettere di guardare, avete presente? Dovevo sapere cosa sono in grado di fare gli uomini ai loro simili. Guy mi raccontava sempre di uccisioni di massa, attentati dinamitardi, gente che spariva nel cuore della notte e guerre di cui al telegiornale non parlavano. (Le guerre di cui i piccoli uomini in grigio non volevano farci sapere niente. Le cose che nei titoli venivano sempre dopo cazzi, mazzi e paturnie di qualche celebrità. E dopo lo sport). A volte non gli credevo. Pensavo che si stesse inventando tutto. Voglio dire – la Palestina, il Congo – non sembrano posti veri, no? Insomma, non ero il classico tredicenne. Sapevo qualcosa del mondo, capito? Sapevo già che era grande, incasinato e pieno di bugiardi e imbroglioni peggiori dei ragazzi con e contro cui giocavo tutte le settimane. Almeno, Guy se n'era interessato abbastanza a lungo perché io imparassi qualcosa del mondo al di fuori del calcio, e dunque non ero uno dei soliti idioti che si ritrovano sui campi da gioco.

Il tipico adolescente che gioca in una squadra pensa che il mondo intero sia un campo da calcio e che il suo unico compito sia divertirsi là sopra e poi andare a scopare (cosa che gli risulta facile perché è un calciatore). È all'oscuro di tutto, sa solo quello che gli dicono gli altri, ovvero che è un grande. Che diventerà una stella. Tutto il vicinato sa cosa sta succedendo a questi ragazzi, a questi idioti, e non si parla d'altro, perché non c'è nient'altro di cui parlare. Vicini, amici, genitori e compagni, qualunque imbecille che incontra al negozio in fondo alla strada – *Come va col calcio, campione? Sei già ricco? Offrici una pinta eh, campione? Che ne diresti di una casa? Ehi, cazzone, perché non mi compri una casa?* Tutti quelli con cui parla gli dicono che diventerà un altro Ryan Giggs. E lui ci crede. Ci credono tutti, questi opportunisti. Pensano che sia la realtà, quando questo con la realtà non ha nulla a che vedere. È stato Guy a farmi capire come il calcio, invece, sia una VIA DI FUGA dalla realtà.

L'arrivo al Teatro dei sogni

Racconti ai tuoi compagni che questo *doveva* succederti. Che eri destinato a essere tolto dalla scuola, liberato da compiti ed esami e dalla scelta di quale lavoro di merda ti fa meno schifo, poi l'apprendistato, poi fare quel lavoro per cinquant'anni e infine morire. Tu sei *nato* per questa vita. È quello che dice papà. È quello che dicono tutti. Gli altri ragazzi ti chiedono se sei nervoso, e parecchi lo dicono come se volessero che lo fossi. Fai finta di no, poi quando Guy vuole sapere se può aiutarti, scatti. *Sto bene* gli dici. *Mica sono un frignone che me la faccio sotto. Sei solo invidioso perché non hanno scelto te.* Guy è in pratica l'unico a essere davvero, ma sul serio, totalmente felice per te, ma tu non puoi lasciarlo stare, vero? Nelle ultime ore che precedono gli allenamenti ti senti come un turista. Un bugiardo. Un perdente. La tua solita spavalderia evapora, e ti domandi se la riavrai mai. (Papà dice che devi temprarti). Sì, sarai negli spogliatoi, nello stadio, vedrai i tuoi eroi nei corridoi, a volte sarai perfino in campo con loro – ma questa non sembra più la tua vita, vero? Ma perché?

È tutta la vita che dormi nella stessa camera e le pareti sono coperte di poster a grandezza naturale che stanno per trasformarsi in persone. Sulla porta c'è Sparky, e sotto una targhetta che hai inciso nel legno anni fa e che dice CAMERA DI MIKE E GUY – VIETATO L'INGRESSO AI GRANDI; sullo specchio accanto alla finestra c'è una figurina di Lee Sharpe e sopra il tuo letto c'è Brian McClair. Lucido, bidimensionale, preso mentre calcia, ogni notte veglia su di te mentre dormi. (Sei un po' troppo grande per queste cose ormai, ma non ti sei mai deciso a toglierlo). Non riesci ad abituarti all'idea che questi poster diventeranno uomini veri, che respirano e parlano e si muovono e insieme danno vita allo United. Influenzano gente in tutto il mondo. Arrivano nelle famiglie, nei soggiorni, filtrano attraverso la radio nei pub e nelle automobili. E non si tratta solo dei giocatori. Il ventre dello stadio è così grande che hai l'impressione di poterti perdere. (Una volta è pure successo, a undici anni, cercando i bagni durante l'intervallo). Da quello che hai visto in questo programma televisivo, *Come vivono le stelle del Manchester United*, quelli della prima squadra guidano tutti dei transatlantici, ma tu non riesci nemmeno a immaginare di saperla guidare, una macchina come quella di Bryan Robson, figuriamoci di avercela.

Da piccolo pensavi che entrare dall'ingresso dei giocatori sarebbe stata una cosa naturale. Giusta. Come entrare in casa per la prima volta. Quando alla fine succede, tuttavia, quando ti presenti spaccando il secondo e ti fanno entrare, immagini qualcuno che ti mette una mano sulla spalla e dice *Scusa, figliolo, i bambini non possono entrare*. O quelle terribili parole, *Mikey, mi spiace ma c'è stato un terribile errore*. Invece non succede, e una volta chiuso il cancello con te dentro, non permetti a nessuno di sapere cosa stai pensando. Fin dal primissimo istante, rimani a testa bassa. Sgobbi. Fai quello che ti dicono. Tutte le sere hai nelle orecchie papà. Siete tu e lui *contro questo mondo di merda*, ed è per questo che hai bisogno di lui. Che avete bisogno l'uno dell'altro.

In tutto questo, papà ti vede arrivare sempre più vicino al sogno, e si comporta come se fosse scontato. *Doveva succedere* dice a chiunque gli domandi qualcosa. Ma non sorride, né ride, mai. A volte è come se ce l'avesse con te perché ti hanno preso. Non è questo che voleva? Forse è ancora arrabbiato perché non è riuscito a incontrare

Fergie. Gli dici *Scusami, avevamo solo paura che gli avresti chiesto un prestito o roba del genere*. Gli dici *Io sto bene, papà. Non devi più fare tutte queste cose per me*. Eppure lo vedi che c'è qualcosa che non va. Certe sere non torna a casa. A volte torna tardi, e con la voce impastata ti racconta dei suoi provini. Di come sarebbe potuto diventare il miglior calciatore che Manchester avesse mai visto. Di come non ti meriti di essere bravo quanto il tuo vecchio e di come, se mai segnerai per lo United, lui probabilmente si frantumerà in mille pezzi, e ognuno di quei pezzi salirà in alto, dividendosi ancora, continuando a fluttuare nel cielo sopra l'Old Trafford. Mamma dice *Ancora questa storia, Gregory?*, scuote la testa e lo manda via. Una volta gli domandi dove va quando lei lo manda via, ma non ti risponde. Se a papà non piace come suona una domanda, gli basta far finta di non averla sentita.

Come dice il buon vecchio zio Si, però, a Unitedworld il duro lavoro paga. Firmi nel luglio del 1991, hai appena sedici anni, ma presto giochi nella squadra della scuola di calcio. Giochi bene. (Come sempre). Segni. (Come sempre). Migliori e continui a migliorare. (Non importa cosa succede fuori dal campo, tutta quella merda resta sempre al di là delle linee di gesso). Pochi contatti col Mister, ma ti avevano avvertito. Pochi contatti con i grandi giocatori, ma ti avevano detto di aspettarti anche quello. A volte uno o due grossi nomi giocano coi novellini, di solito quando rientrano da un infortunio. Una sera torni a casa dallo stadio di corsa. *Mamma! Mamma!* gridi mentre sali le scale *Oggi Mark Hughes ha giocato con noi!* Una voce risponde, *Mark usa...? Mark usa che cosa?* Non credi alle tue orecchie. Vorresti essere nato in un'altra famiglia, una che non sia piena di idioti. *No,* MARK HHHUGHES *ha giocato con noi. Gli ho passato la palla! Me l'ha ripassata!* Mamma compare sulle scale, le mani sui fianchi. *Figliolo, devi pronunciare l'acca per bene. Non andrai da nessuna parte se non pronunci bene l'acca*. Adesso pensi di essere adulto. Presto farai un sacco di soldi, e a quel punto a che ti serviranno i genitori?

Nel frattempo, papà ti chiede in prestito cinque sterline, solo una volta, per una scommessa sicura – forse perché lo zio Si non vuole più prestargli soldi. Quando la scommessa sicura non va in porto e tu vuoi indietro le cinque sterline, lui ti ricorda che *qualcun altro ha un debito da pagare*, che *certi debiti non si misurano in sterline e pence* e che *ci vorrà un sacco di tempo per ripagarli*. Sbuffi. Ti sforzi di ridere. *Dunque non le rivedrò le cinque sterline?* chiedi, e lo affronti. Tu e papà. Adesso siete alti uguali.

La maggior parte delle volte giochi nella Primavera, ma all'inizio del 1992 fai la prima partita con la seconda squadra. (Dicono «seconda squadra» anziché «riserve», così sembra un'altra squadra, non il posto dove parcheggiano gli scarti e i ragazzini). È la stessa settimana in cui la prima squadra batte lo Sheffield United e scavalca il Leeds in cima alla First Division. L'atmosfera dentro l'Old Trafford è elettrica, e fuori è lo stesso, come sui giornali e in tv. Quando li incroci, Jay e Davey, i ragazzi con cui andavi a scuola, ti domandano se lo United è davvero forte come dice la gente. La miglior formazione dello United di sempre. *Oh sì* rispondi alzando le spalle. *Certo. Vinceremo il campionato!*, come se fosse una domanda stupida. Come se il successo fosse una cosa della quale poter essere sicuri. Eppure sembra proprio così, non è vero? Dopo venticinque anni di false partenze la gente comincia a crederci.

La fiducia è contagiosa e con la fiducia arrivano le opportunità. Quando non sei impegnato con la squadra sei circondato dalle ragazze – come se prima si fossero nascoste tra gli alberi o dietro ai lampioni, aspettando il momento giusto per sculettarti davanti e farsi notare. Ora si fanno avanti e ti chiedono di uscire, anche se attaccate alla testa hai ancora le stesse orecchie che prima le facevano scappare. Ti offrono cose che non conosci. Ce n'è un gruppetto che frequenta il parco e una per un po' si scopa Guy – ma dice alle amiche che esce con lui solo per arrivare a te. Una che si chiama Fiona ti offre *il miglior pompino della tua vita* se la fai entrare alla partita contro l'Everton. Papà si incarica di farti mantenere la concentrazione. *Avrai un sacco di tempo per inzuppare il biscottino quando ti sarai ritirato* dice. *È una carriera breve, questa*. Rispondi con un sorriso. *Lo so, lo so* dici, facendo l'imitazione della voce di papà, bassa e rauca, il suono di casa tua. *La storia del calcio è piena di ragazzi che si sono rovinati per correre dietro alla passera*. Ti dà uno scappellotto sulla testa, poi te la strofina con una nocca, tenendotela bloccata sotto un braccio. *Mi arrendo! Mi arrendo!* gridi. *Chi sono io? Chi sono io?* domanda, e continua a strofinare. Urli *Il mio signore e padrone!* IL MIO SIGNORE E PADRONE, ACCIDENTI! Papà ti lascia andare, bacia il punto in cui ti ha fatto male e poi dice *E vedi di non dimenticartelo, dolcezza*.

Negli spogliatoi dello United i giocatori fanno dei cori per sfottere il Leeds perché ora stanno giocando bene. Hanno appena pagato un milione di sterline per un mangiarane, un certo *Can-to-na*. Corre voce che l'abbiano fatto entrare in Inghilterra di contrabbando e che l'abbiano fregato facendolo firmare per lo United sbagliato. *Certo, Messié Éric, firmi qui prego. Scriva il suo nome sulla linea tratteggiata. Ecco fatto. Nero su bianco. Adesso è nostro*. A volte quando canti, ridi e scherzi negli spogliatoi ti senti come se non ti importasse nemmeno di morire. Anche se sei ricoperto di lividi e così irrigidito che riesci appena a muoverti, anche se Guy dice che lui a mamma e papà dà sei mesi al massimo. (Guy pensa che se non lo butta fuori lei, papà finisce in galera o sarà il prossimo sulla lista nera di qualche strozzino). Quei momenti negli spogliatoi, con tutta la squadra insieme, sono gli unici in cui ti dimentichi chi sei. Ti sembrano davvero dei compagni. Soldati come te, a combattere per il Santo Graal. Ragazzi che darebbero la vita per te, come tu la daresti per loro, nell'istante in cui arrivasse l'ordine dall'alto. In momenti come quelli ti senti un gigante.

Per tutto il resto del tempo te la fai sotto.

I tuoi allenamenti sono già parecchio duri – ehi, stiamo parlando dello United –, ma è come un'ossessione. Non fai mai abbastanza.

Vorresti tirare fuori tutto quello che hai, fino all'ultimo grammo. Allora, non molto dopo il vero inizio, cominci a mettere la sveglia prestissimo. Fai cinquanta flessioni, cinquanta addominali e cinquanta piegamenti prima della colazione che, nei giorni in cui sei a casa, mamma ti serve facendo certe scene come se ti riservasse un trattamento da vip. (Guy dice a mamma che ti tratta come se fossi *il Dalai Lama del cazzo o qualcuno del genere*). Cominci a preoccuparti di quello che mangi. Pesi tutto. Vai a letto presto. Corri per conto tuo anche la mattina e dopo gli allenamenti provi qualche calcio di punizione. (Vuoi che ti vedano, ma non lo dici). Ti spingi oltre, lavori più duro, sperando che qualcuno ti noti. Sei sempre stanchissimo, sempre nervoso. Se il Mister viene a parlare alla squadra, se solo *si avvicina*, le gambe ti diventano di gommapiuma. È difficile addormentarsi e ancora più difficile alzarsi la mattina, ma tu dici che non te ne frega niente. Un giorno il fisioterapista ti chiede se reggi bene l'allenamento e tu rispondi *Certo che sì. Perché? Ti serve qualche dritta?*

Prima di entrare nello United pensavi di volere soltanto un'occasione per dimostrare quanto valevi, e invece no. Volevi soltanto qualcuno che ti mettesse un braccio intorno alle spalle e ti dicesse *Tranquillo, Mike. Resterai qui per sempre. Ora rilassati*. Non lo fa nessuno, vero? Anche quando sei con gli altri in realtà sei solo. Lo impari alla svelta. Guy dice che tutti all'inizio battono la stecca. (E tu la batti parecchio). Tutti si sentono fuori posto. (E tu non ti senti per niente a tuo agio). Tutti si sentono dare del frocio e si domandano perché gli altri sembrano così lontani. Tu non vuoi mollare, però. Un conto è essere ignorati in una squadra di ragazzini, dov'è tutto un passatempo. Dove l'unica cosa che conta è chi ce l'ha duro, chi può permettersi le stronzate più inutili, chi ha la ragazza con le tette più grosse o il culo più sodo. Tu invece hai sempre pensato che nel mondo dei grandi sarebbe stato diverso. Non doveva essere uno per tutti e tutti per uno? Non doveva essere così?

SABATO 8 DICEMBRE 2007
PREMIER LEAGUE

UNITED	**4-1**	**DERBY COUNTY**
GIGGS 40'		**HOWARD 76'**
TÉVEZ 45', 60'		
RONALDO 90' (R)		

SPETTATORI: 75.725

Giggsy Watch – MarryMeRyan? dice: Oggi eravamo tutti con Giggsy. Ha giocato da vero capitano. Centesimo gol in campionato. Fantastico. E voialtri tifosi a tempo perso a dire che avete sempre creduto nella Leggenda, quando metà di voi la settimana scorsa lo insultava! @MadRed4Eva666 SAI DI KI PARLO! Ciao.

Voto medio dei tifosi: 8/10

Lo amavano ancora. E perché non avrebbero dovuto? Non c'era motivo per non volergli più bene.

Quando fu sostituito dopo settantacinque minuti, tutto l'Old Trafford si alzò in piedi ad applaudire Ryan Giggs: famiglie con bambini piccoli, coppie, chiunque, dai gruppi di ragazzi alle vecchiette con sciarpa e guanti dello United, che bevevano caffè dai thermos e ascoltavano la radiocronaca. Mike Wilson ascoltava con un auricolare solo e l'altro penzoloni, per godersi allo stesso tempo la radio e il rumore dello stadio. Il commentatore elencò i successi di Ryan. Per leggere quell'elenco ci volle un sacco di tempo.

«Ed ecco che esce» disse il commentatore. «L'ultimo calciatore gentiluomo».

Poi si mise addirittura ad applaudire.

Per Mike, questa cosa ormai durava da una vita, e sembrava che ultimamente Ryan battesse un nuovo record ogni volta che entrava in campo. Resistere un'altra partita, fare un altro chilometro, sopravvivere un'altra giornata produceva una nuova esplosione di editoriali che riempivano le pagine dei giornali, lo spazio infinito dei blog su internet, il palinsesto di radio e televisioni, e tutti a sbavare con altre chiacchiere sul Miglior giocatore della Premiership di sempre. E il giorno dopo avrebbero continuato. Caricato dal centesimo gol di Ryan con la squadra, lo United aveva ottenuto senza difficoltà la vittoria contro il Derby County, che navigava in zona retrocessione – dunque c'era stato abbastanza tempo per riflettere. Opportunità a sufficienza per abbandonarsi ai ricordi, mettere i suoi successi in prospettiva, accostarlo a tutti quelli che avevano fatto onore al palcoscenico del Teatro dei sogni e degli incubi negli ultimi cent'anni e più. Neanche il gol del Derby aveva turbato più di tanto i tifosi di casa, che volevano solo festeggiare Ryan. Quando Sir Alex Ferguson fece cenno al giocatore di uscire, anche in quello sembrò rendergli omaggio. Diede a entrambe le tifoserie, e ai neutrali di tutto il mondo, l'occasione per dimostrargli affetto.

Restavano solo due minuti di gioco e il rumore nello stadio era forte, divorava tutto. Migliaia di tifosi intonavano il nome di Ryan mentre lui si sedeva in panchina, un perfetto esempio di calma e contemplazione, all'apparenza nemmeno sfiorato dall'adorazione di migliaia di persone. Mike guardò Ryan sfilarsi lo scarpino sinistro e togliersi il calzettone per controllare qualcosa sul piede. Mike si domandò se avrebbe mai mollato. Avrebbe continuato in silenzio, con regolarità, giocando sempre meno, ritirandosi proprio al momento giusto, appena prima di essere allontanato? Sarebbe sceso di qualche gradino, magari giocando un ultimo campionato o due nelle divisioni minori, o avrebbe preferito passare all'incasso e andare a giocare per un po' in Giappone, o in America, o a Dubai? Avrebbe allenato la nazionale del Galles – e, nel caso, avrebbe fallito come tutti quelli prima di lui, o avrebbe sparso anche lì la sua polvere magica? Sarebbe diventato l'opinionista più noioso del mondo? Si sarebbe messo a fare conferenze? Avrebbe fondato un'organizzazione benefica? Avrebbe lasciato il calcio per diventare un monaco buddhista? Mentre Ryan si accomodava tra i compagni e le riserve in panchina, alcuni nati dopo il suo debutto nello United, alcuni che non avevano conosciuto altro United se non quello in cui c'era lui, sembrava che potesse andare avanti – da giocatore – per sempre. E, sulle note di *Love Will Tear Us Apart* dei mancuniani Joy Division, la folla cantò, fragorosa, orgogliosa e stonata, mentre il gioco tracimava nei tranquillissimi minuti di recupero. Mike chiuse gli occhi e mise le mani in tasca, concentrandosi sulla canzone. Non vedeva, non udiva, non percepiva altro che quel ritornello. Così forte, dappertutto. Nelle orecchie e nelle viscere. Come se fosse l'unica canzone del mondo. E per un po', per Mike, fu davvero così.

Giggs… Giggs will tear you apart again…
Giggs… Giggs will tear you apart again…
Giggs… Giggs will tear you apart again…
Giggs… Giggs will tear you apart again…
Giggs… Giggs will tear you apart again…
Giggs… Giggs will tear you apart again…
Giggs… Giggs will tear you apart again…
Giggs… Giggs will tear you apart again…

La notte prima non avevo dormito. Non dormivo da giorni. La camera era solo un grande spazio vuoto e non sapevo più che farmene.

In quei lunghi anni nel letto a castello con Guy non volevo altro che un posto tranquillo dove stare per conto mio. Cristo, quante volte gli avevo gridato di *chiudere quella cazzo di bocca* quando russava così forte da svegliare sé stesso, oltre che me. Adesso invece ero da solo, in silenzio, a ripensare a quel rumore. Sapevo come si muoveva Guy quando aveva un incubo, il modo esatto in cui il letto scricchiolava mentre si faceva l'ennesima sega, il modo in cui mi parlava per ore del futuro e di come bisognava *prenderlo per le palle, Mikey, e non lasciarselo scappare!*, e poi si addormentava a metà di una frase. Ora se n'era andato. Nelle ultime cinque notti ero rimasto sveglio a pensare, Avrei potuto fermarlo? A pensare, Questa Sally con cui è andato a vivere. Non l'ho nemmeno mai incontrata. A pensare, C'è troppo silenzio, cazzo, non riesco a dormire. Poi squillò il telefono e io risposi prima che potesse farlo qualcun altro. *Pronto?* disse una voce. *Sei libero?* Mi vestii e uscii. Beh, tanto non c'era verso di prendere sonno, no?

I genitori di Jay erano andati via per una settimana, quindi avevamo la grande casa tutta per noi. Quando arrivai la porta d'ingresso era aperta, lo stereo a palla. C'erano mozziconi di spinelli per terra e lattine vuote di Boddies vicino ai gradini. Otto o nove tizi stavano in salotto ad ascoltare musica, scolare birre e parlare di questo o quel gruppo. Todd e Davey giocavano a carte. Mi sedetti e presi una lattina, la aprii, ascoltai un po' di chiacchiere, poi Jay mi passò una canna. Mi ricordavo cosa aveva detto papà, e quando allungai la mano mi domandai sul serio, sapete?, se stavo mettendo la firma per una carriera con il County o con qualche altra squadra minore. Se mi stavo rovinando con le mie mani. Da che avevo memoria, tuttavia, mi ero sempre concentrato sul calcio, sul calcio e sul calcio, e per un paio di secondi non mi sembrò abbastanza per riempire una vita intera. Guy se n'era andato. A vivere con una *ragazza*. E avevo sentito dire che il prossimo fine settimana sarebbero venuti degli osservatori a vederci giocare. Come avrei fatto a sopravvivere fino ad allora senza uscire di testa? Mandai il fumo nei polmoni, poi lo buttai fuori. Jay sorrise. Disse *Va tutto bene Mikey*. E mi sentii come se sapessi cosa intendeva. Quella notte ci ubriacammo, facemmo a botte e tirammo roba in giro per il giardino cantando *I Wanna Be Adored. I don't have to sell my soul, he's already in me*, cantavamo. Poi Jay disse *Chi ha voglia di giocare a poker? Che sia interessante, però, eh?* Sembrava che Manchester fosse il centro dell'universo. Il posto più fico del pianeta. E lo sarebbe stato per sempre. Rientrai a casa un paio d'ore prima che suonasse la sveglia.

È per questo che la mattina dopo ero in ritardo e correvo giù per la discesa per prendere l'autobus con la cravatta della divisa scolastica in una mano e lo zaino che ciondolava dall'altra, rendendomi conto troppo tardi che mi ero dimenticato la roba da ginnastica e che l'insegnante mi avrebbe ammazzato. Credo che in realtà la colpa fosse di Guy, perché tanto per cominciare se fosse stato a casa non mi avrebbe lasciato andare da Jay. Oppure era colpa di papà. Se non fosse stato fuori per lavoro mi avrebbe chiuso in camera. Per via del momento, capite? Perché questa era la settimana in cui avrei dovuto aprire la porta di quel posto grande e pieno di luce a tutta la famiglia. (Un attimo: se era così importante allora perché non c'era più nessuno?). Mentre correvo dietro all'autobus, sempre più veloce, più veloce, più veloce, ripensai al brivido della notte prima quando erano uscite le carte giuste e avevo tirato le fiches verso di me. Quella sensazione che poteva solo significare che lassù qualcuno mi amava. E che sarebbe andato tutto bene.

Venti minuti dopo, accaldato e sudato, con la bocca secca e amara, non ero dell'umore giusto per essere cazziato. Il signor Cobb era sempre impettito quando ci dava istruzioni. A volte si scordava che era lì per insegnare e ci raccontava di come lo avevano fatto fuori dalla squadra olimpica della Gran Bretagna nel 1984. Quando gli dissi che mi ero dimenticato la roba reagì come se avessi appena commesso un omicidio e, non scherzo, sembrava che stesse per avere un infarto. Cominciai a ridere. Non riuscii a trattenermi dal dirgli *Fai quello che vuoi, testa di cazzo*. E, perché no?, di lì a una settimana avrei potuto liberarmi di quel posto inutile, di quella gente insignificante. Cobb invece perse la testa e cominciò a gridare con la bava alla bocca. Faceva davvero paura. Magari anche suo fratello aveva traslocato. Magari anche suo padre lavorava tutta la settimana a Newcastle. *Tutto bene, signore?* domandai. Cobb prese una sedia e mi ci fece salire. Mi prese per un braccio e mi trascinò là sopra. Mi si avvicinò, con la faccia ancora più rossa. Viola. Stava per esplodere.

Ripeti dopo di me, Wilson. Di': Devo imparare a portare rispetto.

(Fai come dice, non è più tanto divertente).

Di': Sono un finocchio e ho la faccia come il culo.

(Prima di dirlo, vedi se fa sul serio. Gli altri soffocano le risate).

Sono un finocchio con la faccia da culo che non dimenticherà più la roba da ginnastica.

(Lo dici).

Sennò dovrò fare gli esercizi nudo e tutti mi vedranno il pisellino.

(Lo dici, pianissimo. Allora te lo fa ripetere. A voce più alta).

SENNÒ DOVRÒ FARE GLI ESERCIZI NUDO E TUTTI MI VEDRANNO IL PISELLINO.

(La faccia ti va a fuoco, ma non perdi la calma).

Mentre parlavo mi girava intorno, poi guidò la classe in un bell'applauso in mio onore, per festeggiare il fatto che finalmente avevo ammesso la dura verità. Poi congedò tutti, spiegando che oggi c'era atletica e dovevano fare altri due giri di pista *e ringraziare il signor Fai Quello Che Vuoi*. Successe tutto molto lentamente, il discorso, io che evitavo di piangere (non piangere, non piangere, non piangere), qualcuno dei ragazzi che si lamentava per i giri di pista in più (Jay, con le borse sotto gli occhi e giù di corda dopo il poker della notte prima, era tra quelli), ma la maggior parte della classe rideva e basta, anche se sembrava che ridessero di Cobb tanto quanto ridevano di me. (E lui lo sapeva, vero?). Jay rideva più forte, come se in realtà non lo trovasse affatto divertente, e mi ricordò qualcuno. E non potevo lasciar correre, giusto? Non più. I ragazzi dovevano imparare a non prendermi per il culo, qualunque cosa fosse successa. Anche Jay. Soprattutto Jay, che mi aveva già contrariato altre volte. Insomma, quando aspettò che Cobb se ne fosse andato e, sorridendo, mi sibilò all'orecchio *pisellino*, non potevo lasciar correre.

Questo, in parole povere, è quello che dissi agli sbirri quando vollero sapere perché avevo rotto un braccio e uno zigomo a quel ragazzo. Perché l'avevo preso a calci in faccia di fronte a venti testimoni. Perché gli avevo spaccato il naso e fatto saltare tre denti, quelli davanti, a forza di pugni. A quel punto ero di nuovo calmo e la feci sembrare una cosa ragionevole. Alla fine, dire bugie è piuttosto facile. Seduto dietro uno di quei tavolini di legno alla stazione di polizia, sogghignando, lasciai intendere agli sbirri che tutta la faccenda era stata provocata da *un'umiliazione pubblica che non meritavo, inflitta da una persona in una posizione di responsabilità*. Lasciai intendere che forse una persona di quel genere non avrebbe dovuto più insegnare. *Maltrattamento minorile, si chiama così vero?* domandai. Gli sbirri si agitarono sulle sedie. Farfugliarono qualcosa. Dissero che si sarebbero occupati della faccenda con la scuola, mi fecero un richiamo formale e mi lasciarono andare.

La vita davanti

Alla fine di marzo del 1992 fai il tuo primo gol con la seconda squadra, ed è il tuo MIGLIOR GOL DI SEMPRE. Prendi la palla a metà campo, quasi sulla linea del fallo laterale, e vai dritto verso la porta, vincendo due, tre, quattro contrasti. Va così liscia, è così facile che quasi non ci credi. Scarti un altro difensore, poi un altro, pensi che la palla ti sfuggirà, sei stupito di averla ancora attaccata al piede quando arrivi al dischetto. C'è un altro difensore, che probabilmente ha il doppio dei tuoi anni ed è due volte più grosso di te. Un gigante. Lo tieni a distanza, gli giri intorno, carichi il destro e mandi la palla all'incrocio dei pali, mentre il portiere si tuffa e allunga le dita per cercare di prenderla, ma sa già che non ci riuscirà. La rete si gonfia, la palla tocca terra e tu festeggi come se avessi vinto un oro alle Olimpiadi. Baci lo stemma. Baci mezza squadra. Cadi in ginocchio e gridi a voce altissima, fuori controllo. Fai tutte quelle cose che pensi facciano solo i coglioni finché non ti scopri a domandarti da dove sia uscita questa persona, questo sconosciuto emozionato-fin-quasi-a-scoppiare che si comporta come se tutto il mondo lo stesse guardando mentre sono solo gli allenatori e altre quattro persone che cantano *C'è solo un Mike Wilson, e lui è ok. È nato del resto sulla Matt Busby Way!* Ed è vero, c'è solo *un* Mike Wilson. Tu. Mentre ti inginocchi nell'area di rigore, soffocato da tutti quei nuovi migliori amici che ti si buttano addosso, e guardi oltre quella foresta di gambe e calzoncini, vedi il tuo futuro.

Ti vedi mentre ti convocano nell'ufficio del Mister dove ti senti dire che ti offrono un contratto con la prima squadra. Ti vedi mentre lo firmi. A LETTERE BELLE GROSSE, NERO SU BIANCO. Ti vedi durante la tua prima partita, quando entri per sostituire Robbo, lo vedi che ti dà un buffetto sulla guancia e dice *Andrà tutto bene. Sei nato per giocare nello United*. Vedi il gol in solitaria che segni al debutto in prima squadra, i titoli che osannano il «Little Giggs» di sedici anni, nato a pochi metri dall'Old Trafford, che è destinato a far tornare i bei tempi. Vedi il sorriso sul volto di mamma mentre le parcheggi la Mercedes nuova (uguale a quella di Fergie) nel vialetto il giorno di Natale. (In realtà adesso sai che Fergie ne ha un sacco, di macchine. Forse dovrai comprargliene più di una. Nessun problema). Vedi la vittoria in campionato. In Europa. Un contratto migliore. Le foto sulle copertine di giornali e riviste, e non solo sulle pagine sportive. Il «Sun». Il «Mirror». Il «News of the Screws». Anche se tu sei un leale cittadino della Repubblika di Mancunia e quindi non te ne importa granché (i veri tifosi dello United odiano la nazionale inglese – è piena di cockney e scouser), vedi il tuo debutto in nazionale. (È la svolta per cui finalmente mamma smette di chiederti quando tornerai a scuola...). Vedi la finale della Coppa del Mondo. Il gol della vittoria segnato all'ultimo minuto, la palla che arriva in rete proprio mentre il commentatore pronuncia la frase che ha scritto sul taccuino tanti anni prima e che da allora muore dalla voglia di usare: *E finalmente il fantasma del '66 può* RIPOSARE IN PACE. Vedi la partita organizzata in tuo onore. Una moglie tutta in ghingheri e adorante aggrappata al tuo braccio. (Tutti i colleghi ne hanno una). Un'amichetta in tribuna, che ti osserva gelosa. (Anche questa ce l'hanno tutti). Ti vedi portare tuo figlio sulle spalle mentre fai il giro di campo per la tua ultima partita. I cori. Il tifo. L'adorazione. Ti vedi quando diventi Cbe, poi Obe, poi cavaliere, e ormai la tua immaginazione è inarrestabile. Vedi il commovente discorso di addio, quando spieghi che tutti i tuoi successi in realtà sono merito del Mister (anche se ormai tu puoi chiamarlo semplicemente Alex), che venne a casa tua, si mise in ginocchio e ti implorò di firmare con lo United quando avevi appena quindici anni. Dici con orgoglio a un'amichevole massa di giornalisti che l'ha fatto solo due volte, con te e con un ragazzo che si chiamava Giggs. Qualcuno se lo ricorda? (Qui scoppiano tutti a ridere). Vedi scoprire l'insegna del nuovo stand Wilson, che vende Wilson Bitter, Wilson Cola e Wilson Burger con le Wilson Fries e vedi anche, in un futuro lontanissimo, qualcuno in tv che chiede a un centenario Sir Bobby Charlton *da dove arriverà il nuovo Mike Wilson*. Vedi Sir Bobby che sorride e risponde: *Beh, Tim, uno come Mike Wilson capita una volta nella vita. E questo se sei fortunato. Sono solo grato di averlo potuto vedere in azione*. (Bobby scuote la testa e sorride). *Che giocatore! Davvero, non pensavo che avrei mai visto un artista più grande di George Best ma questo ragazzo... Beh! Che si può dire? Sono felice di aver vissuto abbastanza per vederlo*. (A Bobby vengono le lacrime agli occhi mentre cerca di mantenere un certo contegno). *Ora... ora posso morire*.

Ti rialzi, raggiante, e l'allenatore ti urla *Ehi Pelé! Pronto a ritirarti, eh?* Scuoti la testa. *Beh, allora?* grida lui. *Continua a giocare!* La squadra perde, e tu per il resto della partita quasi non tocchi palla. Non te ne importa niente, perché sai cosa sta per succedere. E quello che sta per succedere è bellissimo.

Diciamo che ho novant'anni, e che sto parlando con il giornalista che scriverà la mia biografia (non sarà il primo libro su di me, Giggsy ne ha già avuti quattordici), e il tipo domanda *Qual è la circostanza che, più di ogni altra, l'ha fatta diventare un giocatore dello United?* Risponderei *Il fatto che mamma abbia scritto a* Jim'll Fix It. Quando avrò novant'anni di quel programma non si ricorderà più nessuno, ma chi se ne frega, è la mia storia o no? Magari esisterà ancora Google e quelle sanguisughe potranno andarselo a cercare.

Dunque, era l'inverno del campionato 1988-89 – lo United non se la passava benissimo – e io ero già a letto da una settimana, chiuso nella camera degli ospiti come il matto della famiglia. Papà minacciava di mollarmi alla discarica o all'orfanotrofio se non l'avessi piantata di lamentarmi. Guy doveva dormire sul divano per quanto casino facevo. Che volete che vi dica? Non sono bravo come paziente. Secondo Guy non sono capace di stare fermo, e per questo mi guadagno da vivere col movimento. Papà è convinto che sia perché ho una soglia del dolore molto bassa oppure, come dice lui, *Perché sono una brutta checca*. Qualunque fosse il motivo, tuttavia, quella cosa mi stava uccidendo. Avevo la nausea per giornate intere. La febbre. La gola così irritata che era meglio non cercare di parlare, e sembrava che mi avessero colpito in testa, sul petto e sulla schiena con una minuscola pistola. Duecento volte. Quante partite mi ero perso? Troppe, questo è poco ma sicuro. Ad ogni modo, con la varicella c'è poco da fare. Devi solo aspettare che passi, in una stanza fredda, sperando di non essere tra i pochi che ci restano.

Una notte sudavo peggio del solito e alle tre ero ancora sveglio. Mamma mi sentì e si alzò. Pochi minuti dopo entrò in camera con una spugna e un bicchiere di whisky, aprì la finestra per far entrare un po' d'aria, si sedette accanto a me, posò il whisky e disse *Fai finta che sia una medicina*. Poi mi tamponò la fronte, rinfrescandola. *Aaah* dissi. *Che bello. Non andartene*. Restammo seduti per un po' e poi mi disse di buttare giù il whisky, e io ubbidii, alla svelta, sperando che non bruciasse. Ovviamente, la gola mi esplose come un fuoco d'artificio, ma appena il bruciore al petto da rovente si trasformò in un gradevole tepore, chiusi gli occhi e rilassai le spalle; chissà da quanto erano così rigide. Prima non me n'ero nemmeno accorto. Subito dopo mamma mi chiese di pensare al posto in cui volevo essere di più al mondo, di immaginarmi lì e poi dirle dov'era. *Voglio andare nell'area riservata dell'Old Trafford* risposi. Quella sera scrisse una lettera a *Jim'll Fix It* spacciandosi per me, e la mise nella cassetta in tempo perché alle otto del mattino dopo passassero a ritirarla.

Dopo una settimana mamma entrò in camera con in mano un foglio di carta, la risposta educata ma negativa dei produttori dello show. *Forse avremmo più possibilità se stessi morendo* disse mamma, trafficando con la lettera. *Sono un mucchio di bastardi, ma noi non ci arrendiamo, vero?* E lei non si arrese. Ricordatevi che a quei tempi avevo le stesse possibilità di giocare con lo United di quante ne aveva lei di essere scelta da Gesù in persona per la squadra di calcio femminile di Salford. È vero, ci stavamo lavorando da anni. Io e papà ci dicevamo e ripetevamo a vicenda che era possibile, ma ancora non c'era motivo di credere che non fossimo due matti, due illusi. Nel 1988-89 avevo tredici anni, giocavo ancora a scuola e per la squadretta di club, e lo United era davvero soltanto un sogno. Vedere gli spogliatoi, camminare per i corridoi dello stadio. Stare a bordo campo. Tutte cose impossibili. Non potevamo assolutamente permettercelo. Insomma, quando mamma si sedette sul mio letto e fece l'elenco di tutti quelli che potevano aiutarmi a entrare all'Old Trafford, per quanto ne sapeva lei quella visita era la cosa più simile a giocare per lo United che potessi mai ottenere. Quella notte non chiuse occhio per scrivere a tutti quelli che erano nell'elenco. A mano. Per ciascuno c'erano almeno un punto interrogativo o una complicazione.

1. ALEX FERGUSON, L'ALLENATORE (Chiedere gentilmente l'indirizzo alla segretaria?)
2. IL SUO ASSISTENTE (Come si chiama? Esiste qualcuno che ricopre questo ruolo?)
3. DONNIE, il tizio che lavora al Manchester United Superstore (Ha accesso all'area riservata?)
4. RAB, quello che vende la «Red Issue» a papà quando c'è la partita e dice di essere *il miglior amico dell'allenatore della Primavera*
5. GEORGE BEST (È ancora vivo? Se sì, è ancora in contatto con la squadra? Se sì, è fisicamente in grado di aiutarci?)
6. FONDAZIONI: MAKE-A-WISH, ECC. (Queste associazioni si occupano solo di bambini con malattie incurabili?)
7. CLUB UFFICIALI DEI TIFOSI DEL MANCHESTER UNITED (Esiste un elenco?)
8. GIOCATORI DEL MANCHESTER UNITED (Sono circa venticinque, identificare quelli che fanno beneficenza)
9. GIOCATORI DELLA PRIMAVERA DEL MANCHESTER UNITED (Forse i giovani saranno più disposti ad aiutarci?)
10. GRUPPI ASSORTITI DI TIFOSI DEL MANCHESTER UNITED (Forse qualcuno dei responsabili ha già fatto una visita privata e sa chi può aiutarci a organizzarla gratis?)

11. JIM'LL FIX IT (Scrivere di nuovo, per scoprire come fanno a esaudire le richieste?)

Mamma cercò indirizzi per tre giorni interi. Io ridevo, e le dicevo di cancellare la metà dei nomi sull'elenco. Non c'era verso di convincerla. Anzi, dirglielo servì solo a peggiorare le cose.

Tutte le mattine e tutte le sere mamma mi aggiornava sui progressi, seduta sul bordo del letto. Andava perfino in giro a raccogliere informazioni. Quando c'era la partita si spingeva fino allo stadio a fare domande. Andava in biblioteca e usava una cartellina per raccogliere le risposte, i rifiuti, i consigli e le nuove idee che nel frattempo le venivano in mente. Passarono tre settimane prima della svolta – alla fine scoprimmo che Rab, il tizio della «Red Issue», non era bravo solo a sparare cazzate. Potete immaginare come ci sentimmo quando arrivò la sua risposta e scoprimmo che un ragazzo delle giovanili, poco dopo la firma del contratto, era riuscito a strappare all'allenatore la promessa di portare Rab a fare una visita privata gratuita, come favore. Due settimane dopo, quando ormai ero tornato in forze e a scuola, mamma scrisse un'altra lettera per comunicare agli insegnanti che dovevo recarmi a Londra per il funerale di mia nonna. *Una bugia a fin di bene* disse mamma facendomi l'occhiolino. *Solo per questa volta, eh?* Quella volta, del resto, era tutto ciò che mi serviva.

Il giorno della visita mi svegliai alle sei e ingoiai la colazione con le gambe che non riuscivano a stare ferme sotto il tavolo. Mamma si assicurò che fossi vestito nel modo giusto. Mi diede un buffetto in testa e mi disse di comportarmi bene o ci avrebbe pensato lei. Partii presto, dopo aver inserito nel walkman una raccolta di venti cori dei tifosi dello United, lungo il solito percorso per arrivare allo stadio che ormai conoscevo a memoria. Mentre camminavo cantavo a squarciagola. Sarebbe stato PAZZESCO. Pazzesco pazzesco pazzesco. Quando arrivai allo stadio, però, iniziarono i contrattempi.

Non avevano ancora aperto. Dovetti aspettare venti minuti prima che qualcuno alzasse la saracinesca e aprisse la porta. Una volta che mi ebbero fatto entrare, poi, la ragazza alla reception disse che mi ero sbagliato, non c'erano prenotazioni per quella mattina. Solo una, nel pomeriggio, a nome di qualcun altro. La implorai di aiutarmi. Le spiegai che ero stato molto malato e che questo era un favore. Guardai la targhetta, la chiamai per nome. *Claire* dissi. *Per favore*. Disse che doveva parlare col suo capo, si allontanò (per UN'ETERNITÀ), tornò e disse *Farai meglio a sederti. Potresti essere fortunato. O forse no*. Poi tornò alla sua postazione.

Aspettai ancora un'ora, con Claire che ogni tanto mi dava un'occhiata, scuoteva la testa e controllava l'orologio COME SE NON FUNZIONASSE, o come se potesse spiegarle perché si erano dimenticati di me. A forza di stare lì seduto, con le gambe che ancora ball-ball-ballonzolavano impazzite, guardando Claire con due occhioni marroni da cerbiatto sperando che servisse a qualcosa, pensai perfino di alzarmi e andarmene. Poi, però, sarei dovuto tornare a casa e dirlo a mamma. Come facevo? Andiamo, sul serio? Vaffanculo allo United, pensai. Non ne ho tutto questo bisogno, giusto? Mentre riflettevo sulla risposta a quella domanda si aprì una porta e sulla soglia comparve una figura incorniciata da una grande, splendida luce bianca. Aveva la tuta dello United. Sembrava un adulto. Un adulto bello e sorridente. Uno che non mi avrebbe fatto tornare a casa a dare brutte notizie né mi avrebbe fatto andare via da quel posto meraviglioso. *Io sono Ryan* disse la figura, e mi tese la mano. *Claire dice che hai visto la morte in faccia. Beh, se non ti farà sentire meglio questo non ci riuscirà nient'altro. Vieni, diamo un'occhiata in giro, poi se abbiamo fortuna magari ci lasciano entrare in campo.*

Non sono uno stupido, so di essere stato un ragazzo fortunato. E per chi vede le cose dall'esterno può sembrare che tutta quella fortuna dipendesse solo da papà, ma in un certo senso il suo compito era facile. Non doveva fare altro che spingere, capite? Spingermi a fare cose che già volevo fare. Al mio biografo direi questo: lo sappiamo tutti chi ha fatto davvero la differenza. Una volta entrato nel ventre dello United, nel suo quartier generale, una volta fatti quei due passaggi con Ryan su quel sacro manto erboso, era impossibile che mi lasciassi sfuggire la mia occasione.

DOMENICA 16 DICEMBRE 2007
PREMIER LEAGUE

MONNEZZARI 0-1 UNITED
TÉVEZ 43'

SPETTATORI: 44.459

Giggsy Watch – IH8Scousers dice: Ben fatto ragazzi, e massimo rispetto al vecchio x aver costruito il gol della vittoria. Stasera al Liverpool gli cachiamo addosso! Mentre scrivo ce l'ho già in canna, signore e signori, ed è di quelli che puzza... ARMATA ROSSA!

Voto medio dei tifosi: 7/10

Quella a Anfield Road era la prima trasferta di Mike Wilson da un sacco di tempo. Guy era l'ultimo superstite del clan familiare e quando si sganciò anche lui non aveva senso per Mike andare in trasferta da solo. Gli bastavano le partite in casa, dove erano già quattro mesi che nessuno lo accompagnava. Ogni quindici giorni percorreva, da solo, Sir Matt Busby Way e mangiava, da solo, al Legends Takeaway, dove lui e Guy cercavano sempre di indovinare la formazione e prevedere il risultato mentre si riempivano di fish and chips e parlavano di tattica. (Mangiavano per strada, in piedi, guardando sfilare la tifoseria). Da solo andava a prendere il programma e la «Red Issue», da solo scommetteva nell'agenzia dentro lo stadio, da solo comprava caffè e patatine nella ressa dell'intervallo, e da solo cercava di non rovesciare tutto mentre tornava al suo posto. Quattro mesi sarebbero stati troppi per chiunque. Era il momento di cambiare qualcosa, almeno adesso che la squadra aveva preso un po' di slancio e la scarsa forma di inizio stagione sembrava sempre più un inconveniente passeggero. Prenotò un posto su un pullman organizzato da un gruppo di tifosi, pagò e si mise a contare i giorni.

Mike sapeva che in trasferta i tifosi diventavano una specie diversa. L'alcol era l'essenza di quei viaggi e la gente non ci credeva quando lui rifiutava una birra, come se per loro anche solo l'idea di un uomo che non viva per ubriacarsi fosse troppo. Secondo alcuni poteva essere un'abitudine da ex giocatore, e non dicevano niente, altri invece non riuscivano a passarci sopra. Ormai, però, Mike era sicuro di riuscire a sopportare le occhiate e le battute di uomini come quelli, fanatici di uno sport che, per colpa della loro forma fisica, non potevano praticare per più di dieci minuti.

Come aveva ricordato a Guy al telefono quella mattina, lo United stava «combattendo la buona battaglia in territorio scouser», e nessuno avrebbe «impedito a Mike Wilson di assistere alla vittoria!».

Poi iniziò a cantare.

Come sulle gradinate, i cori erano tutto. Cominciarono appena saliti sul pullman, e Mike si sgolò più di tutti. Mentre dirigeva il coro su Park Ji-Sung e il pullman imboccava l'autostrada, si sentì già in un posto speciale. Non ricordava più perché era rimasto lontano dalle trasferte per tanto tempo.

PARK, PARK, ovunque tu SIA,
Si mangiano i CANI laggiù a CASA TUA,
Poteva andar PEGGIO, e nascere SCOUSER,
Un TOPO per cena, e via MICKEY MOUSE!

Gli piaceva alzare la voce alla fine di ogni verso.

Mike cantava insieme ai suoi nuovi amici. Uno era un tizio più anziano e più grosso di lui, un certo Ledley, gli altri erano i compari di Ledley. Alcuni, che giocavano a calcio a cinque, invitarono Mike a unirsi a loro subito dopo averlo conosciuto. (Aveva accettato l'offerta senza pensarci, e la settimana dopo avrebbe dovuto giocare la prima partita. Anche se era infortunato). I cinque uomini si erano buttati sui sedili in fondo al pullman e ridevano e scherzavano come ragazzini alla prima gita scolastica. Ledley all'inizio sembrava uno tranquillo, ma dopo tre lattine di birra le cose cambiarono. Si alzò sul sedile, con la pelata madida di sudore e la pancia in fuori, e cominciò un altro coro, stonando con orgoglio. Il resto del pullman si unì.

> GARY Neville è un Rosso, è un Rosso, è un ROSSO,
> GARY Neville è un ROSSO, ODIA! GLI! SCOUSER!

Mike si domandò quali cori stessero cantando in quel preciso momento i tifosi del Liverpool. L'idea che qualcuno potesse odiare Gary Neville era assurda. Poi si mise a pensare a come, prima che si infortunasse all'inizio dell'anno, durante le partite Gary sembrava sempre arrabbiato per qualcosa. Infuriato perché stava invecchiando, forse. Perché non poteva più dare per scontato un posto in squadra. Doveva trattarsi di quello, oppure si era dimenticato che era solo un gioco e si era convinto per davvero, sul serio, sinceramente, di essere in guerra. Mike non sapeva cosa fosse peggio, una carriera che finisce all'improvviso o una che sbiadisce lentamente. Sentire che sei sempre più debole ogni giorno che passa. Ormai tutto il pullman si era svegliato e appena finito il coro su Gary Neville qualcuno seduto davanti iniziò a cantare il preferito di Mike. Sul motivo di *You Are My Sunshine,* era solo per irriducibili.

> Tu sei uno SCOUSER, lurido SCOUSER,
> sentiam la PUZZA fin da QUASSÙ.
> Tu sai di FOGNA, come quel FIUME
> che c'avete, a LIVERPOOL!

Mike cantava più forte, sempre più forte.

…quanta SPORCIZIA, oh che DELIZIA,
in quel gran CESSO che è LIVERPOOL,
cachi per TERRA, pisci nel SECCHIO,
un ditalino fai alla tua VECCHIA,
in quel gran cesso che è LIVERPOOL,
oh che gran cesso che è LIVERPOOL!

Mentre cantavano a squarciagola Ledley e uno degli altri, un uomo di mezza età che si chiamava Gaz, si tirarono giù i pantaloni e cominciarono a mostrare le chiappe alle altre macchine dal finestrino posteriore. Davanti ciondolavano due piccoli peni, come assonnati. Mike rise, distolse lo sguardo e disse tra sé, Pazzi furiosi. Poi cantò ancora più forte.

…oh brutto frocio batti la STECCA,
vesti di rosa come una CHECCA,
in quel gran cesso che è LIVERPOOL.
Tua mamma BATTE tuo padre è al FRESCO,
me la vorrei fare ma NON CI RIESCO,
oh che gran cesso che è LIVERPOOL!
Era uno SCOUSER, faccia di culo,
e con la spranga gli davo giù,
e dopo calci, peggio che un MULO,
e insomma adesso NON CANTA PIÙ!

«In giornate come questa vengono fuori i cori più belli!» disse Ledley, tirando su i pantaloni.

Poi parlò uno che Mike non conosceva.

«Ehi, amico» disse a Ledley. «Ormai nel Liverpool, di veri scouser ne saranno rimasti giusto un paio».

Ledley aggrottò la fronte e gli scesero le sopracciglia. Fece una smorfia. L'uomo ci provò di nuovo.

«Voglio dire, ormai sono tutti stranieri del cazzo, no?».

Ledley rispose dopo un attimo di silenzio. «Beh, sì. Per quanto mi riguarda, comunque, due scouser sono già troppi!» disse con un sogghigno.

L'altro rise, la tensione volò fuori dal finestrino, i due brindarono sbattendo insieme le lattine e tutti esultarono come se già vincessero 1-0. Quando il pullman si fermò fuori da Anfield partirono i fischi e Mike pensò a come lo zio Si diceva sempre che lo United era la squadra più amata e più odiata del mondo. Da qualche parte, in quel momento, era sicuro che qualcuno stava mancando di rispetto a Sir Alex Ferguson. O stava facendo battute sul debole di Rooney per le prostitute. Sul debole di Ronaldo per sé stesso. Per quanto fosse difficile immaginarlo, da qualche parte c'era addirittura qualcuno che criticava Ryan Giggs. A Mike sembrava quasi di sentire l'odore della cattiveria. Scosse la testa e guardò lo stadio.

Mezz'ora dopo, i tremila tifosi del Manchester United erano pigiati come sardine nel settore ospiti di Anfield: c'era il tutto esaurito e un paio di file sotto Mike sentì un gruppo di cinquantenni vestiti da Babbo Natale che cantava il coro preferito di Guy.

È Natale e a Liverpool
ci vorrebbero i caschi blu!

I tifosi dello United facevano dieci volte più baccano che in casa. Si era scordato quanto potesse essere forte il rumore della folla – l'opposto dei Tre Scimuniti e del loro farfugliare. Al calcio d'inizio pensò a Guy e a suo cognato Danny al County, tra una manciata di spettatori, probabilmente al gelo, a fare il tifo per uomini non più in forma di lui, così vicini che quando gridava loro di tirare i giocatori potevano rispondere o cacciarli dal campo.

«A volte bisogna prendere una posizione, fratello» gli aveva detto Guy la sera prima. «Non puoi lasciare che quei bastardi assetati di soldi ti controllino per sempre. A volte penso che se domani Osama Bin del cazzo Laden comprasse lo United troveresti una scusa per sostenerlo. Io no. Stavolta sei da solo».

Mike si era sentito esausto. «Sai chi mi sembri?» aveva risposto con la voce rotta. «Cazzo, mi sembri papà».

Guy fu svelto a ribattere. «Ah sì? E tu mi sembri un bambino».

Avevano entrambi buttato giù il telefono.

Il giorno dopo, però, la lite era già dimenticata. Mike telefonò a Guy dallo stadio, poco prima del calcio d'inizio.

«Ok, ragazzo mio! Qui si comincia» disse appena Guy ebbe risposto. Poi, cercando di non sembrare troppo interessato alla sua reazione, Mike gli fece una domanda. «Ehi, lì come procede?».

«Bene, grazie» rispose Guy. «Questi ragazzi ce la mettono davvero tutta».

«Vorresti essere qui?».

«No, davvero. Proprio un attimo fa parlavo con Danny di Rooney e Ronaldo. Non hanno niente in comune con me o con te, Mike. Rooney è tifoso dell'Everton, ed è uno scouser. Ronaldo tifa per il Real Madrid. Sono solo degli impiegati. Questi ragazzi invece... non lo so. Questa squadra è nostra. Dei tifosi. Capisci cosa voglio dire?».

Mentre le squadre uscivano dal tunnel, da dietro arrivò *This is the One* degli Stone Roses, la suoneria del cellulare di Ledley. Mike si sentì percorrere da un brivido caldo e familiare.

«No, amico» disse al fratello. «Non lo capisco cosa vuoi dire. Divertiti, comunque. Se ci riesci, sfigato!». Chiuse il telefono di colpo per impedirgli di rispondere.

Durante la partita Mike cercò di non pensare a Guy, ma era difficile. Da quando alla fine Sally aveva acconsentito a sposarlo, qualcosa era cambiato. Da quando si erano trasferiti nella parte sud di Manchester per mandare i figli a una scuola di lusso. Sembrava davvero che Guy pensasse che sposarsi e avere dei figli lo rendesse un uomo migliore. Come se fossero cose difficili. Ultimamente, poi, lo facevano tutti. Si mettevano tutti in riga. Anche i ribelli adesso lavoravano otto ore al giorno e, di tutti i suoi compagni di scuola, Mike era l'unico che ancora non era sposato. Cioè, fatta eccezione per un paio di quelli che si erano sposati giovani, come Jay, e stavano già divorziando.

Mike si alzò in piedi per applaudire i giocatori mentre uscivano dal tunnel.

Per Mike la sfida contro il Liverpool era un classico moderno. Sugli sviluppi di un calcio d'angolo di Ryan, Carlos Tévez tirò fuori un piede e la mise dentro proprio davanti alla Kop a pochi minuti dalla fine del primo tempo, e i tifosi in trasferta esultarono. I cori divennero più forti, più pesanti.

«Ciao ciao, scouser!».

«Bastardi, finisce come a Hillsborough!».

«Novantasei NON BASTANO!».

(Mike aveva fischiato, dopo le ultime due. Certa gente è senza cervello).

La partita passò velocemente, soprattutto dopo il gol. Anche se erano solo 1-0, i tifosi ospiti sembravano sicuri del vantaggio. Gli ultimi minuti furono giocati come se tutti avessero già accettato il risultato, anche i giocatori del Liverpool. Fu quasi imbarazzante. In mezzo al chiasso dei tifosi dello United, Mike pregò per un po' di tensione. Avrebbe voluto che Gary Neville non si fosse infortunato. A quel punto la sua mente andava a ruota libera, e si domandò se Neville sarebbe mai tornato a giocare. Se non ce l'avesse fatta sarebbero rimasti solo in due della sua epoca: Paul Scholes e Ryan. Negli anni, tutti gli altri avevano abbandonato la nave del Mufc. Alcuni si erano buttati in mare. Molti altri li avevano fatti camminare sull'asse e costretti a saltare.

Mentre tornavano a Manchester il pullman molleggiava sulle sospensioni. L'autista provò a fermarsi due volte per chiedere ai passeggeri di darsi una regolata, senza successo. Di nuovo tirarono fuori le chiappe. Di nuovo intonarono i cori. Più forte. Con più entusiasmo. Ogni parola era come un inno nazionale. Adulti che piangevano e si abbracciavano l'un l'altro in un accesso di follia, festeggiando la grande vittoria della loro squadra. Mike arrivò a casa che puzzava di sudore e sporcizia. Decise di non farsi subito la doccia, per non perdere quell'odore.

Appena atterrò sul divano prese il telecomando e cominciò a fare zapping tra i canali sportivi in cerca delle immagini del gol di Tévez. La partita lo aveva esaltato. Pensò a cosa avrebbe potuto fare la settimana seguente. Poteva andare a trovare mamma. Poteva andare a trovare la sua nipotina Millie e il suo nipotino Robbie, magari portarli al cinema per regalare a Guy e Sally un paio d'ore di libertà. Poteva parlare con papà della partita contro il Liverpool. Poi c'era il lavoro, e lui era pieno di speranza. Chiuse gli occhi, ancora vestito, e scivolò in un sonno profondo, per la prima volta da settimane.

Nei sogni di Mike, Ryan continuava a battere quel calcio d'angolo e il piede di Tévez continuava a intercettarlo, quel giocatore piccolo e tarchiato che allungava il piede, allungava il piede, allungava il piede. Ogni volta i tifosi dello United esplodevano di gioia. Poi, nel sogno, Ryan correva verso la telecamera, la prendeva tra le mani e la baciava.

Messaggio per tutti

Provate a immaginarlo: accade all'improvviso.

Un martedì mattina, quando tutti si svegliano, è successo e basta.

Non è come te l'eri immaginato. Non pensavi che saresti stato mezzo addormentato, a brancolare dal letto al frigorifero alle due di notte, sul punto di aprire lo sportello e prendere un po' di latte quando lo vedi, attaccato lì. Non pensavi che dopo averlo visto saresti rimasto immobile per qualche secondo ad ascoltare quello strano silenzio vuoto, e a sentire il pavimento freddo della cucina sotto i piedi nudi. Non pensavi che ti saresti messo a ridere, per lo shock. E non pensavi che quando mamma ha sceso le scale e ti ha chiesto cosa stava succedendo, non avresti saputo che risponderle. Quando ti vede lì in piedi, che non ti vuoi muovere, capisce subito. Come se già il frigo fosse un indizio. Quando mamma si mette a piangere, allora parli. La prima cosa che ti esce di bocca è *Mi dispiace! Non è colpa mia!* E lei risponde *Oddio, Mikey, che cosa hai fatto?*

Mezz'ora dopo arriva lo zio Si, in maglietta, pantaloni del pigiama e pantofole, con in mano un sacchetto. *Cinese, aperto ventiquattr'ore su ventiquattro* esclama sorridendo. *Avete fame?* Mamma lo abbraccia forte, loro due sulla soglia, tu dietro di lei. Lo zio Si tiene mamma stretta tra le sue grosse braccia tatuate e ti fa l'occhiolino, triste, da sopra la spalla di lei, e per un attimo speri che non se ne vada mai più. Pensi che forse tra un attimo arriverà la sua valigia e lui la disferà e si trasferirà nella camera degli ospiti. Lo zio Si carezza la schiena di mamma e poi la testa, come se fosse una bambina, e le fa *Ssshhh, è tutto a posto. Debbie, Debbie, andrà tutto bene*. Poi ti allunga il sacchetto e dice *Se non stiamo attenti, tesoro, ci sarà riso alla cantonese dappertutto*.

Lo zio Si resta più di un'ora. Tira fuori il riso dal sacchetto, lo mette in tavola e insiste che tu e mamma vi sediate. *Come sempre* dice. Poi si siede con voi, e tiene viva la conversazione. Tu puoi anche non mangiare, per via della dieta speciale da calciatore (ne prendi un paio di forchettate, per educazione), invece si assicura che mamma ne mangi in abbondanza e, come sempre, a lui l'appetito non manca. Lo zio Si parla dell'azienda, di come se la cava Guy e di come sia convinto che un giorno potrà prendere il suo posto. Sembra che Guy abbia un talento naturale. Dice a mamma che i suoi figli sono due bravi ragazzi e questo perché sono stati cresciuti bene e mamma annuisce, in silenzio, cercando di non esplodere. Lo zio Si sta attento che non ci siano pause nella conversazione. Non smette mai di parlare. È troppo gentile per coinvolgerti. Finito di mangiare sparecchia, lava i piatti, abbraccia di nuovo mamma e se ne va. Sulla porta dice *Andrà tutto bene* e ti dà un bacio sulla fronte.

Il tempismo è interessante, ma forse lo ha fatto apposta. Comunque non importa, giusto? Devi andare avanti. Non ne parli con nessuno, allo United. Non vuoi che ti compatiscano, o peggio che ti dicano di prenderti un po' di tempo. Dunque la mattina seguente fai esattamente quello che avevi deciso di fare. Ti alzi presto, fai gli esercizi, pesi e mangi la colazione, come sempre, e prima di uscire dai un bacio sulla guancia a mamma. La abbracci forte come ha fatto lo zio Si, le accarezzi la testa e sussurri *Fammi gli auguri. Vado a farci diventare ricchi!*

Notizie dalla Under-11
«Salford Advertiser»
Novembre 1986

WILSON AL SETTIMO CIELO IN UN EPICO 8-2

Barry Hill Diamonds-Foxton Juniors 8-2

ACQUISTO SHOCK

Prima di questa partita quasi nessuno al campionato Under-11 della città di Salford aveva sentito parlare di Mikey Wilson. Da oggi lo conosceranno tutti. Wilson è arrivato da sole tre settimane nei Barry Hill Diamonds, che guidano la classifica, proveniente dai Park Dean Juniors, che invece sono piuttosto in difficoltà, dove si era distinto per qualche buona prova nelle ultime partite – certo, però, nessuno poteva prevedere l'impatto che fin da subito ha avuto sul destino della sua nuova squadra. Lo scontro al vertice tra prima e seconda in classifica è stato carico di tensione fin dal primo minuto, quando Adam Brown ha segnato per il Foxton poco dopo il calcio d'inizio. L'allenatore Eddie Roberts, sconvolto, ha dichiarato nel dopopartita: «Pensavo che sarebbe stato facile!». Eddie, però, non avrebbe potuto sbagliarsi di più.

LA FIERA DEL GOL

Due minuti dopo, l'ala del Barry Hill Jamie Foulkes è dovuto uscire per una distorsione alla caviglia ed è stato sostituito da questo ragazzo nuovo e sconosciuto, Wilson, che ha dimostrato di poter fare la differenza tra le due squadre da qui a fine campionato. Nei dieci minuti successivi ha segnato due gol su azione solitaria e uno di testa sugli sviluppi di un calcio d'angolo – raro, a questi livelli. Il Foxton ha segnato un'altra volta al ventitreesimo, ma subito al Barry Hill è stato fischiato un rigore a favore quando Daniel Stanton ha colpito col gomito Sammy Thamesworth. Johnny Bryant Jr, capitano del Barry Hill nonché figlio dell'allenatore, ha trasformato dal dischetto e a fine primo tempo le squadre erano sul 4-2. Poi, il Foxton ha dovuto abbassare la testa.

QUANDO C'È WILSON C'È FUGA

Nel secondo tempo il Barry Hill si è proiettato all'attacco e sembrava che la palla arrivasse a Wilson ogni volta che la squadra superava il centrocampo. A pochi minuti dall'inizio della ripresa ha segnato un gol spettacolare da venti metri e poi, dopo altri due minuti, ancora da distanza ravvicinata. Sembrava che la partita fosse finita, ma c'era ancora molto altro! Negli ultimi dieci minuti Wilson ha segnato altre due volte, per un totale di sette reti, diventando all'istante capocannoniere e stabilendo il nuovo record di gol segnati in una singola partita del campionato Under-11 di Salford. Per citare uno spettatore: «Quel ragazzo ha dei piedi magici». Il suo allenatore Johnny Bryant Sr concorda. «Mikey Wilson» ha detto «è il giocatore perfetto per questa squadra. È un vero talento». L'allenatore della squadra avversaria ha accettato la sconfitta con eleganza. «Quel ragazzo è speciale e hanno meritato di vincere,» ha detto «ma sono comunque fiero dei miei ragazzi. Ci siamo difesi bene». Beh, Eddie Roberts ha di sicuro ragione a proposito di Mike Wilson, ma evidentemente nessuno gli ha detto il punteggio finale.

BRIAN HARGRAVE
REDAZIONE SPORTIVA

Secondo tempo **Il mondo ebbe inizio nel 1992**

«Devi aver voglia di alzarti e andare ad allenarti.
Quando questa voglia ti passa, allora è meglio smettere».
Ryan Giggs

Pronto? Pronto?

È il 21 novembre del 1992 e in questo preciso momento della storia tutto nel mondo di Mikey Wilson è bello, anzi, felice. Sei un emergente dello United, una futura STELLA, stai per avere il tuo primo, sensazionale impatto col terreno di gioco. Nel film della tua vita questo è l'inizio del secondo tempo, quello decisivo: l'atmosfera è cupa e non promette bene, è una tipica giornata inglese, triste e piovigginosa, e l'azione ci porta – bum! – proprio nel bel mezzo di una partita della Premier League. C'è subito un primo piano di te che stai seduto in panchina e aspetti. Poi un primo piano del Mister. Mastica la gomma, veloce. Così veloce che sembra che stia per staccarglisi la mandibola. Poi un altro primo piano, stavolta di Ryan Giggs, la nuova linfa della squadra, che nell'ultima stagione ha vinto il premio come Giovane calciatore dell'anno della Professional Footballers' Association ed è favorito anche per questa edizione. (Ma non se ti metti di mezzo tu, giusto?). Ryan corre sulla fascia come se la sua sopravvivenza dipendesse dall'arrivare a fondo campo e fare il cross perfetto. La telecamera passa dalla faccia ai piedi – agili, svelti e così veloci che le gambe sono solo due macchie sfocate, che sforbiciano avanti e indietro come quelle di una ballerina su un palcoscenico di erba verde.

Questa è la scena quando l'inquadratura si allarga dagli scarpini di Ryan al resto del campo: il Manchester United, gigante caduto che non vince il campionato da venticinque anni, lotta nella mediocrità di metà classifica ed è ormai già fuori dalle coppe europee, ha bisogno di una vittoria (o forse di una scossa da un giovanotto di Manchester?). Per la prima volta hanno convocato anche te. Finora sei rimasto tranquillo al tuo posto, le mani affondate nelle tasche del giaccone. Col cervello che ronza. Le mani che tremano. Le dita dei piedi insensibili. Sta succedendo qualcosa – hai sentito esultare dietro di te, enormi boati gutturali di esaltazione, incoraggiamento e offesa – ma non stai seguendo davvero la partita. Ti importa solo se entrerai o no. Se, dopo aver aspettato diciassette anni, cinque mesi e ventotto giorni, dopo aver vissuto per finta, dopo tutti quegli anni di un'esistenza inutile e senza senso, ANDRAI FINALMENTE SU QUEL CAMPO DEL CAZZO E GIOCHERAI.

Poi succede. La tua vita inizia DAVVERO.

Con un brusco cenno del capo, e un gesto col braccio verso il campo di battaglia, il Mister ti manda a scaldarti. Oh cazzo, pensi. Oh cazzo. Oh cazzo. Oh cazzo cazzo cazzo. Sei come una gelatina. Quasi non riesci ad andare dritto. Ti sembra di essere ubriaco. Forse lo sei. Ti concentri sulla linea bianca e cerchi di lasciare fuori tutto il resto ma è il momento in cui te la fai sotto, non c'è niente da fare. Quando ti passa tutta la vita davanti, il tuo piccolo cervello ossessionato dal calcio pulsa di ricordi, una sequenza dopo l'altra, tutto quello che ha mai significato qualcosa: il primo calcio in giardino, ai giardinetti – il primo gol per la squadra della scuola – la prima volta che sei andato a vedere lo United – il passaggio a una squadra migliore – il passaggio a una squadra ANCORA migliore – gli osservatori che ti notano – Fergie sulla soglia di casa tua – il tuo mondo che cambia, la svolta – l'ingresso all'Old Trafford – allenamenti allenamenti allenamenti – speranza – ancora allenamenti – ancora speranza – aspetti aspetti aspetti aspetti aspetti e adesso sei PRONTO.

Anche il tuo nuovo miglior amico, Nicky Butt, è pronto e ti guarda tutte le volte che vi incrociate durante il riscaldamento, lo stretching e gli scatti. Quella luce brillante che ha negli occhi significa *Ehi, tra poco tocca a noi! Cristo santo! Saremo veri giocatori dello United!* E ha ragione: nessuno può toglierveIo. Prendi tutti i cattivi pensieri che hai mai avuto e ti immagini di accartocciarli, farne una palla e calciarli sulle gradinate. Fino alla fila z. Lontano dagli occhi. Cerchi di non pensare nemmeno per un istante alla settimana appena trascorsa. Al biglietto sul frigo: ADDIO MONDO: ME NE VADO PERCHÉ SONO STANCO. La polizia sempre in giro per casa, due sere fa, con infinite domande senza risposta mentre mamma va su e giù per la cucina e ogni cinque minuti si offre di preparare altro tè agli sbirri, per poi scordarsene e proporlo di nuovo. Lo zio Si lì con te mentre vi chiedono *Cosa pensate che voglia dire? Secondo voi può essere il biglietto d'addio di un suicida? Figliolo, pensi che tuo padre possa aver fatto una sciocchezza?* Non ci vuoi nemmeno pensare. Perché dovresti? Proprio oggi no, cazzo! Stringi forte i pugni, poi li allenti. Pensi a Guy, sulle gradinate, che mette un braccio sulle spalle di mamma e le sussurra all'orecchio *Non sei orgogliosa del nostro Mikey?*

Butty entra per primo (mentre lo fa ti rivolge uno sguardo impertinente e strizza l'occhio – a questo punto siete praticamente fratelli di sangue) e poi, dopo un paio di minuti, tocca a te. Ti dicono di dare il meglio, di montare in sella e via al galoppo. Indossa l'armatura, metti i parastinchi e vai a combattere *contro il potente Oldham Athletic*: non è proprio la vostra nemesi, ma non devi nemmeno sottovalutarlo. Non dopo tutto questo tempo. Mentre aspetti che alzino la tabella col tuo numero tremi. (Ah! Il tuo numero!). In quel momento vorresti solo mandare TUTTO AFFANCULO E BACIARE IL MISTER PROPRIO SULLE LABBRA ROSSE per dirgli GRAZIE per averti tirato fuori da quella pattumiera del Salford e averti salvato dalla follia di casa tua e averti reso una persona vera; per averti portato in PARADISO. D'ora in poi sarai quasi sempre via. In trasferta con la squadra. È l'inizio di tutto. Le prese in giro. Gli scherzi e i soprannomi. Dormire tutti insieme sui letti a castello. Alberghi, aeroplani, pullman, conferenze stampa e interviste. Seduti comodi davanti a tutte quelle telecamere a dire cose tipo *Pensiamo a una partita alla volta... oggi contavano solo i tre punti*. E la cosa più bella è che succederà lontano da casa. Per Alex Ferguson, però, il tuo debutto è un momento come un altro. Non ti fa il discorso che avevi immaginato. Nessuna frase ispirata sulla linea laterale. Nemmeno delle vere istruzioni o una chiamata alle armi degna di Churchill. Dice solo *Tocca a te, figliolo. Cinque minuti alla fine, mettiti davanti e vedi che puoi fare*. Poi, piano piano, CI SEI. Un giocatore del Manchester United, alla fine. Come Bobby Charlton. Come Bryan Robson. Come Ryan Giggs, cazzo. Mentre con la bocca dici *Sì, capo*, il tuo cervello pensa *Se me la faccio nei pantaloncini, si vedrà su* Match of the Day*?*

È una follia, il modo in cui lavora la mente: ti ricordi tutto di quel momento, la scena integrale, nei minimi dettagli, come se fossi il Dio onnipresente e ballerino di mamma che guarda giù in campo dal suo trono nel cielo, e non un ragazzino spaventato che trema sulla linea laterale.

- Clima: pioggia leggera, vento debole da est
- Temperatura: un freddo del cazzo
- Stato del campo: fangoso, una vera distesa di merda
- Ai piedi: scarpini nuovi di zecca, non ancora ammorbiditi
- Sotto: boxer portafortuna (diavoletti rossi col forcone in mano), e
- Sopra: una maglia troppo grande per te. Numero 14. Infilata nei pantaloncini.

(Quella mattina ti sei guardato allo specchio in bagno e anche se ti ha fatto sentire un idiota l'hai proprio detto, a voce alta: *Non resterai in panchina a lungo, Mike Wilson!*).

La formazione dello United di quel giorno la sai a memoria. Sai quella degli avversari. Un maniaco delle statistiche è sempre un maniaco delle statistiche, in campo come sul divano, no? Non dimenticherai mai nulla di quello che noti mentre superi la riga bianca e metti piede sul terreno sacro. Tutto finirà sulle prime pagine dell'album dei ricordi, in fondo. Quello della Premier League. (Finora ne hai uno di scuola e tre degli Under-11, che mamma tiene accanto alla vetrina dei trofei in salotto, a portata di mano ogni volta che vuole vantarsi di te con un ospite). Nel momento in cui metti piede in campo lo United ha già vinto questa battaglia – è per questo che ti hanno fatto entrare. Perché siamo sul 3-0, la partita è quasi finita e non c'è nessun rischio. Uno dei tuoi vecchi eroi dei poster, Brian «Choccy» McClair (a cui viene concesso un po' di riposo dopo aver segnato una doppietta), saltella fuori dal campo e ti dà il cinque, senza dire una parola. Il Mister abbaia un ordine e sposta Ryan dietro. Dentro di te pensi *Bel momento per il debutto*. Dentro di te pensi *Dove cazzo è papà?* E poi cominci a correre come un matto.

Nel primo minuto dopo il tuo ingresso l'Oldham cerca il gol della bandiera. Guadagnano un angolo e tu cerchi di far colpo sul Mister aiutando la difesa invece di stare sulla tre quarti avversaria, così ti aggiri al limite dell'area sperando che la palla venga verso di te, sperando, sperando, e poi la vedi che ti sfreccia accanto all'orecchio. Sta succedendo. Sta succedendo. Non riesci a sgombrare la mente e a PENSARE. La palla è nell'area piccola, poi di nuovo fuori, spazzata in angolo, dall'altra parte. Poi, all'improvviso, tutto si muove al rallentatore.

Quelli dell'Oldham sembra che ci mettano un secolo a rimettere la palla in gioco.

Che aspettano?

Non lo sanno quanto è importante?

Quando finalmente la palla arriva in area ricominci a sperare. Ti basterebbe un tocco.

Per la prima volta nella vita ti rivolgi a Dio (Sir Matt Busby).

Gli chiedi un favore.

Ti risponde subito.

Stavolta il portiere la prende, la fa rotolare fuori dall'area dello United e dopo un paio di passaggi i difensori la fanno arrivare fino a Ryan, sulla fascia sinistra del campo. Insieme alle migliaia di persone sulle gradinate urli il suo nome, poi il tuo, poi corri più forte che puoi, continuando a urlare i vostri nomi. *Ryan! Palla! Mikey! Ryan! Palla! Mikey! Dalla! Dalla! Crossa!* Sei ancora dietro al difensore che ti sta alle costole, ma abbassi la testa e fai andare le gambe, così forte che lo superi con facilità. Tutto il pubblico capisce quanto sia importante per un ragazzo di Manchester e la prossima partita si ricorderanno di te. Con l'aureola e gli scarpini che scintillano, San Ryan tenta un pallonetto – dovrebbe essere bello, meraviglioso, stupendo, perfetto – ma è solo un essere umano e anche lui può sbagliare, e sbaglia a calibrare il passaggio. La gente sulle gradinate protesta, urla, ringhia consigli. La palla rimbalza una, due, tre, quattro volte. Va a perdersi nel nulla, lentamente. Sembra pronta per la rimessa dal fondo. Tu, però, sai che qualunque cosa accada arriverai a quella sfera d'aria e di cuoio prima che lo stopper la tolga di mezzo.

E lo fai. Ti inserisci e gli sradichi la palla dai piedi, ti volti e la copri, pronto a scattare verso la porta. Come hai fatto con la seconda squadra. (Già lo vedi il gol che stai per fare e cominci a pensare a come festeggiarlo. Indicherai il Mister? Ti metterai a ballare? Resterai con la faccia seria e le mani sui fianchi, per far vedere che SEI ARRIVATO?). In quel preciso istante gli occhi di migliaia di persone sono su di te. Le telecamere riprendono e se succede qualcosa stasera ti faranno apparire come per magia nelle case di milioni di persone, su *Match of the Day*. È la tua occasione, e che succede se non ne avrai un'altra? Così quando il difensore, Danny Tredwell, ti toglie la palla e si volta per allontanarla lo rincorri. Lo rincorri perché non vuoi che tutti vedano quello che sei: un ragazzino tra uomini. Nella tua mente il duello è perfetto: la riprendi in scivolata, senza rischi, con precisione, e la folla scoppia in un applauso selvaggio.

Invece non è perfetto per niente. È il contrario di perfetto. Entri a piedi uniti da dietro, goffo, e rompi la gamba destra del difensore insieme a una delle tue. Quel pesante bastardo si schianta sul tuo ginocchio sinistro e lascia andare un grido soffocato, come un bambino, mentre il tuo osso fa un sonoro CRAC come un ramo che si spezza. Appena senti quel suono, Sir Matt preme il pulsante per mettere il tempo in pausa e ti fa tornare in mente una domenica d'autunno, forse dieci anni fa, quando papà aveva portato te e Guy al parco. Una cosa rara. Un avvenimento. Voi tre a rincorrervi tra gli alberi, facendo a gara per chi arrivava primo al cancello, con tutti quei rametti che si spezzavano come fuochi d'artificio sotto i vostri piedi, sepolti sotto le foglie secche. Ti domandi se, ovunque sia, papà abbia sentito quel CRAC e abbia pensato alla stessa cosa.

Sul campo invece, durante la partita, perfino l'arbitro è rimasto senza parole.

Passano i secondi.

Ne passano ancora.

E ancora.

Sempre confuso, l'arbitro ti guarda per quella che sembra un'eternità e poi fruga nel taschino, tira fuori il cartellino rosso e lo alza. Ti volti per non guardare e in preda al dolore ti raggomitoli accanto al difensore, che fa la stessa cosa. Arrivano le barelle e vi portano via. Nessuno applaude e nessuno fischia. Il volto dell'arbitro sembra dire *Mi dispiace amico, ho le mani legate*. Il pubblico è sotto shock, le persone si interrogano a vicenda. *Che è successo? Ha fatto* COSA? MA CHI SAREBBE *quel ragazzino, poi?*

Il tuo debutto dura esattamente centotrentatré secondi, dal momento in cui vedi Guy e tua madre che applaudono e piangono di gioia dai vecchi posti di famiglia ed entri al posto di Brian McClair al momento in cui sei di nuovo fuori dal campo e domandi al medico che cosa è successo e ti lamenti perché non senti più il piede.

Più tardi, un altro medico chiede se si tratta di un record. Se lo è, non ci tieni affatto. Speri che da qualche parte, in un paese lontano, magari un universo parallelo, il Manchester United stia giocando un'altra partita contro l'Oldham Athletic, proprio in quel momento. Forse qualche altro cazzone sta debuttando per lo United e dura centotrenta*due* secondi prima che la sua povera, gentile, buona, dolce, sensibile mamma che lo ha sempre sostenuto e ha già sofferto tanto CHE NON MERITA PIÙ DI SOFFRIRE IN QUESTA VITA O NELL'ALTRA si sciolga in lacrime e lacrime e lacrime che le scorrono sulle guance e forse continueranno a scorrere per sempre e inonderanno il campo, tutto lo stadio, tutta Manchester. Forse se tutto questo fosse successo anche a qualcun altro, il mal comune ti avrebbe fatto sentire un po' meglio. O forse no.

E il tuo grande momento? Quelli di *Match of the Day* hanno una rubrica sui peggiori debutti della storia. Nel frattempo, il Mister stupisce tutto il mondo dello sport (e forse anche altri mondi in altri universi) ammettendo che uno dei suoi giocatori in effetti ha COMMESSO UN ERRORE. Dice al telecronista *Non è da lui. È una follia, una pura follia. Gli parlerò, su questo non c'è dubbio, ma per ora il nostro pensiero va a Tredwell e alla sua famiglia. So di parlare a nome di tutta la squadra se dico che spero che possa rimettersi presto. È terribile, ecco. Proprio terribile*. A quelli della tv non basta. Fiutano il sangue, sbavano, ATTACCANO. Ma c'è qualcosa di ancora peggiore, e sono i giornali – così lo sai cosa sta per succedere. Quintali di articoli sui peggiori debutti nella storia del calcio (autogol, figuracce, papere dei portieri), via via fino all'ultimo, con la foto di Minchione Wilson proprio a centro pagina, mentre lo portano via insieme all'uomo che ha quasi ammazzato.

Che TU hai quasi ammazzato.

Quando mamma viene a trovarti ha il solito giornale sottobraccio e, sì, sull'ultima pagina c'è un primo piano del colpevole. Guardi la tua foto, il tuo volto contratto in una smorfia (per il dolore o per qualcos'altro?), e la prima cosa che dice mamma è *Vorrei che tuo padre fosse qui. Gregory era sempre bravo nei momenti di crisi.* Ne parla come se il bastardo fosse già morto. Per quanto ti riguarda, sei quasi certo che tuo padre in questa situazione sarebbe del tutto inutile. Ti sforzi di metterti a sedere sul letto, senti la gamba che pulsa e ti fa girare la testa, come se stesse per caderti dalle spalle. Ti domandi se la mamma di Danny Tredwell legga lo stesso giornale della tua. Poi pensi di mandare dei fiori alla signora Tredwell, con un biglietto. Poi lasci perdere. Poi ti ricordi chi è che ti ha passato la palla.

Un mese dopo, gli altri abitanti del pianeta Terra si sono scordati quel passaggio – secondo quelli della tv *non c'è più niente che possa fermare il ragazzo prodigio del Galles* dopo quel gol da urlo segnato contro il City nel dicembre 1992, l'anno in cui comincia il nuovo mondo. L'Anno uno della Premier League.

Tu invece non te lo scorderai tanto facilmente.

Non è vero?

DOMENICA 23 DICEMBRE 2007
PREMIER LEAGUE

UNITED 2-1 EVERTON

RONALDO 22', 88' (R) CAHILL 26'

SPETTATORI: 75.749

Giggsy Watch – RonnyIsGod dice: Tipico, giocare di merda tutta la partita, sprecare un sacco di occasioni, poi un rigore dubbio alla fine e lo United viene salvato da Ronaldo – DI NUOVO. Voialtre checche siete così impegnate a incularvi Giggs per accorgervene, ma lui è il giocatore più fortunato DELLA STORIA dello United. Ronny è DIO.

Voto medio dei tifosi: 8/10

Finalmente Mike Wilson cominciava a sentirsi su di giri, all'improvviso gli era tornato in mente il motivo per cui amava quella squadra e quel gioco. L'ennesima partita che sembrava avviarsi a un pareggio, l'ennesima partita che poi svoltava. L'ennesimo rigore allo scadere, stavolta procurato da chi-sapete-voi e spedito liscio e dritto all'incrocio destro dei pali da Cristiano Ronaldo. La candidatura per il titolo dello United era sempre più credibile e per il pubblico la pigrizia di inizio stagione ormai era solo il ricordo di un miraggio. Non c'era mai stata. La maggior parte dei tifosi stentava a credere di aver pensato che fosse reale. Dopo ottantotto minuti Ronaldo segnò il secondo gol della giornata e, per l'ennesima volta, Mike abbracciò Terry. La Stretford End cominciò a cantare, a squarciagola.

È bravo a DESTRA,
bravo a SINISTRA,
se c'è Ronaldo, Beckham che PIPPA!

Terry gettò un'occhiata a Mike. «Sembra che presto Madrid farà un'offerta» disse. «Ma guarda qua. Che motivo c'è di andare via?».

Ronaldo stava giocando bene. Mike annuì, deciso.

«A guardarlo sembra che possa andare avanti un secolo» disse Terry. «Giocare fino a cinquant'anni. Potrebbe addirittura giocare più di Giggsy, alla fine».

«Ehi, vacci piano soldato!» disse Mike. «Bada a come parli!».

Terry ridacchiò e ascoltò la spiegazione.

«Ronaldo è troppo ruffiano, troppo arrogante, troppo concentrato su sé stesso. Non si farà mai voler bene. Lo adoreranno, questo sì. Gli porteranno rispetto, forse. Ma non gli vorranno davvero bene».

«Quando segniamo diventi un cazzo di poeta» disse Terry. «Dovresti sentirti».

Niente gli dava la scossa quanto un gol dello United all'ultimo minuto. Niente era bello come trovarsi in mezzo a quel pubblico, in quello stadio. Dopo che lo United fu passato in vantaggio, Mike nemmeno si girò verso i Tre Scimuniti, perché non c'era proprio niente che potesse guastargli l'umore. Niente che potesse togliergli quella felicità. Anche se aveva un buon motivo per essere scocciato, comunque andasse la partita. Anche se l'avevano di nuovo preso per il culo. Anche se nessuno lo prendeva sul serio e, davvero, non andava per niente bene. Ci aveva pensato e ripensato prima della partita e ogni tanto tornava a galla, gli ribolliva nella coscienza. Certa gente (senza fare nomi) non aveva mai creduto che lui potesse farcela. Certa gente (senza fare nomi) sembrava che volesse vederlo fallire. Ora che faceva tutto per bene, ora che era tutto verdure e a letto presto e mutande pulite, non sapevano come reagire. Mentre i giocatori dello United si tuffavano uno sull'altro per festeggiare, Mike pensò che forse poteva andare da qualche parte, per Natale. Non era troppo tardi. E poi, a chi sarebbe importato? Più ci pensava e più se ne convinceva, fino a scordarsi che avevano segnato, e che da lui ci si aspettava che festeggiasse quella vittoria all'ultimo minuto.

Non ne poteva più delle scuse della gente. Non si era messo da solo in quella situazione, no?

«E ancora gli vogliono bene» disse Mike al telefono, quella sera. «È stupendo».

«Stupendo» arrivò la risposta.

«Dopo tutti questi anni» disse Mike.

«Dopo tutti questi anni».

«Bisogna rispettarla questa cosa» disse Mike.

«Hai ragione» disse suo padre. «Bisogna farlo».

Poi tacquero entrambi.

Nel silenzio Mike si alzò, inserì il vivavoce e avvicinandosi al frigo lo aprì e guardò cosa c'era dentro.

«Sei sempre lì, Mike?» domandò suo padre.

«Secondo te dovrei mangiare?» disse Mike. «Secondo me sì».

«Vado a fare surf questo weekend. Le onde sono pazzesche in questo periodo dell'anno. Il mare, Mikey. L'azzurro del mare, è così chiaro che sembra quasi bianco. Vorrei che potessi vederlo».

«Bisogna sapere dove andare prima di comprare il biglietto. Allora, qual è la destinazione?».

Gregory tossì. «Dài, figliolo. Se faccio così c'è un motivo».

Mike continuava a tenere un tono leggero. Sembrava quasi che scherzasse.

«Ok, fa' come vuoi, però allora smettila di dirmi che dovrei vedere questo e quello. O la smetti di parlarne o riveli il gran segreto. Dove sei, alle Seychelles? alle Cayman? Che ne dici della Giamaica? Dicono che in Giamaica le donne sono facili».

Di nuovo silenzio.

Mike chiuse il frigo. «Cucinare è una rottura di palle» disse. «E poi non c'è niente. E va bene, prenderò qualcosa al takeaway. Vuoi che ti ordini qualcosa?».

«D'accordo, d'accordo» disse Gregory. «Hai ragione... Ma credimi Mike, queste onde... e il clima! Ehi, secondo te Ronaldo ci va a Madrid?».

Mike non rispose. Gregory continuò: «Non penso che Fergie se lo farà portare via da quei bastardi. Nemmeno se per convincerlo gli offrono cinquanta milioni».

Alla fine Mike rispose. «Non lo so papà» disse. «Non ho idea di cosa possa succedere. E sai che ti dico? A volte mi domando se davvero abbia senso pensarci».

La regina delle città

È l'estate del 1993, sei quasi tornato in forma dopo otto lunghi mesi di dolore e duro lavoro, e scegli quel casinò perché negli spogliatoi hai sentito un paio dei ragazzi che parlavano dei posti dove vanno quelli della squadra. Ancora non ti invitano quando escono la sera; sei ancora una matricola e l'infortunio non ha aiutato, ma ci saranno tante occasioni per farsi degli amici. E comunque, potresti andare lo stesso e incontrare non-proprio-per-caso qualcuno dei ragazzi, e magari farci due chiacchiere. Come hai detto a Guy al telefono la sera prima, mentre facevi progetti, *I calciatori hanno bisogno di posti dove non sono infastiditi dai fotografi. Posti di classe, lontano dai parassiti. Dalla feccia pronta a succhiarlo a chiunque per un po' di celebrità, capisci cosa intendo?* Guy ti fa promettere di non portare troppi soldi, ma tu ridi e gli dici che non potresti farlo nemmeno se volessi. Ti pagano ancora a caramelle e promesse sul futuro.

Arrivate sul posto verso le otto, presto ma non troppo, secondo i tuoi calcoli. Il miglior modo per confonderti con l'ambiente: entrare di soppiatto in mezzo alla folla mentre i buttafuori sono distratti dai grandi nomi coi grandi portafogli all'ingresso. A quell'ora però non c'è coda e i ragazzi sulla porta ti vedono. La tua carta d'identità fa schifo. È chiaro che è falsa. Anche se indossi un completo di Guy e hai la barba di qualche giorno, i buttafuori ti dicono di *tornare a scuola, stronzo*. La tua reazione peggiora soltanto le cose e anche se Guy (che si è scordato di portare i documenti, l'idiota) quel giorno compie ventidue anni, sembra molto più giovane della sua età. E questo non aiuta. Proprio quando state per lasciar perdere, un colpo di fortuna: Bryan Robson in persona che attraversa il parcheggio per tornare alla macchina. Non ci credi. *Ho... ho diciott'anni e mezzo!* balbetti, indicandolo. *Chiedetelo al capitano!*

Il buttafuori più grosso ti squadra per bene. Si china per guardarti in faccia. *Ah sì?* dice. *Giochi per lo United? E dove, negli Under-11?* La battuta non è un granché, ma lui ride e all'altro viene un'idea. *Ehi Robbo!* grida nel buio. *Questo ragazzino dice che gioca per lo United. È una cazzata?* Il mondo si ferma. Preghi Sir Matt. Poi Capitan Marvel si volta, si ferma un attimo, guarda verso di te, tu gli fai un cenno di saluto, e lui prende una decisione. *Gioca con la seconda squadra* dice. *È un ragazzo a posto*. Non è possibile che ti abbia riconosciuto da così lontano, ma che importa? La squadra vincerà il campionato. Robbo sta giocando alla grande e adesso ha fatto la buona azione dell'anno. *D'accordo, ragazzino* dice quello grosso. *Ma non fare stronzate o ti buttiamo fuori*. Fa entrare anche Guy. Guy sorride, alza il pollice, ti dà una pacca sulla spalla e dice *Bel colpo*. Vorresti che fosse così tutte le sere.

Prima prendete un paio di drink al bar, dove sembra che non si preoccupino affatto della vostra età. Se sei dentro sei dentro, a quanto pare. Il primo drink va giù alla svelta. Anche il secondo. Per la maggior parte del tempo stai seduto a rivedere la scena. ANCORA NON CI CREDI, MA SEI LÌ. A pensare a cosa ne sarà di te mentre aspetti di essere scoperto, trascinato via da quel palazzo grande e sfarzoso, rosso e oro, tutto velluto e completi eleganti e vestiti con spacchi vertiginosi e tavoli verdi, e buttato di nuovo in mezzo alla strada, al posto tuo. Dopo un po' ti rilassi, però, e ti sembra di non essere mai stato altrove. Butti giù un bicchiere dopo l'altro, brindando al futuro. Brindando a tutto quello che ti viene in mente. *Al compleanno tutti i giorni!* dici, e ovviamente il festeggiato sei tu. *Al dominio del mondo!* dici. *A diventare ricchi da fare schifo!* dice Guy. *A cinque fidanzate alla volta!* rispondi tu. Poi i due fratelli si mettono a parlare della tua grande carriera. Quante volte hai parlato col Mister, che cosa ti ha detto, com'è davvero al di là dei titoli dei giornali. Non dici niente di come vanno le cose con gli altri ragazzi, ma non ce n'è bisogno. Guy lo indovina senza che tu gli dia nemmeno un indizio. Cosa che, se ci pensi, è già sufficiente per farti urlare.

Non è arrivato ancora nessun altro della squadra ma, davvero, la famiglia è la sola cosa che importi, e Guy è l'unico familiare che ti serve. (Mamma è a casa dove esistono solo volti imbronciati, pacchetti di fazzoletti e lacrime davanti alle soap opera). Chiacchieri col tuo fratellone, fai la bella vita. Accenni perfino a cosa farebbe papà se fosse lì e decidi che al vecchio bastardo piacerebbe (è la prima volta che parli di lui da mesi, eppure non riesci a chiamarlo col suo nome). Il mondo sembra un paradiso con una colonna sonora funky – rullante e basso suonato con lo slap. Mentre va la colonna sonora, le cameriere del bar sorridono e provvedono affinché abbiate da bere a sufficienza. Si comportano tutte come se foste ricchi e famosi, soprattutto dopo che dici che passerete la serata con qualcuno della prima squadra. Butti lì un po' di nomi, ma non troppi. Dici che stai aspettando Ryan (che alla gente piace sempre). Te la giochi bene. Come se non fosse niente di che. *Posso portarvi qualcos'altro, signori?* dice una bionda. *Passerete qui la serata, signori?* dice una bruna. *Vi sentite fortunati, signori?* dice una rossa. *Beh signori, divertitevi al tavolo da gioco stasera. Spero che la dea bendata sia con voi.* La rossa è tutta sorrisi. Lo sono tutte. Quei sorrisi dicono *Questo è un bel posto, signori. Un posto felice. Un posto dove i sogni diventano realtà*. La rossa lascia le dita un po' troppo a lungo intorno al bicchiere quando Guy allunga la mano e lo prende. O è solo la tua immaginazione?

Ogni volta che la rossa vi chiama in quel modo – signori – Guy sorride. *Potrei anche abituarmici* dice, ridendo. *Pensi che uscirebbe con me?*

Potresti rispondere di sì e basta; è ovvio che non dice sul serio, ma sta ancora con Sally, ha sempre qualcuna per le mani e il tono della sua voce ti fa venire voglia di saltargli addosso. E allora ridi, con freddezza. *Sì certo* dici. *Certo che lo farebbe. Perché mica glielo dicono di flirtare con noi e farci ubriacare come due scemi, no? È gentile con noi perché le piacciamo. Vuole bere qualcosa con noi alla fine del turno e raccontarci i suoi problemi. Magari scoparsi uno di noi. Magari tutti e due. Magari insieme, se glielo lasciamo fare. Uno da una parte e uno dall'altra.* A volte ti comporti come se lo odiassi, Guy.

Va bene, Mikey dice. *Forse non le interessa, o forse sì. Comunque sia non c'è bisogno di fare lo stronzo*. C'è un momento in cui vi fissate e nessuno dei due vuole essere quello che abbassa lo sguardo. Poi scoppiate a ridere e Guy ordina un altro giro. *Due pinte di Boddies* dice alla stessa cameriera, impassibile. *Agitate, non mescolate; ok baby?* Hai un fratellone così divertente che quasi te la fai addosso. Per un attimo pensi di averlo fatto.

Guy non ha mai retto bene l'alcol, quindi dopo un paio di pinte ha già la lingua sciolta. Cerchi di parlare degli allenamenti, del gol che hai segnato (un uno-due con quest'altro ragazzo appena arrivato, il che ti fa sentire già un veterano), ma lui continua a interromperti, a dire che parli sempre e solo di una cosa. Spari un sacco di cazzate ultimamente, dice tuo fratello, e a lui non ci pensi? Anzi, cosa sai di lui? Almeno lo sai cosa fa durante il giorno? Questo ti fa male, perché lo sai eccome, ma accetti l'insulto come un vero uomo. Non ti conviene litigare là dentro. Ci vuoi tornare, farti degli amici, diventare un cliente fisso, dare pacche sul sedere alle ragazze e farti due risate insieme a loro nel prosieguo della stagione, e la stagione successiva, e quella dopo ancora. Riempire il locale l'anno in cui vincerete tutto. Pagare da bere a chiunque. Vuoi tornarci e comprarti il locale.

Allora mantieni un tono amichevole. *Beh, non sono cose di cui parlare quando si esce la sera* dici, allegro. *Dài. Siamo qui per* DIVERTIRCI. Guy è sempre impassibile, ma non gli lascerai rovinare la tua grande serata. La prima sera in cui esci da mesi, Cristo. La gamba è tornata al massimo e hai tutta la carriera davanti. Guy si è spostato sul bordo dello sgabello, al bar. Vuole andare via? Perché? Magari ti è sfuggito qualcosa. Chi se ne frega. *Ehi, bello* dici, tranquillo e ammiccante. *Mi dispiace. Sei il miglior fratello del mondo. Fatti dare un bacio*. Poi ti chini verso di lui, lentamente. Come se volessi davvero mettergli la lingua in bocca. Lo fa sempre scoppiare a ridere. *Va bene!* urla. *Smettila! Smettila!* E – fiuuu – torna tutto a posto. Comunque, sono già un paio di quasi-disastri in una sera.

Poco dopo Guy si toglie la cravatta e si sgancia il primo bottone della camicia. Bevete un altro paio di drink. Poi all'improvviso ti viene un'idea e DEVI provarci. Tuo fratello ti sta propinando una storia pallosa su una cliente che voleva pagarlo *in natura*, ed è ovvio che è una bugia. (Lo sanno tutti che la donna mi-si-è-rotta-la-caldaia-e-non-vedo-l'ora-che-un-uomo-grande-e-forte-venga-a-sistemarmi non esiste davvero). Allora lo interrompi a metà frase e lo trascini via dal bar. Lo spingi fino al bancone e gli dici di svuotare il portafoglio. Dici *Ehi, hai mai pensato di giocarti* TUTTO*?* Prima che possa rispondere o ribellarsi gli hai strappato di mano i soldi e hai cambiato metà della paga di una settimana in fiches. Poi vai alla roulette e punti tutto sul rosso.

La ruota gira. La pallina saltella tra i numeri, ticchettando. Quando il fruscio rallenta sembra che tutti quanti dentro al casinò si sporgano in avanti, risucchiati dal vostro tavolo. Questa gente sa fiutare l'azione. Cercano tutti di dare un'occhiata, senza sapere se vogliono che tu perda o vinca. Guy ha l'aria di uno che sta per avere un infarto. Se perdi, ti farà a pezzi. Il conto è ancora da pagare, è tutto *Segna, tesoro*, e hai bisogno di Guy per saldarlo. Allora ti stringi il drink al petto e, per la seconda volta nella stessa serata, esprimi un desiderio. (Chiedi di nuovo a Sir Matt, ovvio). E per la seconda volta nella stessa serata i tuoi desideri vengono esauditi.

La pallina si ferma sul rosso.

Dritti per dritti! Da bere per tutti!

Lo gridi a squarciagola, col bicchiere al cielo, poi ti accorgi della rima.

Ah!

Recuperi le fiches e le rimetti tutte sul tavolo.

Vinci di nuovo

Sempre sul rosso.

Ancora. E ancora.

Sul magico, magico rosso.

Guy è accanto a te, paralizzato, come se non riuscisse a capire che cosa succede. È stato tutto così veloce. Pochi secondi, tutto qui. Poi, però, capisce la situazione e prende il controllo. Dice *Mikey, questo è un... cazzo... un vero e proprio* MIRACOLO! UN MIRACOLO! *Ma dobbiamo* SMETTERLA. Allarga le braccia, apre le mani, stende le dita – come se cercasse di fermare il mondo, di farlo smettere di girare. Alla fine dice *Forza, cazzo,* BATTIAMOCELA! Allora raccogliete le fiches, incassate e Guy paga il conto, con uno sguardo stupefatto negli occhi di entrambi. Vi gira la testa. Quanto avete vinto? Nemmeno lo sapete. Sapete solo che è più di quanto riuscite a portare, più di quanto potrete mai spendere, ne siete sicuri. Sarete ricchi, per sempre! (Mamma avrà quella Mercedes. E un'Audi. E una Jaguar). Subito dopo barcollate fuori dal casinò, cercando di comportarvi bene, ma ridete e vi mangiate le parole, sentite i buttafuori che dicono che siete *due cazzoni* e che lì non metterete più piede. Ma chi se ne frega? Siete fuori, liberi, ed è tutto un ballare, ululare alla luna e cantare *This is the ooone, this is the ooone, this is the oooooone* e fare il ballo della scimmia come gli Stone Roses. La notte è limpida e fredda, anche Manchester vi sembra bella. È la regina delle città. *Avresti dovuto chiedere a quella cameriera di uscire* dici, con un sorrisetto. *Credo che ti avrebbe scopato.*

Ci vuole un po' per arrivare alla fermata dell'autobus e alla fine vi calmate, tutti e due. L'adrenalina svanisce nel buio. L'acido lattico vi si intrufola nel corpo, fa tremare braccia e gambe. C'è silenzio. Quello che è successo sta diventando reale. Non eri così felice da... da... non lo sai neanche tu. E lo vuoi condividere. Mentre camminate verso casa ti apri con tuo fratello. *Quella sensazione, Guy, sai... quando la pallina finisce al posto giusto sulla ruota... quella sensazione... è come segnare un gol. Ehi, Guy! Ehi! Ora sai come ci si sente a essere me!* Guy continua a barcollare, un po' più avanti. *Vaffanculo* dice. *Idiota del cazzo. Lasciami stare, va bene? Sei ubriaco*. Lo stai perdendo, allora provi con un altro dei tuoi capolavori. *Non è vero!* dici. *Non ho agente nulla, bevuto! Cioè, ehm, non sono crede come ubriaca!* Stavolta non ride. Non sorride nemmeno. *Buonanotte, coglione* dice. *Ci vediamo*. E se ne va. Guy torna da Sally, tu alla tua vecchia stanza e, mentre vai verso casa, ti domandi che vita sarebbe se Guy continuasse a camminare senza mai voltarsi.

Il giorno dopo parlate soltanto della vostra grande serata, di quanto avete vinto, di come li spenderete e di quando pensate di tornare al casinò. Vi siete divertiti di più insieme nell'ultimo mese che in tutto l'ultimo anno, che perlopiù hai passato a cercare di rimetterti in forma. La vita, adesso, è di nuovo piena di promesse. Stanno per tornare i bei tempi.

Per me è una cosa come, dov'eri quando è morta Lady D? e quando hanno sparato a Kennedy? Dov'eri il 25 gennaio del 1995, United contro Crystal Palace, quando Cantona prese a calci uno spettatore? Beh, mi ero preso un giorno di ferie dai miei doveri calcistici – dunque ero al pub.

A quei tempi, quando ero ancora – come diceva lo zio Si – *nel pieno della mia gloriosa carriera*, cedetti per un anno il mio abbonamento e guadagnai dei bei soldi. Ero ancora un giocatore, che mi serviva quel posto sulle gradinate dei vecchietti? Sarebbe andato sprecato, settimana dopo settimana. (In quel periodo, per un po' Guy portò allo stadio Danny, il fratello di Sally. Anche se era uno di quelli che io-non-tifo-per-nessuno-spero-solo-che-vinca-lo-sport, e dunque non se lo meritava). D'altro canto, se non giocavi per lo United, perché rendere tutto più doloroso stando così vicino alla squadra? Qualche volta, però, solo qualche volta, mi piaceva guardare le partite sul maxischermo, con dei veri tifosi, quelli che non potevano permettersi un abbonamento o comunque non avevano avuto modo di comprarlo. In mezzo alla gente comune, com'ero io una volta. Volevo sentire le chiacchiere. Capire chi stimavano e chi no. I giocatori fingono di non badare a queste cose – sosteniamo di non leggere i giornali, di non ascoltare le telefonate del pubblico, di non seguire ogni parola che viene detta su di noi, sempre e dappertutto. Siamo dei bugiardi, dal primo all'ultimo. Per alcuni di noi, anzi, mentire è la sola cosa che sappiamo davvero fare bene.

A metà degli anni Novanta le partite in notturna venivano trasmesse da un oscuro canale straniero con cui il padrone di un pub vicino all'Old Trafford riusciva a collegarsi nelle giornate giuste. (Gli sbirri lo sapevano. La metà veniva a vedere la partita con noi, e non dovevano mai tirare fuori un soldo). Andavo al pub per avere un assaggio dell'atmosfera, del vero pubblico dello United, ma tenevo un basso profilo, non facevo niente per attirare l'attenzione. Mettevo il berretto e gli occhiali da sole. Me ne stavo in silenzio. Ovviamente la squadra andava benissimo, malgrado il mio infortunio – una volta sconfitta la maledizione dei ventisei anni in campionato, a un tratto sembrò che potessimo vincere qualunque cosa.

Il 1994 fu l'anno della doppietta, coppa e campionato. L'ultimo urrà della Vecchia guardia dello United, che vinse il campionato al piccolo trotto e umiliò il Chelsea in coppa, 4-0, con giusto un assaggio delle giovani promesse che, perlopiù, aspettavano ancora dietro le quinte. Poi il Mister decise di vendere tre grandi nomi e di non comprare nessuno, e alla radio, in tv e sugli spalti si parlava solo della tradizione dello United, che si affidava ancora una volta a giocatori giovani. L'ultimo quarto di decennio di errori e fallimenti fu dimenticato in fretta. Tutti volevano che quel periodo sparisse.

Mentre mi riprendevo dall'infortunio e tornavo in forma, ogni gol che lo United segnava era un dolore oltre che una gioia. Ad ogni presenza in più, a ogni premio o trofeo collezionato da uno dei ragazzi con cui mi ero fatto le ossa, mi sentivo morire un altro po'. Avevano anche dato un nome al nostro gruppo. Ci (o li) chiamavano «i pulcini di Fergie», un'arguta citazione anni Novanta dei «pulcini» di Frank O'Farrell nei terribili (e ormai dimenticati) anni Settanta. Ora, nessuno fa attenzione e quindi nessuno lo sa, ma quella era una arguta citazione dei Busby Babes, «i ragazzi di Busby», e almeno per ora io non ero tra loro. Avevo gli incubi. Immaginavo cose indescrivibili. Pregavo che un gravissimo infortunio rovinasse la carriera a chiunque fosse nello United quando c'ero io. Becks, Butty, Scholesy. Ryan Giggs. Éric Cantona.

Cantona: il calciatore filosofo, il ribelle, l'eroe di culto che dimostrava che non tutti i giocatori sono grossi pezzi di merda buoni solo per una cosa. Col suo colletto rialzato faceva tutti quei gol e poi allargava le braccia per accogliere i suoi ragazzi e festeggiare con baci e abbracci. Avrebbe dovuto essere lui il mio eroe. Una volta Guy mi disse *Non capisco. Perché non veneri questo tizio?* Per poco non glielo dissi, ma Guy come poteva capire? Aveva appena assunto altre tre persone – l'espansione dell'Impero Wilson, la chiamava – e lui e Sally parlavano di bambini. Di quanti averne. Di come li avrebbero chiamati e di come avrebbero *dato ai loro bambini la migliore esperienza uterina possibile.* Io, nel frattempo, ero lontano anni luce. Non riuscivo a venerare nessuno. Quando quella sera d'inverno mi sistemai sul mio sgabello fortunato a vedere United contro Palace, in incognito, rannicchiato in un angolo, sperando che nessuno mi riconoscesse, mi ricordai di quando avevo parlato con Cantona durante un allenamento. Aveva sorriso e mi aveva detto soltanto *Va tutto bene, Mike*. Io gli avevo risposto *Come? C'è qualche problema?* e lui aveva sorriso di nuovo. Dicono che fosse pieno di rabbia, anche ai tempi dell'esordio. Per questo aveva lasciato la Francia. Quando la rabbia ce l'hai dentro, ci resta per sempre.

La gente se n'è dimenticata, ma per prima cosa fu espulso. Ce n'era abbastanza per una serie di brutti titoli il giorno seguente e forse per una multa, oltre alla squalifica. Nel momento in cui accadde ero schiacciato tra un paio di centinaia di tifosi ubriachi a dare del SEGAIOLO all'arbitro. Éric andò verso la linea laterale, fiero, indomito. Buttai là due chiacchiere con alcuni clienti fissi e loro erano convinti che sarebbe andata bene. Anche se eravamo rimasti in dieci. In realtà, forse PROPRIO perché eravamo rimasti in dieci, e quando il gioco si fa duro i duri cominciano a giocare, no? Cercai di convincermi che essere lì, in quel momento, a guardare la partita in quel vecchio edificio scalcinato con le sedie intrise di birra e i pavimenti del bagno coperti di piscio, fosse ancora meglio che essere in campo. Mentre Cantona lasciava il terreno di gioco diretto verso il tunnel, mi girai sullo sgabello e ordinai una pinta, e poi un'altra, per buon augurio. A volte, pensai, potevo far succedere le cose peggiori.

Quando mi voltai di nuovo tutto il pub era ammutolito, sotto shock, mentre guardavano le immagini sgranate di Cantona che si lanciava come una furia su un tifoso. Ancora e ancora. Prima in diretta. Poi al rallentatore. Poi ancora più al rallentatore, con un primo piano della vittima in una smorfia di dolore mentre quelli che aveva intorno si allargavano. I commentatori dalla Grecia o dalla Turchia o sa-il-cazzo-da-dove erano così scioccati che si scordarono di parlare, e quando gli tornò in mente non trovarono le parole per spiegare quello che stava succedendo. Nessuno aveva mai visto niente del genere. Nel frattempo arrivò di corsa Paul Ince, prima coi pugni che col cervello, e poi gli steward e la polizia. Cantona era sparito sotto una ressa di funzionari e tifosi. La temperatura nel pub precipitò. Un paio di avventori dissero che era un eroe, ma la maggior parte pensava che si fosse comportato da idiota. Aveva buttato via il titolo per niente. E adesso, chi avrebbe guidato la squadra? Un tizio disse che per la vergogna non avrebbe mai più guardato lo United, anche se nessuno ci credette. Finii le mie birre in silenzio mentre tutti intorno a me cominciavano a litigare e a parlare di complotto per spiegare quello che era appena successo. Perché lo aveva fatto? Che cosa lo aveva fatto arrabbiare così? Alcuni sostenevano di saper leggere le labbra e tirarono fuori le stronzate più assurde.

Il tizio aveva detto a Éric di *andare affanculo in Francia.*

Oppure il tizio aveva detto a Éric che la sera prima si era scopato sua madre e che lei era *bravissima a succhiare il cazzo.*

Oppure il tizio aveva detto a Éric che era *grasso*.

Oppure Éric era sempre stato incasinato nella testa, e i dirigenti dello United l'avevano tenuto nascosto per anni, ma stavolta era crollato, e in pubblico.

Oppure Éric aveva riconosciuto il tizio, che in realtà era francese, i due avevano fatto a pugni in un bar nel 1989 e Éric aveva voluto finire il lavoro.

Oppure (e Dio solo sa da dove venisse questa) Éric si stava vendicando sui tifosi del Crystal Palace perché il suo bisnonno era stato ucciso da tre skinhead di quelle parti nel 1929 e lui aveva promesso al vecchio sul letto di morte che *la famiglia Cantona avrebbe avuto la sua vendetta*.

Quelle stronzate rimasero sospese per aria, poi si riversarono fuori dalla porta e si sparsero per la città.

Uscii dal pub pensando che forse era arrivato il momento di smettere di bere sul serio. Non era una cosa buona per un calciatore. Aveva messo fine alla carriera di un sacco di ragazzi dello United negli anni Ottanta, e bisognava imparare dagli errori degli altri per non ripeterli, giusto? Io volevo giocare per anni. Decenni. Per sempre. A differenza di Cantona, che si ritirò all'improvviso a trent'anni, come se niente fosse, farfugliando di come il calcio ormai era solo un business (il che non gli avrebbe impedito, in seguito, di fare pubblicità per la Nike), io non ho MAI voluto abbandonare la squadra. (Alla fine anche Cantona disse che smettere con lo United era stato come smettere con l'eroina). In quel momento mi sembrava una decisione facile, ero sicuro che l'avrei rispettata. Smetto di bere, ed ecco fatto. E SICURAMENTE smetto di buttare via i soldi nei casinò e nelle scommesse. Passando davanti al Legends Takeaway, con le mani in tasca, aspettando che iniziassero i tafferugli, ero già un uomo migliore.

Passai i due giorni seguenti da solo, a fare esercizi.

Per tutto il tempo rimasi sicuro e concentrato. Determinato a non mandare tutto a puttane come aveva fatto l'ultimo eroe dello

United, in una fredda serata londinese. E perché? Per cosa? Una vita intera rovinata in pochi attimi. Com'era possibile fare una cosa del genere? Quando Éric si sedette durante la conferenza stampa e si rivolse ai giornalisti con quel suo lento, impostato accento francese, dicendo cose folli, seppi subito che non avrebbe più giocato – guardai il video che avevo registrato finché non imparai il testo a memoria. *Quand i gabiani... seguòno un pescherescio... e perché... pensano che calcuno sgeterà le sardine in marre*. Ero quasi morto dal ridere, pensando già al mio glorioso rientro, a come avrei riempito il vuoto che aveva lasciato in squadra se solo avessi avuto un'altra possibilità. Proprio così. Ma quanto ci si può sbagliare?

I tifosi seguirono Éric in tribunale, nell'incantevole Croydon, sostenendolo come se fosse un prigioniero politico che lottava per la libertà o che cosa. Éric Mandela. Éric Gandhi. Éric Luther King del cazzo. Non lo sapete già? Cantarono il suo nome a ogni turno di squalifica, lo pregarono di restare in squadra, perfino Fergie, e alla fine ebbe la sua seconda chance. Il giorno in cui rientrò dalla squalifica c'era un cartellone fuori dall'Old Trafford che diventò famoso. (A quei tempi a Selhurst Park giocavano due squadre, Crystal Palace e Wimbledon). Il cartellone diceva NON DIMENTICHEREMO MAI QUELLA SERA A SELHURST... QUANDO HAI SEGNATO DA TRENTA METRI, riferendosi all'altra impresa, più apprezzata, di Cantona nello stesso stadio e nella stessa stagione. Che spasso, eh? Il pubblico ci si radunava intorno e lo fotografava. Adulti che ridevano come bambini. Dentro lo stadio, durante la sua prima partita, imbastì un'azione da gol e segnò su rigore, festeggiando in giro per il campo come se la sua fosse stata solo una lunga vacanza e alla fine avesse deciso di tornare a degnare la gente comune della sua presenza. Giocavamo contro i Monnezzari, tra l'altro, quindi fu subito e pienamente redento. I ragazzi sulle gradinate si scrissero in faccia DIO È TORNATO e cantarono il suo nome. I «pulcini di Fergie» – con Ryan proprio nel mezzo – gli si fecero intorno quando mise dentro la palla, e lui li abbracciò stretti stretti stretti. Era l'inizio di un meraviglioso nuovo capitolo.

La sera del suo grande ritorno mi ubriacai fino a perdere i sensi, andai a sbattere da qualche parte con la testa e mi svegliai in ospedale, a gridare di gabbiani e pescherecci finché le infermiere non mi zittirono mettendomi a dormire. Quando mi svegliai vidi un dottore che passava davanti al mio letto e gridai *Ehi, faccia di merda! Sto morendo*. Presi una biografia di George Best e la sbattei sul comodino. (Da dove arrivava quel libro? Qualcuno era venuto a trovarmi?). Avevo il cervello in pappa. *Ehi, non te ne andare!* urlai al dottore. *Ehi tu! Tu! Io gioco nello United, lo sai?*

DOMENICA 10 FEBBRAIO 2008
PREMIER LEAGUE

UNITED 1-2 MERDE
CARRICK 90' — VASSELL 25'
BENJANI 45'

SPETTATORI: 75.790

Giggsy Watch – SpiritofMunich_58 dice: Voglio essere chiaro. Che nessuno SI AZZARDI a insultare i ragazzi, oggi. Facciamo sentire il nostro affetto a tutta la famiglia dello United. RIP Busby Babes. Non dimenticheremo.

Voto medio dei tifosi: 5/10

Mike Wilson quel giorno era pensieroso. Arrivò all'Old Trafford e guardò lo stadio.

C'era chi diceva che ormai le squadre erano tutte uguali. Che si trattava solo di soldi. Che la passione aveva abbandonato il calcio – troppi milionari, troppi bambini sperduti da posti lontanissimi che saltavano da una squadra all'altra ogni volta che si apriva il mercato, che cercavano di imparare l'inglese e di abituarsi al freddo. Ormai era soltanto un business, una tratta degli schiavi da milioni di sterline, uno spettacolo di varietà che non chiudeva mai, ventiquattr'ore su ventiquattro, messo in scena dagli uomini in completo grigio –, Peter, il nonno di Mike, non l'avrebbe riconosciuto. Alcuni dicevano che le squadre come lo United non erano più quelle di una volta. Soprattutto da quando all'Old Trafford erano arrivati gli americani a succhiare i profitti e a trasformare i ricavi in perdite. I Glazer, la nuova famiglia reale dello United, i cattivi della pantomima, tutti *franchising* di qua e *mercati asiatici cruciali* di là, quando davanti ai giornalisti cercavano di sforzarsi di non pronunciare la parola *soccer*. Da un lato caricavano la squadra di debiti e dall'altro spillavano soldi per sé, facendo finta di avere a cuore la causa. Secondo alcuni questo rendeva lo United simile al Liverpool, al Chelsea e a tutte le altre squadre. Ne faceva soltanto un'azienda. Mike, però, era sicuro che quel giorno gli scettici sarebbero stati smentiti. Fino a quel momento, a differenza delle storie spaventose che aveva letto e che dipingevano gli avversari come delle bestie, i tifosi di entrambi gli schieramenti stavano facendo onore a sé stessi e alla città.

«Vedrai» aveva detto Guy. «Quando arriva il momento della verità, Manchester resterà unita».

Mike avrebbe voluto che suo padre fosse lì per vederlo. Anche se fosse venuto per riprendere l'aereo subito dopo, senza dire a nessuno che era tornato a casa, ne sarebbe valsa la pena. Il vecchio avrebbe potuto dire ai suoi amici di Dio-sa-dove che in quella grande giornata lui c'era. Mike si immaginò Gregory chino su un Margarita in fondo al bancone di un bar nei Caraibi. «Sono andato a vedere la partita per l'anniversario di Monaco» avrebbe detto al barman, una volta tornato, «e mi sono ricordato perché Manchester è il posto più bello del mondo. Ci sono andato con mio figlio minore, Mikey. Giocava con lo United, sai? Adesso se la passa molto bene. Si è costruito un buon futuro».

Una lacrima sarebbe spuntata dall'occhio di Gregory. «'fanculo» avrebbe detto. «Sono fiero di lui».

Mike aveva in testa questo e altri sogni a occhi aperti, che si espandevano l'uno nell'altro, si mescolavano, per poi tornare in una forma ancora più intensa. A volte erano così reali che allontanavano Mike da qualunque posto si trovasse, da qualunque cosa stesse facendo. Nella sua mente le immagini erano limpide e anche se era lontano dalla costa, quando inspirava e alzava lo sguardo verso i famosi cancelli era sicuro di sentire l'odore del mare.

Intorno all'Old Trafford, prima della partita, le bandiere rosse, bianche e nere recitavano BUSBY BABES CONTINUATE A GIOCARE IN PARADISO; MAN UNITED 1958 RIP, con sotto l'elenco dei giocatori scomparsi. Mike li conosceva tutti. Sapeva cosa avevano provato a indossare quella maglia. Sentì un dolore improvviso alla gamba, che gli diede la nausea. Si chinò a leggere il cartello fatto in casa che uno dei tifosi aveva attaccato ai cancelli.

I RAGAZZI PERDUTI DI MONACO
GEOFF BENT, 25
terzino sinistro, sostituto di Roger Byrne e Bill Foulkes
ROGER BYRNE, 28
terzino sinistro, capitano della squadra,
nazionale inglese, nato a Manchester
EDDIE COLMAN, 21
mediano, nato a Salford
DUNCAN EDWARDS, 21
centravanti, nazionale inglese, uno dei migliori
calciatori di tutti i tempi
MARK JONES, 24
centromediano, nazionale scolastica inglese
DAVID PEGG, 22
ala sinistra, debutta con lo United a diciassette anni, nazionale inglese
TOMMY TAYLOR, 26
attaccante dell'Inghilterra, 112 gol in 166 presenze
con la maglia dello United
LIAM «BILLY» WHELAN, 22
interno destro, nazionale della Repubblica d'Irlanda,
43 gol in 79 presenze con la maglia dello United

Tutti quei nomi, che non erano mai stati dimenticati. E tutti gli altri che erano morti quel giorno, scrupolosamente documentati e ricordati in ogni occasione. Nessuno era stato lasciato da parte. La lista dei nomi era lunga e lui non vedeva l'ora di entrare nello stadio, tuttavia Mike si costrinse a leggerli. A leggerli bene, come si doveva. Ogni vita ha il medesimo valore, pensò. Il pilota, i giocatori. Perfino i giornalisti.

TOM CABLE, steward
ALF CLARKE, giornalista del «Manchester Evening Chronicle»
WALTER CRICKMER, segretario del Manchester United
TOM CURRY, preparatore atletico
DANNY DAVIES, giornalista del «Manchester Guardian»
GEORGE FELLOWS, giornalista del «Daily Herald»
TOM JACKSON, giornalista del «Manchester Evening News»
ARCHIE LEDBROOKE, giornalista del «Daily Mirror»
BELA MIKLOS, agente di viaggi, organizzatore della trasferta (sullo stesso aereo si trovava la moglie, sopravvissuta)
CAPITANO KEN RAYMENT, secondo pilota
HENRY ROSE, giornalista del «Daily Express»
WILLIE SATINOFF, tifoso dello United, amico di Matt Busby
FRANK SWIFT, giornalista del «News of the World» (oltre che ex portiere del Manchester City e della nazionale inglese)
ERIC THOMPSON, giornalista del «Daily Mail»
BERT WHALLEY, allenatore

Vedi, pensò Mike. C'era anche un giocatore del City su quell'aereo. Buttò fuori l'aria dai polmoni. Sotto quel vecchio orologio, fermo per sempre al 6 febbraio 1958, si immaginò mentre descriveva a suo padre, o a Guy, la scena fuori dall'Old Trafford. Pensò a quali parole avrebbe usato. Se esistevano davvero le parole per descriverla.

Accanto al negozio della squadra c'era un'enorme fotografia dei Busby Babes in formazione, scattata prima del calcio d'inizio della loro ultima partita, che avevano vinto contro la Stella Rossa di Belgrado. Cinquant'anni dopo, l'immagine era stata convertita a colori e affissa sopra la scritta MANCHESTER UNITED.

Mike si augurò che passato l'anniversario la lasciassero lì. Vicino, sul marciapiede, erano sparse vecchie foto in bianco e nero dei giocatori, e una folla di bambini chiedeva ai genitori se avevano mai visto giocare i Busby Babes. I biglietti dicevano cose come: «Nei nostri cuori, sempre i migliori». Mike pensò di nuovo a papà, e a mamma e a quello che diceva a chiunque le chiedesse cos'era successo al marito: «Lo ricorderemo per sempre. Ma dobbiamo andare avanti».

Mentre passava il tornello, porgeva il biglietto, comprava il programma e si dirigeva al suo posto, Mike si chiese come sarebbe andata quel giorno. Avevano fatto tante previsioni. Un gruppo di tifosi del City aveva chiesto invano un minuto di applausi al posto del silenzio previsto, per coprire gli insulti che di certo sarebbero arrivati. Mike pensò, Davvero qualcuno vorrà rovinare tutto? Qualche idiota urlerà qualche STRONZATA o farà il rumore dell'aereo in picchiata? Durante il minuto di silenzio, tuttavia, con le sciarpe rosse e blu alzate, si concentrò su quelle ventitré vite perdute nel 1958, la squadra caduta dal cielo. Giocatori nati a centinaia di miglia da Manchester che avevano giocato per tre, quattro, cinque squadre diverse in tutto il mondo, stavano fermi, in silenzio, e cominciavano a capire cosa significasse trovarsi lì, con quelle persone, a ricordare.

Il pubblico era triste e rispettoso. Anche l'atteggiamento dei Tre Scimuniti, per un po', fu diverso dal solito. Bill mugugnò in segno di approvazione.

«Un vero tributo, fatto bene, sì» disse.

La voce gli si ruppe quando Sir Alex Ferguson e l'allenatore del City, Sven-Göran Eriksson, posarono due corone di fiori. Intorno a Bill, tifosi che occupavano da anni i posti vicini dissero «giusto, bravo» e si scordarono quello che di solito pensavano di Eriksson. Era come se la partita non contasse granché, e anche quando il record di trentaquattro anni consecutivi di vittorie in casa contro il City fu infranto, a nessuno nello stadio sembrò importare.

Sul campo anche la squadra sembrava stranamente pensierosa, come se l'emozione della ricorrenza fosse troppo, e alcuni vagavano per il campo senza meta con la divisa dei Busby Babes riprodotta per l'occasione, come se non sapessero in quale decennio stavano giocando. Il peso della responsabilità. Mike lo capiva. I Tre Scimuniti (compreso Bill, che poco dopo il calcio d'inizio era tornato quello di sempre) dissero che sembrava che alla squadra non importasse. Come faceva un branco di portoghesi, brasiliani, argentini e serbi a capire cosa stava succedendo? Mike invece li guardava, era lì con loro, e ne era sicuro. Volevano vincere, ne avevano bisogno. Lo United fece quindici tiri in porta contro gli otto del City, ma anche il tiro al volo di Ryan finì sopra la traversa. (Mike pensò a quanto sarebbe stato perfetto). Durante il secondo tempo, quando la maggior parte della gente si aspettava una squadra all'attacco, incitata dal solito «asciugacapelli» di Ferguson, non successe niente. Certe volte proprio non ce n'era; Mike lo sapeva meglio di chiunque altro. Il gol dello United all'ultimo minuto fu solo una consolazione e arrivò dopo che i Tre Scimuniti, e altri, ebbero lasciato lo stadio per evitare la calca.

«Abbiamo fatto onore a quei ragazzi» Mike disse a Guy quella sera, al telefono. «I giocatori e il pubblico. Abbiamo cantato! Abbiamo reso loro omaggio! Non ci IMPORTAVA della classifica. Certe cose contano di più... Te lo dico, avresti dovuto esserci».

Mike sentiva la figlia piccola di Guy, Millie, chiamare «papà». Mike continuò a parlare, a voce più alta, per farsi sentire sopra la bambina.

«Ok, sì, abbiamo perso» disse. «Ma quando fai parte di una famiglia, nessuno vince o perde davvero. Sono tutti dalla stessa parte».

Mike immaginò il fratello che ascoltava quel discorso all'altro capo della linea, seduto in giardino a guardare la sua siepe ben curata, la strada tranquilla e il quartiere perbene dove lui e Sally si erano trasferiti di recente. Immaginò Guy che lo ascoltava con attenzione. Mike pensò che il fratello avrebbe notato che non aveva mai parlato così prima di allora, di niente, tranne forse nel 1999 prima della finale di Champions. Sperò che il fratello mollasse Millie a Sally così da potersi concentrare esclusivamente sulla conversazione. In quel momento, all'improvviso, Mike ebbe voglia di parlare del padre. Dire a Guy che ormai erano anni che era in contatto con lui e domandargli se, per caso, anche lui aveva sentito il vecchio. Vedere se aveva tenuto un segreto del genere per tutto quel tempo. Domandargli se pensava che magari quell'anno avrebbe mollato tutto e sarebbe tornato a casa. Decise di non dire nulla, ma promise a sé stesso di parlarne la prossima volta che si fossero sentiti.

Più tardi, quella sera, Mike era sdraiato sul letto. Non c'era niente come il dolore per riavvicinare una comunità, pensò, mentre scivolava nel sonno, guardando il soffitto. Un anziano Sir Bobby, ricordò, era stato accolto al suo ingresso in campo con solennità, come il capofamiglia a un funerale, insieme alla moglie. Quando sorrise il pubblico applaudì in massa, poi fece un saluto triste con la mano e sparì di nuovo all'interno. Tutto lo stadio intonò il suo nome. Mike era così invidioso che quasi non riusciva a respirare. Di Sir Bobby, certo, delle sue conquiste e della sua storia, che nessuno poteva portargli via. Ma anche dei giocatori morti. Che cosa meravigliosa, pensò. Morire così, in servizio, ed essere ricordati per sempre. Avrebbe tanto voluto tornare indietro nel tempo e andare anche lui a Monaco. Salire di nascosto sull'aereo e aspettare. Era una cosa che Guy e Sally, visto che erano praticamente emigrati da Manchester, non avrebbero mai capito.

Mike pensò di rimettere i vecchi poster dello United sul soffitto. Guardando quel bianco sporco, tutto macchiato e cosparso di resti di Blu-Tack, si domandò se non avesse avuto troppa fretta a toglierli a quel modo. Perché non doveva esserne orgoglioso? Ancora mezzo sveglio e mezzo addormentato si girò su un fianco, si raggomitolò e finì a pensare quei pensieri che gli facevano passare giornate intere senza nemmeno accorgersene.

Quella sera il telefono suonò tre volte. Lui non rispose.

In prestito ai confini del mondo

A metà del novembre 1993, alla fine arriva. La mano sulla spalla. Il tono comprensivo. Il discorso di uno degli allenatori che non ti è neanche mai piaciuto e che ti aspettavi di lasciarti alle spalle sulla strada verso l'immortalità. È passato quasi un anno dal tuo esordio e in quel lasso di tempo ci sono state chissà quante notti insonni e una vera lotta per tornare in forma. Un sacco di tempo in palestra con scarsi risultati e nessuna prospettiva di una svolta da quando sei tornato con la seconda squadra alcuni mesi prima. Non sei esattamente in splendida forma. Forse hai solo bisogno di un po' più di tempo per riprendere il ritmo della Premiership. Anche se avessi battuto tutti i record, comunque, avrebbe fatto qualche differenza? Il tuo infortunio era arrivato proprio mentre lo United raggiungeva la terra promessa, la prima vittoria in Premiership. E il tempismo, come diceva lo zio Si, a volte è la sola cosa che conta. La squadra se la cava benissimo senza di te, la squadra finalmente sta decollando. Questa cosa, insomma, era già in moto da un po', ma tu ancora non vuoi convincertene.

Ora puoi ammetterlo: il tuo comportamento è stato da manuale fin dal primo giorno. Sei stato prevedibile. Hai fatto i classici errori. Ti sei preso in giro dicendoti che sarebbe andato tutto bene perché volevi che fosse così. Nel novembre del 1993 credi davvero, sul serio, al cento percento, di essere sulla via del rientro. Pensi che manchino solo pochi giorni al primo di centinaia di gol e al pubblico dell'Old Trafford in delirio che dà il bentornato al ragazzo di Manchester pieno di talento che pareva non dovesse più giocare. Il tuo esordio verrà dimenticato, niente più che una nota a piè di pagina nella tua carriera a 24 carati. Una domanda difficile, di quelle con la cuffia in testa, in un quiz televisivo sullo sport. Una di quelle alla non-ci-posso-credere, che lasciano tutti a bocca aperta, con il conduttore che poi si mette a ridere perché è una cosa folle, ha dell'incredibile che il grande diamante grezzo Mikey Wilson (ehm... è *Sir Mike*, per voi plebei) abbia rischiato di non entrare nella leggenda del calcio.

Dopo il discorso dell'allenatore dici a te stesso che è un nuovo inizio, ed è anche quello che ti dicono le altre giovani leve dello United. I ragazzetti, quelli ancora ai margini. Ti sembrano com'eri tu, contenti di liberarsi dei rivali, mandati avanti ma declassati. *Solo per un po', Mikey* ti dicono. *Solo per giocare un po' in prima squadra, tornare in piena forma, e poi ci rivediamo, stai sicuro*. E sì, succede in continuazione. Gesù, praticamente tutti vengono dati in prestito a un certo punto. (Ryan no, però). Non puoi aspettarti di prendere e andare in prima squadra. Non capita a nessuno. (Tranne a Ryan). Te ne vai al Sud per un po', tutto qui. Quella mano sulla spalla fingi che non ti infastidisca. Fingi che nemmeno te ne importi. *Dove vado?* domandi, sfacciato, strizzando l'occhio all'allenatore di cui non ricordi mai il nome. *Un posto caldo? Metto in valigia le infradito?* E quello risponde *Continua a parlare così, dolcezza, e sarà una vacanza molto lunga*.

Prima di accorgertene sei già sull'aereo, passi la visita medica, stringi un po' di mani, ti mostrano alla svelta uno strano nuovo stadio, corri di nuovo al Nord a prendere un po' di cose da mamma, le dici che starai bene e di non preoccuparsi (piange, ma ultimamente piange per qualsiasi cosa), e poi prenoti una stanza d'albergo vicino allo stadio del Plymouth Argyle. Non ha senso affittare un appartamento o impegnarsi in cose grosse – non starai lì per molto.

Meglio spendere qualcosa in più e prendere una bella stanza in un posto con la piscina e la palestra. Il meglio per ricominciare a essere felice, tornare in forma, fare qualche gol e volare di nuovo a casa, alla svelta. E poi, hai appena fatto una bella vincita al casinò. Una BELLA vincita. La più bella di sempre, e allora non è una cosa sensata spenderla per qualche lusso? Non è la cosa migliore per la tua carriera? La cosa economicamente più logica che tu possa fare? È questo che stai pensando quando suona il telefono in camera, ed è papà, il primo contatto da quando è sparito.

Sulle prime non riesci a capirci niente. Il suono della sua voce. Ti senti come se ti stessi restringendo – che cosa dovresti chiedergli per prima cosa? che dovresti chiedergli? Non hai la possibilità di chiedere nulla, però. Papà parla alla svelta, attento a non lasciare spazi che tu possa riempire. (Ti ricorda qualcosa?). Non ti dà alcuna spiegazione, non si scusa nemmeno. È ubriaco. Ti fa domande su tua madre e sulla tua carriera, e tu ti scordi di mentire o di chiedergli dove sia. Gli dici che cosa è successo allo United. Piangi disperatamente. Gli dici dell'Argyle. C'è un rumore in sottofondo, come se ti stesse chiamando da un bar. La linea è lontana. Gracchia. *Ascolta, ragazzino* dice, come se non fosse mai andato via. *Dopo gli ultimi dodici mesi sei fortunato che qualcuno ti voglia, figuriamoci una squadra professionista. Prendi quello che puoi e non pensarci due volte!* Non riesci a dire altro che *Brutto bastardo, allora sei vivo.*

Quello che intendi con quella frase è che lui è vivo e lo zio Si invece no. Proprio la settimana scorsa un attacco di cuore l'ha colto di sorpresa mentre era solo negli uffici della Wilson Electrics, alle otto e mezza di sera, a sbrigare la contabilità. Un uomo di quarantasette anni, senza debiti, senza nemici, senza scheletri pronti a venire fuori all'improvviso dall'armadietto della cancelleria.

Al funerale dello zio Si c'era così tanta gente che quasi non entrava in chiesa. Facevano a gomitate per entrare e poi dovevano restare in fondo. Con un braccio intorno a mamma Guy si è girato verso di te e ha bisbigliato *Bel fan club, eh?* Gesù, stava per farti scoppiare a piangere, era la cosa più terribile del mondo, ma era anche bella. Eppure non riesci a dirlo a papà, vero? Qualunque cosa abbia fatto, il bastardo, suo fratello maggiore se n'è andato per sempre e nessuno merita di venirlo a sapere così. E ora, chi ti avrebbe guardato le spalle? e a Guy? e a mamma? Il mondo è pieno di domande.

Papà ha ragione sull'Argyle, però, e allora decidi di accettare questa novità. Di non lasciare niente al caso. Di comportarti bene e sperare. Uno degli altri ragazzi dello United ti dice che Plymouth è un bel posto. Ha degli amici laggiù, e anche un cugino. Conosce un difensore che ci ha giocato per una stagione e poi è stato preso dall'Everton. O era il Colchester? È sicuro che ti troverai bene. Perciò, sull'autostrada, con papà, il defunto zio Si, Guy e mamma nelle orecchie, metti la musica a tutto volume e canti insieme alla cassetta dei superclassici di Manchester che Guy ha preparato apposta perché l'ascoltassi in quello specifico viaggio. Adesso, ogni tanto, fa il dj in un pub in città. Le canzoni sfumano l'una nell'altra. Un po' di Mondays. Un po' di Roses. Canti, I AAAM THE RESURREEECTION AND I AAAM THE LIIIGHT! Quando il lato A finisce ti metti a gridare, a pieni polmoni, *Muuuuuusica!* e giri la cassetta. La mente ti si svuota ed è libera libera libera mentre canti a squarciagola, muovendo il culo a destra e a sinistra sul sedile. Dopo qualche ora, però, e dopo aver ascoltato la solita cassetta un paio di volte, capisci quanto cazzo è lontano quel posto, cominci a sudare, non riesci a tenere in mano il volante da quanto è viscido e la cosa non ti sembra più un'avventura. Pensavi che Plymouth fosse vicino a Londra. E invece è alla fine del mondo, praticamente in Francia.

Come dici a Guy al telefono qualche settimana dopo, non importa chi siano gli avversari: i tifosi cantano sempre gli stessi cori, ogni partita. *Brutti bastardi del Nord!* cantano a squarciagola indicando i tifosi della squadra avversaria. Perché sono tutti del Nord, per loro, non importa da dove viene l'altra squadra. Manchester. Leeds. Birmingham. Cardiff. Londra. Southampton. Perfino Bristol ed Exeter sono due sporche città del Nord, viste da laggiù. *Almeno non ti senti solo* dice Guy al telefono, cercando di restare allegro. *Comunque*, rispondi *più sei sporco e del Nord, e peggio è*. Poi Guy dice che deve andare. Ha un po' di cose da sbrigare. Da quando lo zio Si è morto Guy gli è subentrato nella gestione dell'azienda. È un'impresa piccola, ma è un lavoro grosso per un ragazzo di ventitré anni, soprattutto per il fatto che i dipendenti sono tutti più vecchi di lui. Eppure Guy dice che è pronto. Inoltre, come dice a chiunque glielo chieda, sente che è suo dovere tenere alto l'onore della famiglia. Sai che gli andrà bene. Glielo dici. In ogni caso sembra che Guy abbia meno tempo per te, ultimamente, e anche quando dice che ne ha, è come se non avessi tutta la sua attenzione.

La cosa più strana di tutta l'esperienza con l'Argyle è che alla fine non è così male stare in mezzo a persone con accenti diversi. Se tu non fossi così stronzo, deficiente e nostalgico, e non te ne stessi sempre a pensare a cosa ti manca, potresti farti degli amici, scoprire posti buoni dove andare. I primi giorni in cui sei lì ti accorgi che il clima è gradevole e la gente simpatica, e te ne vai al Barbican a bere una pinta in tranquillità, mentre guardi l'acqua e respiri l'odore del mare. Pensi a quanto è lontana l'Europa. A come sarebbe laggiù. Guardi l'acqua e prendi in considerazione l'idea di scappare, proprio come papà, in qualche posto lontanissimo dove da bere costa poco, il sole picchia e la vita scorre lenta. (*Dove cazzo sta? Cos'è che l'ha fatto scappare?*). Forse potresti nuotare fino in Francia, imparare la lingua, chiamarti Jean-Pierre e aprire la pasticceria più buona di Parigi. Di notizie così ne senti in continuazione. Gente che molla tutto e parte. Pensandoci, cominci a sentire caldo.

Sei sempre stato un calciatore e sempre lo sarai, eppure la cosa ti alletta. Tutto quello che nella tua vita prima era rosso, adesso è verde. Tutto quello che era grande e splendido, nuovo e futuristico, adesso è molto più piccolo, e vecchio, e ha perfino un odore diverso. Allo United c'è un tale odore di soldi che questi ragazzi nemmeno se lo sognano. All'Argyle sono tutti nella stessa situazione: precari. Contratti di un anno, due. Prestiti. Tutti in cerca della spinta per una carriera che nessuno farà. Adulti che parlano di ritirarsi, di altri lavori per tirare avanti. Alcuni pensano ancora positivo ma la maggior parte non crede che le cose miglioreranno. L'Argyle se la cava, ma gioca con squadre tipo lo York City, porca puttana – quando pensi che ti presenterai contro lo York City ti domandi come accidenti farai a fingere che te ne freghi ancora qualcosa se la squadra vince o perde.

L'allenatore dell'Argyle è Peter Shilton. Ti riempie di attenzioni, e questo ti dà i brividi. Perché è famoso, e hai qualcosa da raccontare agli amici. *Lavoro per l'uomo con più presenze in nazionale* dici, e Guy ne rimane piuttosto colpito. Fai addirittura una conferenza stampa, dove tieni alta la maglietta con su scritto WILSON – 11 (il tuo numero!) sul retro, stringi la mano del Mister e dici ai giornali locali quanto sei emozionato di firmare per una squadra così importante. Non ti aspettavi tanto, dopotutto è solo un prestito; fanno sempre così? Non lo sai, ma non sei un idiota. Ai giornalisti dici *Spero di aiutare i ragazzi a portare il Plymouth Argyle lassù dove merita. Questa squadra è un gigante addormentato, ma noi lo sveglieremo*. Le chiacchiere stanno a zero, insomma. Ti domandano come ci si sente a lasciare la squadra della propria città e tu ridi e dici *Beh, adesso la mia città è Home Park*.

Il giorno dopo quella battuta è su tutti i giornali. Compri tre copie di ognuno, una la tieni e ne mandi una a mamma e una a Guy, espresso. Nell'articolo sull'«Herald» («The Voice of Plymouth»), l'allenatore loda la tua giovanissima età e le tue imprese con la seconda squadra, parla di quanto tu sia stato sfortunato, ricorda a tutti quanto sei giovane (appena diciotto anni) e dice che è sicuro che con un po' di fortuna avrai un successo enorme. Spera, inoltre, che se tutto va bene il prestito diventi permanente. *Lo spero anch'io, Mister* rispondi, forzando un sorriso. *Incrociamo le dita, eh?* Per tutto il tempo, tra una bugia e l'altra, senti la voce sabbiosa di papà. Te lo immagini con la pancia di fuori e solo un paio di bermuda addosso, proprio lì, così vicino da sentire l'odore del suo fiato. (Dovunque sia, è un posto in cui servono bitter). Appollaiato su uno sgabello, in quel bar sotto al sole, con un braccio intorno a un'adolescente e una bottiglia di birra nell'altra mano. E grida *Sei fortunato che qualcuno ti voglia!* Poi si tuffa in piscina, e l'acqua si increspa quando i suoi piedi quasi toccano il fondo.

Rimani all'Argyle per sette, otto mesi e in quel lasso di tempo passi dall'essere la nuova meraviglia sotto contratto all'essere semplicemente ignorato. Prima l'allenatore pensa che tu debba solo tornare in forma e così ti fa giocare con la seconda squadra, ma le prestazioni non migliorano. In dieci partite non fai nemmeno un gol, e per tre volte vai in panchina con la prima squadra senza entrare in campo. Non ti fanno giocare nemmeno quando sono alla disperazione. Poi ti fai di nuovo male alla gamba, in allenamento – un giorno semplicemente ti molla, la stessa gamba –, e sei di nuovo fuori gioco. Il dottore sorride comprensivo e ti spiega che forse la prima volta non sono arrivati alla radice del problema. Cose che succedono. (Lo dice come se non fosse importante). *Beh, grazie tante* dici, ed esci dalla stanza zoppicando.

Allora cambi ancora una volta regime di allenamento e programma, cercando di recuperare le forze mentre intorno a te tutti corrono e tu a malapena cammini. Anche quando finalmente sei di nuovo in forma c'è qualcosa che non va. Mentre stai seduto nella tua stanza d'albergo, o fai qualche vasca nella piscina dove sai che non puoi più permetterti di nuotare, provi a capire cos'è. Cerchi di dare un senso al problema, così puoi risolverlo. Adesso però sei in un altro mondo, con regole diverse, dove niente ha senso. Non sei più forte come una volta. Hai perso il ritmo, è come se il tuo corpo appartenesse a qualcun altro. A qualcuno più vecchio, con meno talento, e non più immortale. A volte ti ritrovi a sognare le cose com'erano un tempo, o peggio: a sognare come potrebbe essere il futuro.

Un giorno senti delle voci negli spogliatoi su chi sarà il prossimo ad avere l'ok per entrare in campo. Viene fuori il tuo nome, la settimana di allenamenti è andata bene e il capitano dice che è convinto che giocherai. Quando arriva il momento, guardi il foglio con la formazione. Studi quel pezzo di carta per vedere dove hanno nascosto il tuo nome. Resti lì un bel po', prima di accettare il fatto che ti hanno convocato, sì, ma solo in panchina. Quella sera ti rifiuti di guardare la partita tra le riserve e te ne vai in giro per conto tuo. (Questo ti vale un richiamo dell'allenatore). Per puro caso, più tardi, nel casinò dove sei andato a bere entra qualche tuo compagno di squadra. Festeggiano una delle rare vittorie. Si sentono dei re. Si comportano da cretini. Come se fossero sulla via della promozione, quando invece è probabile che retrocederanno.

Sei alle slot quando li vedi, due sterline ancora dentro, soldi che non ti va di dare per persi. Scoli il tuo drink, però, e te ne vai prima che ti vedano. Te la svigni come un delinquente, o qualcosa di simile. Tornando a casa per poco non telefoni a Guy per dirgli di papà. Lui saprebbe come rintracciare il vecchio bastardo, forse riuscirebbe anche a tirargli fuori delle risposte. Ma, pensi, che succede se invece chiama la polizia? Che succede se essere trovato fosse la cosa peggiore che potrebbe accadergli? Che succede se papà deve qualche milione di sterline a un gangster di Manchester che se mai lo ritrova gli taglia le dita e gliele fa mangiare? Gli incide una svastica sulla fronte e poi lo sodomizza? Lo lascia a marcire su un tavolo da biliardo? Pensi alle conseguenze e decidi di non chiamare Guy. Non sarà l'ultima volta.

Per un paio di settimane vai alla deriva e a volte, seduto lì con la tua stupida tuta verde a guardare gli altri stupidi che vanno su e giù per lo stupido campo e ormai ti ignorano o ti prendono per il culo, vorresti davvero, sul serio, senza stronzate, ammazzare qualcuno. Perché finora hai continuato a credere alla versione ufficiale: sei appena rientrato da un infortunio, tutto qui, e allo United ancora ti vogliono. Sono secoli che non senti nessuno della squadra, però. Nessuno ti dice cosa succede davvero, giusto? Se sono buone notizie qualunque stronzo vuole essere il primo della fila. Se sono cattive lasciano che ci arrivi da solo o che resti lì seduto come un coglione a non capire perché tutto stia affondando insieme a te. Un giorno, e vaffanculo, ti rendi conto che non ti vogliono nemmeno all'Argyle. Nel frattempo, l'annuario e il calendario di Ryan Giggs del 1994 hanno venduto entrambi più del previsto, anche se l'eroe non rilascia quasi mai interviste o dichiarazioni in pubblico, e quando capita parla per frasi fatte e sta sempre sulla difensiva. Ferguson se lo tiene vicino, lo protegge. Lo sanno tutti. I giornali lo chiamano «la figura paterna di Ryan» così spesso che quasi non si riesce più a leggerli.

Un paio di giorni dopo, quasi a metà di un'inutile partita infrasettimanale, rieccoti in panchina. L'Argyle sta perdendo e non te ne importa niente, ma dopo che un ragazzetto magrolino di Plymouth viene fatto entrare a dieci minuti dalla fine ti guardi intorno, guardi gli altri ragazzi in tuta, e sai che stasera non giocherai. Dici a te stesso che, se non ti fanno giocare, allora cosa ci stai a fare lì? A perdere tempo, ecco cosa! Devi tornare a casa! Così ti alzi, ti allontani dalla panchina, ti togli il giubbotto della squadra, lo lasci lì sull'erba, imbocchi i corridoi dello stadio, prendi la tua roba dallo spogliatoio, corri alla macchina e la metti in moto con rabbia, col cuore che batte, batte, batte come se volesse uscirti dal petto. Senti delle voci alle tue spalle, dicono *Che cazzo ti credi di fare, Wilson?* Vogliono sapere dove stai andando, ti dicono di fare marcia indietro subito, oppure puoi anche non tornare.

Le voci sono sempre, sempre, sempre più basse finché non le senti più. Ti fermi in albergo, butti tutto in una valigia, te ne vai senza saldare il conto e guidi tutta la notte fino a Manchester, fermandoti solo una volta a una stazione di servizio. Pisci alla luce troppo forte del bagno, poi ti siedi, assente, in un caffè deserto a mangiare un hamburger tiepido prima di rimetterti in macchina. Quando finalmente arrivi a casa di mamma entri di soppiatto, senza fare rumore, attento a non svegliarla, e crolli sul tuo vecchio letto proprio mentre il sole sta sorgendo. Il tuo ultimo pensiero prima di addormentarti, Tra un paio d'ore vado all'Old Trafford e spiego che non ha funzionato. Che ho bisogno di tornare allo United. Mi riprenderanno. Il Mister capirà. Invece dormi più di quanto avresti voluto e il mondo ha già fatto un bel giro prima che ti risvegli, stordito, a metà pomeriggio. Ancora non lo sai, ma Alex Ferguson è stato messo al corrente e ha già messo in moto le pratiche. Ti metteranno fuori squadra, ufficialmente. Sei già mezzo fuori dai giochi e mezzo per strada, senza un agente, senza un lavoro, senza niente.

Nelle ventiquattr'ore successive nessuno risponde alle tue continue telefonate.

Allora ti prendi la madre di tutte le sbronze, mandi in fumo tutto quello che hai in tasca al casinò, fai puntate che sai di non poter vincere, per raggiungere l'oblio alla svelta. Non arriverà mai abbastanza in fretta. Lo chiami a te con ogni puntata. Non è divertente. Non deve esserlo. I buttafuori, gli stessi che ti avevano fatto entrare quando Robbo aveva fatto quel cenno, quelli che ti avevano detto di darti una regolata, non sono ancora di turno quando arrivi, ma a fine serata devono alzarti di peso dal pavimento e buttarti per strada. Lì non potrai più entrare. Devi andare a casa a piedi perché, letteralmente, non ti è rimasto più nulla.

Tutto quel periodo, i primi anni Novanta, diciamo che… non ce li ho in testa. Comprato e venduto, dato in prestito, senza avere il controllo su niente. Non c'è da stupirsi che il cervello mi sia andato in pappa. Mi ricordo, però, un paio di dettagli del Natale 1994.

Sei mesi dopo essermi alzato dalla panchina e aver lasciato la partita a metà, tornando a casa dal terzo nuovo lavoro da settembre e pronto a ricominciare il giorno dopo (gli ultimi arrivati fanno i turni che nessuno vuole), presi una strada diversa per la fermata dell'autobus, tagliando lungo Deansgate. Solo per dare un'occhiata. Ci vogliono appena un paio di minuti in più rispetto all'altra strada. Mi ero ripromesso di non comprarne più, ma in quel periodo non rispettavo le promesse nemmeno quando erano importanti. Nell'ultimo paio d'anni avevo letto tutti i libri che erano stati scritti da o su un giocatore o ex giocatore dello United, e ce n'erano un sacco. Ogni stronzo aveva avuto il suo libro. Le comparse. Le mogli. Perfino qualche *ex* moglie. Sapete, quelle cose tipo… *La mia vita con Paul Parker*. Cioè, ma chi cazzo lo vuole leggere? Mi fermai fuori. Mi scordai del tutto dell'autobus.

C'erano cataste di copie nella vetrina della libreria che dava su Deansgate. Una foto con la faccia pulita, belloccio, con due occhioni tristi che lo facevano sembrare uno dei ragazzetti imberbi e carini dell'ultima boy band. Aveva solo ventun anni ed era già un'istituzione. Un libro intero concepito come una rivista per teenager, dai caratteri stondati ai cuoricini alle interviste vuote (*Qual è il tuo formaggio preferito e perché?*) e alle foto seminudo che non mostravano esattamente la mercanzia ma ne davano un'idea abbastanza precisa. Un bel regalo da 12.99 sterline per le ragazze di tutto il mondo dal caro zio Ryan, pubblicizzato con uno striscione A NATALE REGALATI UN CALCIATORE, e nessuno che si lamentasse. Nemmeno un grido di protesta da parte dei genitori o della Chiesa. Nessun picchetto fuori dal negozio. Una ragazzina trascinò la madre verso la vetrina, dicendo *È questo! È questo, mamma! Lo voglio!* La seguii all'interno e mi misi a sfogliarlo.

Era fantastico, quello che dicevano. Come la passavano liscia. Le bugie, sapete. Non poteva esserci lui, dietro a quella cosa. Proprio no. Aveva fatto un paio di brutte pubblicità (non riesco nemmeno più a guardarle, le salsicce vegetariane), ma ho sempre creduto che fosse il sistema, non l'uomo. Ci si aspetta che tu faccia certe cose. Agenti e dirigenti ti spingono a farle. Ti trattano come una puttana, ti usano per arricchirsi. Dicono che lo fanno tutti, che fa parte del lavoro. Parlano di *opportunità di mercato* e di *flusso ottimale di introiti*. Il povero Ryan all'inizio non sapeva cosa stesse facendo – come poteva, a quell'età? – ma di certo non era più così ingenuo: era un giocatore dello United, un professionista, un uomo. Invece eccolo lì, in posa come il sesto componente di quei bastardi dei Take That. Me ne infilai una copia sotto il giubbotto e scappai, veloce quanto la gamba malandata mi permetteva, guardandomi indietro per vedere se qualche commesso stesse inseguendo la merce rubata. Un minimo di dignità mi è rimasta. Col cazzo che l'avrei pagato.

Una volta fuori portata mi sedetti su una panchina, con la gamba che mi doleva, e studiai le prove. Avevano fatto un buon lavoro con lui, dovevo ammetterlo. L'avevano fatto sembrare uno e trino. Lo facevano in continuazione, ricordando a tutti, a ogni titolo e sottotitolo, che grande successo era il suo. Le foto all'interno raccontavano la sua storia come la volevano agenti, addetti stampa e sponsor: il resoconto stenografico della vita e delle opere di un ragazzo prodigio.

1. Bambino innocente, serio, con i riccioli ribelli pettinati di lato.
2. Giovane ancora integro che gioca per il suo paese (che allora era l'Inghilterra).
3. Ride con un amico al bar (ma non beve).
4. Indossa la maglia dello United facendo finta di non sapere che c'è il fotografo (ma è strasicuro che lo sa).
5. Adolescente, con il pallone in equilibrio sulla testa, in giardino.
6. Promettente calciatore delle giovanili in azione.
7. A diciassette anni, quando segna il suo primo gol per lo United. Unico gol nella partita che conta più di tutte: il derby.
8. Festeggia una vittoria con Phil Neville, l'uno avvinghiato all'altro come se non volessero lasciarsi mai più.
9. Il tipo che sa divertirsi, uno di noi, che se ne va in giro indossando solo un costume bagnato, ed esibisce un gonfiore a dir poco sospetto (promemoria: controllare altre foto. Possibile? Si imbottiva?).
10. Guarda imbronciato l'obiettivo, lo fissa, intrepido.
11. Spirituale: Ryan il libero pensatore, in bianco e nero, a torso nudo con lo sguardo rivolto in alto verso la luce forte del sole, il petto coperto di peli ispidi.
12. Schietto: col pallone sottobraccio e la barba lunga, un ragazzo qualsiasi, come me e voi, che si rilassa appoggiato a un muro sporco (scommetto che ce ne sono un sacco a Worsley. Non nella sua villa, però).

13. Mentre ride in mezzo a un gruppo di bambini poveri in Africa e finalmente…
14. Mentre quasi si strappa di dosso la maglia dello United, davanti a migliaia di cazzoni che vanno in estasi a ogni sua mossa.

La cosa era stata concepita molto bene. Pensata molto bene. E al posto d'onore una foto di spalle, il nome a caratteri cubitali, sfacciato, sopra al suo numero, e al mio.

GIGGS

11

Mi incamminai verso casa. Respirare era diventato più difficile. Una fitta acuta e calda mi trapassò la gamba sinistra e, all'ultimo momento, decisi di cambiare programma. Magari anche al Dog & Partridge, ma dovevo starmene fuori casa. Diedi un colpo di telefono a Guy, ma non rispose. Provai con un paio di amici; non risposero nemmeno loro. Avrei trovato qualcuno dei clienti fissi, però, seduti ai soliti posti. Metà di loro non se ne andavano quasi mai.

Girai a sinistra e mi diressi al vecchio locale, pensando, Sono ancora giovane. Troppo giovane per fossilizzarmi sui bei tempi andati. Come aveva detto mamma il giorno che ero tornato da Plymouth *Parli come se fossi già morto!* E penso che fosse vero. Era quello che stavo facendo. Cercavo di morire prima del mio ventunesimo compleanno. Ma come continuo a dire, l'essere umano è uno stupido idiota – ripete solo le cose che già sa, ve l'assicuro. Però non si domanda mai perché le sa. Zoppicai fino al Dog & Partridge, ancora con un senso di nausea, con il cappuccio tirato su per ripararmi dalla pioggia, superai quella soglia accogliente col libro sottobraccio e ordinai. *Capo, per favore, una pinta della migliore bitter che avete* dissi, e parcheggiai il mio povero culo su uno degli sgabelli. *Aspetta Ricky, meglio se ne fai due*. La persona entrata dopo di me era mio fratello.

Dopo aver lasciato l'Argyle le cose tra me e Guy erano rimaste le stesse. Quello che succedeva nel mondo esterno non sembrava importante. Al pub parlavamo quasi sempre solo dello United. Della prossima partita, qualunque fosse. Del campionato. Delle coppe. Evitando di parlare del mio ruolo in tutto ciò. Ai bei tempi anche papà parlava quasi esclusivamente dello United, anche se non era così avaro di consigli quando si trattava di come me la cavavo e delle decisioni che dovevo prendere. Chiamava ogni paio di settimane per dirmene quattro. Di solito sul tardi, senza preavviso. (L'ultima cosa che voleva era trovarmi preparato. Il fattore sorpresa, ecco cosa piaceva al vecchio). Allora mi faceva un sacco di domande, ma se ero io a voler sapere come stava dovevo capirlo da come parlava della squadra. Dal tono di voce che aveva quando commentava la prestazione dello United a centrocampo. Quanto a mamma... beh, lei non è che parlasse molto. Era il suo modo per farmi capire cosa pensava di quello che avevo fatto.

Lei non capiva, però. Nessuno capiva. Certi – senza fare nomi – hanno tutte le porte aperte, tutta la fortuna di cui hanno bisogno, mentre altri vengono fregati dal sistema. Questo continua a succedere finché non vengono sbattuti fuori dal mondo del calcio una volta per tutte e finiscono col loro culo su un divano a guardare in tv l'avvento di una nuova leva di ragazzi. Ancora non lo sanno, ma anche loro forse falliranno. Probabilmente i loro cuoricini si spezzeranno mentre il mondo continuerà a guardare, a spezzoni di dodici minuti intervallati da tre minuti di spot su rasoi, macchine e bevande energetiche vagamente collegati al calcio, il resoconto dettagliato della loro caduta. Per piacere, NON FATEMI PARLARE DI QUEI BASTARDI DEI CANALI SPORTIVI!

Il telegiornale fa abbastanza schifo, è pieno di bugie, lo so. Ma almeno te lo dice che il mondo fa paura ed è cattivo, e che ogni santo giorno succedono cose imprevedibili. Il Medio Oriente è abbastanza deprimente, cazzo, ma almeno è lì. Per i giornalisti sportivi puoi anche scordartelo, il mondo. Anche per sempre, capite cosa intendo? Puoi scordarti le guerre, i terremoti, gli omicidi, gli stupri e la recessione, l'avidità delle multinazionali, la parzialità dei media o la corruzione dei governi, perché tutta l'energia che hai dev'essere pompata per la Domenica Decisiva o per il Lunedì Quando è Vietato Perdere o per il Chi Se Ne Sbatte del Venerdì che è *sempre dietro l'angolo* e *non vorrete perdervi la lotta per la salvezza tra Norwich e Southampton, vero?* Restate sintonizzati per sapere se qualcuno si è infortunato o forse no, restate sintonizzati per sapere se qualche testa di cazzo che prima giocava nel Derby County pensa che il Derby County abbia buone chance nella prossima partita. Restate sintonizzati restate sintonizzati e, per l'amor di Dio, CONTINUATE A BERE BIRRA! Ecco cosa dicono i piccoli uomini in grigio. E tutti sono d'accordo ad andare avanti nei secoli dei secoli, amen, pregando davanti alla tv e al bancomat, mattina, giorno e sera, mentre lo prendono regalmente nel—

Non è sempre stato così, però.

Mi state ascoltando, vero?

Il calcio è cambiato perché è cambiato il mondo, giusto? Bambini poverissimi, rapiti dalle favelas e dalle spiagge del Brasile, dalla Costa d'Avorio, dal Ghana, dal Camerun, da Timbuctù, da Disneyland, che vengono portati in Europa e prima che se ne rendano conto si ritrovano intrappolati nel nord dell'Inghilterra a cercare di convincere sé stessi e tutti gli altri che *é siempre stato mio sonio jogare per Wigan Athletic*. Nel frattempo devono imparare, in frettissima, a essere dei bravi ragazzi puliti, dei milionari che sanno trattare coi media, tranquilli, come se avessero sempre vissuto a quel modo. Come se fossero nati per quello. Come se non gli interessassero la droga, le donne facili o il gioco d'azzardo. A me non mi fregano, amico! Lo so che sono ancora gli stessi ragazzi delle favelas! Ma perché dovrebbe importargliene? Quelli come noi non li possono toccare; non abbiamo il permesso. Li tengono belli al sicuro, lontani dal pubblico. Anche i giocatori di caratura media sono ricchissimi, ormai. È tutta una questione di soldi.

Non sono un maniaco dei complotti ma, come ho già detto, non fatemi parlare. È tutto un modo per tenere sotto la gente comune, i lavoratori. La gente comune e perbene come mio nonno, che ha lavorato per tutta la vita ma è morto povero com'era alla nascita. Gli uomini come mio zio Si. Nel frattempo i ricchi e fortunati diventano ogni secondo più ricchi e fortunati. Ogni *millisecondo*. Per accumulare tutti quei soldi non devono nemmeno alzare un dito, ormai. Si arricchiscono mentre dormono, si svegliano e si arricchiscono mentre si fanno la doccia e la barba, o stanno seduti sul cesso, o mangiano il müsli. Tutti quei soldi. Sempre di più, all'infinito, perché è così che funziona. Altrimenti potrebbero smettere di arricchirsi e cominciare a diventare più poveri. E non possiamo permetterlo, vero? I piccoli uomini in grigio che amministrano le squadre e le emittenti e i giornali, prendendosi il meglio e tenendoci sempre con la bava alla bocca in attesa del prossimo evento con gente che calcia una palla o la colpisce da dietro una rete o la mette dentro un buco, non sanno cosa voglia dire amare davvero ciò che fai, non voler fare nient'altro, fermare il mondo per un po', mettere in pausa tutto ciò che esiste al di fuori di quelle linee bianche ed essere solamente uno che gioca in una squadra, quello e basta. Per loro sono solo oggetti decorativi. È per questo che il paese sta morendo. Forse è già morto ma, davvero, di tutto questo non mi importerebbe, sul serio, sono le bugie che mi fanno impazzire. E specialmente le bugie che ti raccontano nelle interviste del dopopartita, trasmesse all'istante in tutto il mondo, con

L'INTERVISTATORE 1 DELLA RETE X CHE DICE:
Ben fatto [*inserire nome del giocatore*], sarai contento di questo risultato.

ALLORA IL GIOCATORE 2 DELLA SQUADRA Y DICE:
Grazie [*inserire il nome dell'intervistatore*], sì, certo. Alla fine della fiera la partita è fatta di due tempi e [*inserire il nome della squadra avversaria*] ha giocato bene, ma anche se ci siamo trovati con le spalle al muro e la palla l'hanno tenuta sempre loro, anche se hanno avuto tutte le occasioni da gol, hanno preso due volte il palo e tre volte la traversa negli ultimi dieci minuti, credo che quando [*inserire il nome dell'allenatore della squadra avversaria*] rivedrà la partita in tv stasera sarà d'accordo che abbiamo meritato di vincere.

ALLORA L'INTERVISTATORE 1 DELLA RETE X DICE:
Dev'essere bello essere tra i marcatori. Hai un bel tocco per essere un ragazzo così robusto.

ALLORA IL GIOCATORE 2 DELLA SQUADRA Y DICE:
Beh, è una domanda abbastanza stupida, Signor Intervistatore. Non è nemmeno una vera domanda, giusto? Ma sono obbligato per contratto a parlare con te ancora per un minuto e mezzo e allora sì, è ovvio, è sempre bello segnare. Ringrazio Dio per questo, un Dio cattolico/protestante/islamico/ebraico/sikh/buddhista /Topolino più potente degli altri che certamente sostiene me e la mia squadra in tutte le nostre imprese, e di sicuro è nemico dei giocatori dell'altra squadra

anche se loro credono nello stesso Dio in cui credo io. La cosa più importante, tuttavia, è che ci siamo messi in tasca i tre punti. È lì che i punti devono stare. In tasca nostra. Io voglio la gloria – è chiaro, se non segno vado a casa, mi intristisco, bevo fino a perdere il controllo, urlo contro i miei figli e picchio mia moglie – ma non lo posso dire senza beccarmi una multa o addirittura una denuncia. E comunque non è la posizione ufficiale della squadra. Quindi ti devo dire, invece, che non penso affatto ai record o alla fama o alla gloria personale, e oggi quando ho saltato come un salmone e ho messo la palla in rete PENSAVO SOLO AI RAGAZZI. Ai RAGAZZI allegri, scherzosi, entusiasti, che fanno gli scemi sotto le docce. I ragazzi sono tutto, ed è merito loro se abbiamo ottenuto il risultato che cercavamo. Sai, [*nome dell'intervistatore*], la corsa al titolo è una maratona, non uno scatto, quindi dobbiamo stare attenti a non perdere di vista il traguardo. Una partita alla volta. Senza fare il passo più lungo della gamba. Per quanto mi riguarda faccio solo quello che mi dicono e, come dice il Mister, gioco stretto dietro e largo davanti. Senza pensare troppo. Senza fare domande. E senza rispondere a troppa gente come te. Comunque non si tratta di me, sai? Si tratta del personale che lavora dietro le quinte, della signora che prepara il tè, di quella che fa le pulizie, dei tifosi, dei bambini di tutto il mondo che seguono questa squadra, che sanno cosa vuol dire «passione», che sanno cosa rappresenta questa squadra e chiedono il piumone della squadra per Natale e ogni anno vogliono la divisa nuova per le partite in casa, quella per le trasferte e quella nella terza combinazione di colori che in realtà a noi non serve, e ci danno soldi soldi e ancora soldi, che io adoro spendere in auto sportive decappottabili, piscine, tatuaggi con scritto DURO A MORIRE, ville in campagna e gioielli per mia-moglie-o-la-mia-fidanzata, che è un'aspirante attrice/modella che dice che mi ama per l'uomo che sono dentro anche se lei è almeno da otto su dieci e io chiaramente non sono più di un quattro e lei non fa più sesso con me a meno che non sia sbronza e io le ricordo che se non fosse per me lei farebbe ancora la cameriera in un – scusa, amico, qual era la domanda?

SABATO 4 MARZO 2008
CHAMPIONS LEAGUE
RITORNO DEI SEDICESIMI DI FINALE

UNITED 1-0 OLYMPIQUE LIONE
RONALDO 41'

(RISULTATO AGGREGATO: 2-1 PER LO UNITED)

SPETTATORI: 75.521

Giggsy Watch – Non ha giocato. Non era in squadra.

Voto medio dei tifosi: s.v.

Mike non era mai andato in macchina a una partita dello United, e aveva la bocca asciutta come una cava di sabbia. Forse era il completo che stava indossando. Forse era tutto quello spazio sul sedile posteriore dell'auto di uno sconosciuto e il lettore cd che sparava musica house da piccoli altoparlanti bombati, coprendo il rumore della folla fuori dal finestrino. Oppure il minuscolo televisore che aveva di fronte, con i conduttori di Sky Sport News che sorridevano, col volume a zero, e di sicuro stavano spingendo l'evento. O forse l'assenza del ronzio di una radio sullo sfondo, quelle voci familiari che discutono dei temi calcistici del giorno. Le voci sui trasferimenti. Le novità sulla squadra. Qualche ex calciatore fallito che grida: «E ve ne dico un'altra su quello che serve per avere successo...».

«Questo si chiama viaggiare, Mikey» disse Terry, che indossava una camicia a righe viola. «In limousine! Bella storia, eh? Il massimo! Beccatevi questa!». Mike si domandò se il suo amico stesse scherzando, o se all'improvviso si fosse messo a parlare a quel modo per sentirsi un vero cittadino di Manchester, un vero tifoso dello

United – anche se si sentiva che era del Cheshire, che sarà vicino ma è tutta un'altra cosa. La voce di Terry gli ricordava Ledley, sull'autobus per Liverpool, che non aveva più visto da quel giorno glorioso e con cui non aveva mai giocato a calcetto. L'auto arrancava nel traffico dei giorni di partita.

Gli altri due biglietti che Terry si era procurato erano andati a Ellie e Jen, che avevano entrambe diciannove anni. Ad un semaforo si alzarono in piedi, con la metà superiore del corpo che spuntava fuori dall'auto, e si misero a salutare i passanti gridando con finto accento americano.

«Yeaaah baby! » gridò Ellie.

«Guarda che roba!» rispose Jen.

Le ragazze fingevano di essere stelle del cinema, facendo dei versi con le labbra – non erano mai state su una limousine, poteva essere la loro prima e ultima volta, e allora perché non lasciarsi un po' andare? Proprio in quel momento una voce dalla strada gridò qualcosa.

«Fuori le tette!».

Entrambe le ragazze si lasciarono sfuggire una risata oscena.

«Te lo scordi!» gridò Jen.

«Non c'è verso, grassone bastardo!» gridò Ellie. Ci pensò per un momento, poi si consultò con l'amica. «Che, gliela faccio dare solo un'occhiatina?» domandò, stringendo il bordo del top come se stesse per alzarlo.

«Naaa… fallo soffrire» disse Jen. «Fallo pensare a cosa potrebbe esserci sotto, quando torna a casa e si fa una sega».

Nel frattempo, Terry si sedette di fronte a Mike e guardò le due paia di gambe tra di loro. Fece un cenno con la testa.

«La vita non è così male, no?».

Mike sbuffò. «Terry, Ellie è tua sorella! Un po' di amor proprio!».

«No! Non è questo che intendevo. Mica avrai pensato…? Davvero? Oh Dio!».

Mike pensò, Terry scoperebbe con una parente? o con chiunque fosse d'accordo? Nessuna delle due opzioni gli sembrava probabile. Anche sulla limousine, malgrado quelle scene, Terry non sembrava chissà che maschio alfa. Mike ci rifletté mentre lo guardava. La limousine continuava ad andare a passo d'uomo.

Quando si alzò il vento, Ellie e Jen rinunciarono e si tuffarono di nuovo all'interno dell'auto.

«Perché siete così in tiro, comunque?» domandò Mike.

Le ragazze risero.

«Non fare il guastafeste» disse Ellie. «Anche tu ti sei tirato a nuovo. Stai molto bene. E comunque, stiamo andando a una festa, no?». Mike abbassò lo sguardo sulle scarpe appena lucidate, e si domandò come avesse fatto a diventare uno da Sky Box e sandwich ai gamberi.

Nelle ultime settimane, durante le partite in casa, lui e Terry avevano discusso nei dettagli di come il campionato promettesse bene. Avevano parlato di tattica. Di stile. Di formazioni. E anche di altre cose. A volte Terry faceva parecchie domande.

«Quand'è che sei entrato in squadra, esattamente?» aveva voluto sapere. «Com'è di persona Ferguson? E Giggs?... Dicono che Ryan in realtà sia un po' stronzo. Non si ferma più a firmare autografi. Un mio amico ha sentito dire che è omosessuale. È un peccato che senta di doverlo nascondere».

Mike lo corresse. Ryan, disse, era il perfetto gentiluomo eterosessuale, marito e padre affettuoso. Poi gli diede tutte le informazioni che poteva sui mesi trascorsi nello United, senza entrare nei dettagli. In quel periodo aveva preparato una versione ufficiale da utilizzare al bisogno, una vera e propria sceneggiatura. Era importante uscirne come una persona misurata, priva di amarezza, del tutto a proprio agio. E leale. Parlando della sua carriera come giocatore era essenziale dare l'impressione di non provare altro che, forse, una specie di orgoglio, sereno e distaccato. La gente doveva credere che non gliene importasse, e lui era bravo, e fu molto convincente quando sorrise e rispose a Terry.

«Sono stati bei tempi» disse. «Anche adesso, comunque». Si scambiarono i numeri di telefono.

Il giorno dopo, Terry chiamò Mike e gli offrì un biglietto per guardare la partite, come diceva lui, «da dietro le quinte». «Mio fratello lavora per uno degli sponsor» disse «e ha i biglietti per tutte le partite di coppa. Quando è fuori per lavoro me li lascia. È davvero molto gentile. Ci si diverte, si mangia un sacco, e si può bere a volontà. Solo per vip, capisci. Anche l'ultima volta aveva preso una limousine, all'andata e al ritorno, a spese dell'azienda. Il Champions Club: l'unico vero modo di guardare la partita, Mike. Mi ci potrei abituare!».

Si accordarono e Terry non volle niente per il biglietto. Quella sera Mike prese in prestito un completo da Guy, e lui gli disse che poteva tenerlo. Era stata un'altra settimana buona per la Wilson Electrics.

Quando la limousine arrivò all'Old Trafford l'autista scese, girò intorno alla macchina e aprì lo sportello con una riverenza sarcastica. Allora il quartetto scese e attraversò il parcheggio di corsa, sotto la pioggia. Mike lasciò che uno della sicurezza gli mettesse un braccialetto al polso, poi salì i gradini e cercò di non pensare che era di nuovo nel cuore dello stadio; gli tornavano in mente come lampi i ricordi dell'altra vita, una vita diversa, ancora una volta dietro le quinte del Teatro dei sogni. Ellie e Jen non erano mai state a una partita, ma dissero che se era sempre così sarebbero tornate ogni settimana. Scherzarono per tutto il tragitto fino al Champions Club, eccitate per tutto quel lusso. Terry si raccomandò di non farci l'abitudine, perché il giorno dopo dovevano tornare alla panetteria. Il giorno dopo, però, sembrava lontano un milione di anni luce.

«Congratulazioni, marinaio. Stasera esci con me» disse Ellie, e prese sottobraccio Mike mentre salivano le scale.

Al livello successivo c'era un altro ingresso con due donne che sembravano hostess con i regolamentari capelli biondi, le labbra rosse e il sorriso perenne. Le donne si offrirono di prendere i loro cappotti, poi li accompagnarono al bar. Si poteva bere di tutto. Mike non sapeva cosa dire; con Ellie e Jen quasi non riusciva ad aprire bocca. Qualche minuto dopo, quando le ragazze attaccarono discorso con due uomini al bar, separandosi da loro e andando a sedersi a un altro tavolo, Mike sorrise e alzò le spalle.

«È stato bello finché è durato» disse.

«Sono due ingrate» disse Terry. «A differenza di te. Non le invito più». Mike, però, aveva la testa altrove. Erano lì, del resto non gliene importava. Inoltre, nessuno lo aveva ancora notato. Si guardò intorno e vide tre uomini in piedi davanti a lui come i soldati all'entrata del palazzo reale, impettiti, con in mano vassoi da dieci pinte di birra, e due che dietro a loro ne preparavano altre e le poggiavano sul bancone. La cassa non c'era. Non serviva. Quando gli offrirono una pinta Mike rifiutò e si concentrò sull'enorme buffet con piatti che venivano da tutto il mondo.

«Ehi» disse Mike, cercando di tenere la voce bassa. «Non ci sono abbastanza invitati per tutta questa carne!».

Terry fece un gran sorriso, come a svelargli un terribile, delizioso segreto. «Esatto» disse. «Esat-ta-mente».

Mancavano ancora due ore all'inizio della partita. Entrambi cominciarono ad ammucchiare cibo sul piatto. Quando Mike ebbe finito si fermò un istante ad ammirare la sua creazione multicolore. C'erano riso giallo, patate bianche, pollo fritto arancione, agnello al curry marrone, patatine fritte gialle, un paio di kebab e, tanto per gradire, una spruzzata di insalata verde. Seguì Terry che tornava ai loro posti, camminando lentamente per non far cadere il kebab dal piatto. Si sedettero a un tavolo tutto addobbato dove c'erano i segnaposto con i loro nomi, e presero coltello e forchetta. Mike per un attimo fu colto dal panico temendo che qualcuno leggesse il suo nome e si ricordasse di lui, ma dopo un paio di minuti non ci pensò più.

Il tempo passava in fretta. Coi dolori allo stomaco per quanto aveva mangiato, Mike guardò nella busta coi gadget che avevano preparato sulle poltroncine del Champions Club. Il programma. Una rivista sulla Champions League. Penne e matite con il logo della squadra, che mise subito in tasca; avrebbero fatto bella figura nella sua stanza dello United. Parlò con Terry della partita, sviscerando nei dettagli tutto ciò che poteva succedere da lì al calcio d'inizio. Mike tirò fuori il telefono e mandò un messaggio a Guy.

> COME VA RAGAZZO? BIG MATCH STASERA! CHAMPIONS CLUB MICA COME TE! PIENO DI GNOCCA! 2 NELLA NOSTRA LIMO! PRONOSTICO?

Guy rispose dopo qualche secondo.

> PRONOSTICO? LA RIVOLUZIONE, POI 30 ANNI DI GUERRA CIVILE. E TU? CMQ DICONO KE GIGGS NON GIOCA. SIETE AMICI, KIEDIGLI KE SUCCEDE!

Mike sorrise; era essenziale non affrettare le cose, lasciare che il fratello tornasse in seno allo United con i suoi tempi, altrimenti poteva rischiare di perderlo. Meglio fare un passo per volta. Avere pazienza. Non prenderlo in giro sul County. Adesso, comunque, c'erano cose più serie in ballo. Non sapeva cosa pensare: Ryan era infortunato? L'avevano messo fuori squadra? Era finito? Era come stordito al pensiero, e cominciava a sentire gli effetti di una lunga settimana di lavoro. In quel momento arrivò un cameriere a offrirgli birra, vino e liquori, e per la quarta volta da quando era entrato all'Old Trafford Mike rifiutò con educazione.

«No grazie, amico» disse al cameriere. «Non bevo».

Il cameriere strizzò l'occhio. «A scuola bevevi eccome» disse, con un'altra strizzata d'occhio.

Mike non ci fece caso. Stava guardando quella distesa di tavoli, i cucchiai da portata, tutto quel cibo. Mentre quelli intorno a lui mangiavano come animali all'ingrasso, un tizio suonava versioni da sala di canzoni famose, perlopiù degli Oasis, su una tastiera costosa. Metteva tutto sé stesso in una interpretazione sdolcinata di *Live Forever*, anche se la maggior parte degli ospiti lo ignoravano. (Forse perché tutti sapevano che Liam e Noel erano tifosi del City, pensò Mike). Dopo il crooner toccò a un presentatore, con scarso successo.

«Metà di questi non tifano per nessuno» bisbigliò Terry, prendendolo da parte. «Rappresentano solo la loro azienda. Nessuno si aspetta lealtà. Questi sono pagati per fare baccano».

Mike ascoltò con attenzione il rumore del pubblico all'esterno. Si guardò intorno. Sentiva che a certe cose non avrebbe mai potuto abituarsi. Quello che era davvero incredibile era che pur trovandosi lì avrebbe potuto essere ovunque. In quello spazio enorme lui e Terry, Ellie e Jen, le hostess e gli sponsor erano assolutamente protetti dal mondo esterno. Non gli sembrava di essere a pochi metri dall'erba del campo e dalle migliaia di tifosi che si scaldavano prima che si cominciasse a giocare. La puzza dei servizi igienici. Il chiosco delle scommesse. Quelli dei gadget della squadra. La coda per comprare da bere. Proprio allora il presentatore annunciò che la partita stava per cominciare. Era il momento di prendere posto sulle poltroncine. Terry agguantò la sorella e Jen, e tutti e quattro si diressero verso le uscite. Per arrivare in tribuna dovevano passare attraverso il bar del Champions Club, seguire il corridoio con le foto delle grandi azioni dello United in Champions League (Ryan era molto ben rappresentato, insieme a David Beckham, Roy Keane, Éric Cantona e Andy Cole) e lasciare quegli ambienti riscaldati per raggiungere le poltroncine, al freddo, uscendo da una porticina, il passaggio segreto verso un'altra dimensione. Si richiuse dietro a Mike, sbattendo, e finalmente udirono fortissimo il boato del pubblico.

Mentre gli altri tre si lamentarono per tutti i novanta minuti, rigiocandosi in testa fino all'ultimo pallone e protestando per una serie di ingiustizie immaginarie, Mike cominciò a sentirsi assonnato, sempre più assonnato, con la tensione nelle spalle che svaniva lentamente insieme al dolore agli arti. Tutto sembrò rallentare e perdere nitidezza davanti ai suoi occhi, e anche se quella partita nello specifico era ancora incerta, cominciò a pensare che il resto del campionato sarebbe andato alla grande. Mike aveva visto il futuro, e il futuro era roseo. Non doversi preoccupare di cosa poteva succedere gli procurò un enorme sollievo. Perché darsi pena? Perché tutto questo stress? Sarebbe andato tutto bene. E senza Ryan, almeno per stasera.

Forse la sua carriera stava finalmente volgendo al termine e forse, una volta uscito di scena e diventato solo un altro ex giocatore come migliaia di altri, Mike si sarebbe sentito sempre a quel modo. Seduto lì, con l'aria di chi è assorbito da quello che accade in campo, ma con la mente da tutt'altra parte, cominciò a pensare che fosse proprio la presenza di Ryan sul campo di gioco a impedirgli di andare avanti, come se l'equilibrio del cosmo fosse sbilanciato per sempre finché quello specifico essere umano – quell'agglomerato di epidermide, cellule e ossa – continuava a giocare per il Manchester United. Un'altra partita, un'altra stagione, un altro anno. Forse, però, non sarebbe durato per sempre. Mike pensò a come doveva sentirsi, quella sera, il suo antico eroe, seduto anche lui in panchina, vicino al terreno di gioco. Come capitava a Mike una volta, a domandarsi cosa sarebbe successo. Intorpidito dalla stanchezza, Mike si accorse che per quanto quella sera non giocasse, i tifosi avevano ripreso a cantare il vecchio inno di Giggs. Come ogni volta, a Mike tornò in mente la stessa immagine: Ryan, in piedi sopra di lui che gli porge la mano e aspetta che lui la stringa. Gli sviluppi della partita lo fecero uscire da quel sogno a occhi aperti. Lo United aveva segnato e avrebbe passato il turno. Mike, comunque, lo sapeva già.

Dopo che la limousine ebbe riportato a casa Ellie e Jen, mentre l'autista avviava il motore Terry si voltò verso Mike.

«Ho delle birre nel frigorifero» disse. «Mi sto divertendo. Vuoi salire?».

«Naaa» disse Mike. «Ho bisogno di un po' d'aria. La prossima volta, d'accordo? Promesso». Mike mise la giacca, aprì lo sportello e scese dalla macchina. «Ciao» disse a Terry, guardandosi indietro mentre si allontanava. «A presto. Armata rossa!».

Scendere dalla macchina gli era sembrata una buona idea, sul momento, ma una volta lasciata quella comodità, sotto la pioggia, Mike non ne fu più tanto sicuro. Forse avrebbe dovuto bere qualcosa con Terry. Mentre tornava a casa dovette affrettarsi, per non guardare le luci sfavillanti dei pub che si lasciava alle spalle e che non aspettavano altro che entrasse a ubriacarsi. Perché si era messo in quella situazione? Si morse una guancia, all'interno della bocca, tenne la testa bassa, contò le pietre del selciato – una, due, tre – pensando a tutto tranne che a quanto sarebbe stato bello andare là dentro, al caldo, e avvicinarsi al bancone.

Eccovi una storia a lieto fine.

Successe quando stavo giocando bene per la seconda squadra, nell'estate del 1992, quando vivevo aspettando il debutto. Segnavo un sacco di gol, ma ancora la prima squadra non me la facevano nemmeno annusare. A quei tempi, l'intera famiglia aveva il successo davanti agli occhi, vicinissimo, ma non poteva ancora toccarlo. A quei tempi, era tutto una cosa dalla forma strana, che non riuscivamo a vedere nella sua interezza. Così quando una sera, dopo cena, papà mi chiese di uscire con lui, davanti casa, mi sembrò importante, prima ancora che succedesse qualcosa, avete capito no? Mamma era al telefono con suo cugino, in soggiorno, e papà aveva aspettato che fossero presi dalla conversazione prima di muoversi. Afferrai la giacca nuova dall'attaccapanni nell'ingresso e papà mi spinse, con un dito sulle labbra, fuori della porta. L'accostò senza chiuderla. Quando uscii vidi lo zio Si che fumava. Credevo che sarebbe rimasto fuori per lavoro tutta la settimana. *Bene, Mikey* disse. *Andiamo a fare due passi?* Mi comportai come se fosse una cosa normale. *Certo* dissi. *Perché no? Non ho impegni*. Arrivammo in fondo alla strada, poi ci fermammo in un punto da dove si vedeva ancora la casa. Lo zio Si era seduto sul muretto e papà era rimasto in piedi, rivolto verso la strada. Continuavo a guardare lo zio Si, e mi sedetti anch'io come lui, con una gamba piegata. Mi sembrava la cosa giusta da fare. Accese una sigaretta e restammo seduti lì per un paio di minuti. Anche papà si mise a fumare e per un attimo avrei voluto farlo anch'io. Quella sera faceva freddo, ma anche se era tardi fuori c'era ancora un po' di luce. L'inverno era ancora lontano. Le giornate erano lunghe. A me non sarebbe dispiaciuto un po' di buio, tuttavia, e credo che fosse lo stesso anche per gli altri.

Fu papà a parlare per primo. *Voglio che mi prometti una cosa* disse. (Gli risposi che l'avrei fatto). *Non prendermi per il culo*. (Gli risposi che non l'avrei fatto). *Mikey, non dimenticare mai il vero valore delle cose, va bene? Perché...* Cominciò a balbettare. *Perché il tuo vecchio... ha dimenticato...* e non riuscì a dire altro. Finì la sigaretta e la spense, in silenzio. (Quanto tempo ci aveva messo a fumare una sigaretta? Era come se fossimo lì da qualche anno). Ne accese un'altra, sempre in silenzio. Cazzo, mi faceva pena vederlo così, incapace di parlare, eppure per niente al mondo l'avrei disturbato, e nemmeno alzato gli occhi, o addirittura ammesso che stesse succedendo, ed era ovvio che lo zio Si voleva dargli la possibilità di completare la frase da solo. Proprio quando pensavo che avremmo lasciato perdere e saremmo tornati a casa, papà guardò lo zio Si e scosse la testa. *Non ce la faccio*. Non riuscì a dire altro.

Dopo qualche istante, quando fu davvero sicuro che papà non riusciva ad andare avanti, lo zio Si prese il suo posto. *Ora,* disse *non è colpa di nessuno, Mikey, e non vogliamo che ti preoccupi. Lo sa il cielo che hai già abbastanza cose a cui pensare, con la squadra e tutto il resto. E non vogliamo complicarti la vita ma... ma tuo padre... ha fatto un po' di debiti. Lo sai, per le scommesse. Un bel po' di soldi. E questa volta non ce la faccio ad aiutarlo*. Proprio in quel momento sembrò che papà volesse dire qualcosa, poi decise di non farlo. Lo zio Si continuò. *Certe volte tuo padre pensa che, sai, questo posto, questa città, non lo ha trattato molto bene, non gli è andata come poteva andare... e forse, da qualche altra parte, per lui c'è un'altra casa. Un posto dove ricominciare.*

Di nuovo silenzio. A lungo. Era difficile immaginare cosa ci fosse al di là di quel silenzio. Per tutto il tempo evitai di guardare papà e lui evitò di guardare me, e lo zio Si continuava a fumare e guardava in alto, verso la luce che c'era sopra di noi. In quel momento mi accorsi che ormai ero più alto di tutti e due.

Dopo un po' lo zio Si disse *Magari non è niente, Mikey. Magari. Però voglio dirti – vogliamo che tu sappia – che d'ora in poi, se capiterà che tuo padre non ci sia, sarà per un buon motivo. Ne va della sua sicurezza. Della sicurezza di tutta la famiglia. Capisci?* Mise una delle sue grosse mani sulla spalla del fratello, mentre mio padre si lasciava uscire un paio di lacrime. *Siamo tutti con te in quello che stai facendo allo United e poi, Mike, qualunque cosa succeda ci sarò sempre io a occuparmi della famiglia.* Poi si voltò verso casa nostra. *Per favore, non dire niente a Guy. È un bravo ragazzo – il migliore che ci sia – ma andrebbe su tutte le furie, e abbiamo deciso che è troppo rischioso spiegargli come stanno le cose. Di te possiamo fidarci, però, vero Mikey?* (Feci di sì con la testa). *Bravo, figliolo. Sai, non te lo chiederemmo se non fosse assolutamente necessario. E per quanto riguarda tua madre, beh, lei è una donna straordinaria, ma dirglielo sarebbe da egoisti. Non sei d'accordo? Non è meglio lasciarla libera?* Beh, cazzo, non è che avessi molta scelta, giusto? Feci di nuovo di sì con la testa mentre papà rientrava in casa senza dire una parola. Prima che potessi muovermi lo zio Si mi abbracciò. Quando si staccò disse *Bene, allora. Parliamo di quando arriverai in prima squadra!* Io mi tolsi la giacca ed entrai.

Il giorno dopo persi la giacca, chissà dove, nell'intervallo di tempo tra quando ero uscito per andare agli allenamenti la mattina e quando ero tornato a casa la sera, e non facevo altro che pensare a papà che diceva *Promettimi di non dimenticare mai il valore delle cose* e allo zio Si che diceva *Di te possiamo fidarci*. Il momento in cui avevo perso di vista quella dannata giacca era come uno strano vuoto nella mia mente. Più ci pensavo e meno riuscivo a ricordare, e allora continuavo a scervellarmi fino a sentirmi male. Era rimasta da qualche parte allo stadio? a casa? L'avevo lasciata negli spogliatoi? Avevo guardato dappertutto. Avevo chiesto in giro. Avevo anche messo degli annunci sulla bacheca dell'Old Trafford e sulla nostra strada promettendo una ricompensa in cambio di informazioni o dritte sugli eventuali responsabili. Come se fosse un gatto tigrato che era con noi da anni. Un gatto d'oro. Quando lo dissi a papà sapevo benissimo che mi avrebbe cazziato alla grande.

Per un paio di settimane diventò matto a forza di interrogarmi sulla giacca. Sembrava un'indagine per omicidio, cazzo. Non importava cosa dicessi, lui continuava con le domande – durante i pasti, la notte, da dietro la porta quando ero nella vasca da bagno. Gridava come un pazzo. Cercava di farmi confessare. Mi dava del bugiardo, minacciava di ripudiarmi; alla fine rinunciò, ma la prese come una sconfitta personale, come un insulto. Come se fosse l'ultima goccia e non potesse sopportare altro. Forse pensava che la tenessi nascosta e stava cercando di farmi crollare. Oppure che l'avessi venduta. Forse davvero non poteva permettersi di comprarmene un'altra. Forse nella sua testa, in quel momento, era già con un piede fuori dalla porta. Tutto quello che so è che per settimane, qualunque cosa stesse succedendo, pensammo solo a quella cazzo di giacca. Era caduta in un buco nero? Era finita in un'altra dimensione? Avevamo prima svuotato il cervello, poi l'avevamo riprogrammato per non pensare ad altro che a quel capo di abbigliamento. Date le circostanze, era da svalvolati, non credete?

Quando ebbi risparmiato abbastanza per una giacca nuova era già primavera. Papà se n'era andato da un pezzo e la mia posizione allo United era più stabile, ma quella giacca non voleva saperne di lasciarmi in pace. Se non si riusciva a risolvere quel mistero, allora davvero era tutto in balìa del caos? Se la giacca era scomparsa e basta, in che razza di universo vivevamo? Indossavo quella nuova ogni giorno, anche quando faceva caldo, e non la perdevo mai di vista, ma quella che avevo perso mi tormentava ancora. A volte, durante una partita, immaginavo di essere in cielo, sopra gli spogliatoi, e di guardare giù nascosto dentro una nuvola. Immaginavo di avere la vista a raggi X e un grosso binocolo. Certe notti sognavo di ritrovare quella stronza nel vicolo vicino a casa, e nel sogno la portavo a papà che l'alzava al cielo come una coppa o come un nipote appena nato. Nel mondo reale, invece, i mesi passavano e non succedeva niente. Tolsi gli annunci. A volte Guy mi faceva uno scherzo, fingeva che papà fosse ancora con noi, fingeva di cercare dappertutto e di dare in escandescenze per via della giacca. Poi mi metteva una mano sulla spalla, una mano calda, e diceva *Rassegnati, Mikey. La giacca è* SPARITA. Ma io lo so che è ancora lì, da qualche parte. So che la troverò, un giorno. In un modo o nell'altro, questa storia avrà un lieto fine.

La legge dei grandi numeri

Provate a immaginare: sono tempi bui. Primavera 1999, e sono mesi che non vedi l'interno di un ufficio o di un magazzino o anche di un ufficio di collocamento. Eviti il padrone di casa (ti sei fatto anche togliere il telefono, perché non si sa mai) ed è un'eternità che non vedi mamma, anche se Guy dice che ci sono stati degli sviluppi. Parla di nuovo di papà, come una volta, come se fosse uscito a comprare le sigarette e potesse tornare da un momento all'altro. Quando non è papà è lo zio Si. (Quando Guy vuole sapere se lo aiuteresti a convincerla a seguire un corso serale o a iscriversi a un circolo, qualunque cosa pur di *farla uscire di casa, ritrovare fiducia in sé stessa*, fingi di non sentire. Ti ricorda qualcuno).

Parlare con mamma ti fa venire voglia di bere, quindi non ci parli quasi mai. Ma almeno, nonostante tutto, è un po' che ti comporti bene – non accetti lavori a rischio, non ti metti nei casini. Riesci a stare lontano anche dalle scommesse. Sono cose che valgono davvero, e tieni il conto delle ore e dei giorni dall'ultima volta che hai sgarrato. Ogni giorno che passa aggiorni il totale e ti senti bene. A volte, di notte, sdraiato al buio, ti sembra di essere disperatamente vicino a renderti conto di qualcosa. A risolvere qualcosa. Qualcosa di straordinario a cui nessun altro si è mai avvicinato. Nella tua testa, al buio, allunghi una mano e cerchi di afferrarla, ma questa cosa non si fa prendere. E anche se ci riuscissi, sei abbastanza sicuro che non la capiresti fino in fondo.

È il 14 aprile, e un altro pomeriggio arriva e se ne va. Hai appena finito gli allenamenti con la squadra locale, quella di cui non riesci nemmeno più a dire il nome. Da quando la gamba è tornata abbastanza a posto da ricominciare a giocare, mettere gli scarpini e anche solo pensare di scendere in campo con quel branco di dilettanti non ha significato esattamente la redenzione. Non sai se tornerai la prossima settimana. Oggi, mentre correvi su quel campo da dilettanti, tra le pozzanghere fangose e l'erba secca, non ti andava nemmeno di respirare, figuriamoci di inseguire la palla. Questa squadra è fortunata se arriva a qualche centinaio di spettatori ogni partita. Devi giocare, però, o pensi veramente che potresti anche morire. E almeno c'è sempre lo United. Sempre, sempre lo United. Qualunque cosa accada, la Premiership va avanti. Le vecchie sconfitte sono alle spalle e ci si prepara alle nuove sfide. E succede sempre qualcosa di eccitante: in questa stagione più che mai.

In questa stagione, questa magica stagione, i successi dello United ti hanno ridato un po' di vita, e adesso entri al Dog & Partridge tutto affettuoso e amichevole e sicuro e protetto, e sta per cominciare il quinto turno della Fa Cup, contro l'Arsenal. Guy è già arrivato. Ha ordinato anche per te. Ti accomodi sul solito sgabello e la partita comincia.

Le squadre vanno ai supplementari, e in tanti vorreste essere allo stadio. Non avevi abbastanza soldi per andare a vedere lo spareggio, dopo aver pagato una bella bolletta la settimana scorsa, ma è tutto a posto, perché non c'è bisogno di essere sulle gradinate. Quello che dice il telecronista, lo capisci appena apre bocca, ti rimarrà in testa per sempre.

Giggs supera Viera... supera Dixon, che cerca di riprenderlo... un'azione stupenda... Un gol sen-sa-zio-na-le di Ryan Giggs nel

> *secondo tempo supplementare, e lo United anche in dieci uomini torna a condurre 2-1!*

Mentre il telecronista riprende fiato Ryan si toglie la maglietta e mostra il Petto Più Villoso del mondo occidentale. Tutti lo adorano, quel petto, fino a quell'unico pelo arricciato, davanti e al centro, proprio sotto la clavicola. Ryan fa roteare la maglietta sopra la testa e sul pianeta Terra scoppia la pace. I nemici depongono le armi e si abbracciano. Le dittature cadono. Perfino i più scafati allenatori della Premiership, gente che pensa di aver visto tutto, non riescono a credere a quello a cui hanno appena assistito. L'altro telecronista dice:

> *...beh, mi mancano le parole!... I tifosi dell'Arsenal* STORDITI, *i tifosi dello United* IN DELIRIO... *E se questo fosse l'ultimo gol che vedremo in uno spareggio di semifinale, ebbene, resterà insieme ad alcuni dei migliori mai segnati. Uno scatto, una serpentina e via, e quando si è trattato di concludere,* DIO SE HA CONCLUSO!

Pensi, è pazzesco, tutti questi adulti che guardano queste belle cose mentre succedono in un altro posto, e come per magia sono trasmesse a colori in questo e in migliaia di altri locali in tutto il mondo. L'idea stessa della televisione all'improvviso sembra impossibile. Uno scherzo, una cosa folle. Se qualcuno te lo raccontasse non ci crederesti. Allora bevi il tuo drink in un solo sorso. La partita finisce in un istante, ed è una vittoria. La tv diffonde il Vangelo, l'intero pub impazzisce. Ryan ha appena segnato il gol più bello di tutti i tempi e Guy ti chiede cosa vuoi bere. *È un'occasione speciale* rispondi. *Facciamo qualcosa di speciale*. Sapete entrambi cosa significa. *Whisky*. Quando i fratelli Wilson si lasciano andare, insieme, come ai vecchi tempi, tutto il resto, reale o immaginario, svanisce, non ha importanza, non conta più.

Dopo la partita, nel pub c'è un gran baccano. Tutti parlano di tu-sai-chi e il tizio accanto a te all'orinatoio dice che sembra che Ryan giochi per lo United dalla notte dei tempi. Non ricorda nulla che sia successo AG: Avanti Giggsy. *Porca puttana,* dice *ero ancora sposato con la mia ex.* Questo tizio con l'uccello di fuori, questo tizio che non hai mai visto dice *È come se Giggsy e la squadra ormai fossero una cosa sola. Non pensi?* Borbotti qualcosa, d'accordo, mentre sgrulli l'uccello. Il tizio dice *Non si può andare avanti per sempre, però. Nessuno ci riesce. Quanto avrà adesso – ventisei anni? ventisette? Secondo me dura un altro paio di stagioni, poi Fergie lo cambia. Che ne pensi?* Beh, più che altro pensi che è uno schifo il modo in cui questi ciccioni bastardi, queste pigre teste di cazzo che non danno un calcio a una palla da vent'anni parlano di atleti di livello mondiale come se fossero mucche. Vorresti prendergli la testa e spaccargliela su un lavandino. Sta ancora parlando quando finisci di pisciare e te ne vai senza lavarti le mani.

Brutto figlio di puttana.

Di nuovo al bancone, Guy sta festeggiando, balla con un tizio che non conosci, alzano le pinte di birra al cielo come trofei e sorridono entrambi. Oggi sono tutti amici. Un solo popolo, sotto Fergie, e per di più adesso ti sembra che il tuo fratellone si appassioni proprio come te. C'è appena il tempo per un altro paio di pinte prima della chiusura del servizio al bancone (Guy ha avuto – di nuovo – una buona settimana, quindi offre lui), e tu dici che il 1999 sta diventando un anno speciale. Il migliore di sempre, forse. È tutto pronto, tutto a posto. (Parli della squadra o di qualcos'altro?). Tre uomini lasciano il tavolino all'angolo del pub, quello accanto alla vetrina. Tu e Guy pensate la stessa cosa nello stesso istante e vi ci tuffate prima di chiunque altro, e cominciate a fare sul serio.

Guy ammette che il gol di Giggsy è stato incredibile, eppure malgrado tutto non è un grande fan di Ryan, non lo è mai stato – a lui piacciono più gli sgobboni, quelli della Scuola dei giocatori arcigni e affidabili di Paul Scholes. Ai tempi di Bryan Robson è stato presidente del Fan Club di Clayton Blackmore. Se fosse stato vivo nel 1968 avrebbe preferito Bill Foulkes o Frannie Burns al genio ribelle di Georgie Best. È sempre stato uno così, che non fa mai la scelta più ovvia. Quella più intelligente, più facile, come tutti gli altri. In giorni come quello però sa stare al gioco, e allora bisticciate per decidere se il gol di Ryan è il più bello di sempre. Di qualsiasi altro giocatore. Ciascun fratello tira un pugno, schiva la risposta, si sposta, tiene la posizione. Alzate la voce. Cercate entrambi di parlare più forte dell'altro. È fantastico.

Guy è un vero filosofo di questi tempi, non c'è dubbio. Quando comincia a parlare arrivano subito le teorie. Chino verso di te, con un'occhiata furtiva alle tette della cameriera quando vi passa accanto e porta via i bicchieri, dice *Il successo in campo – quei veri, puri momenti magici che rimarranno nella storia dello United, nella sua tradizione – non c'entra davvero col talento. È una questione di* matematica. *Mi segui?* (Sgrani gli occhi, ma stai sorridendo. Lui va avanti). *Secondo la legge dei grandi numeri,* dice *se si giocano abbastanza partite, e se si costruiscono abbastanza occasioni da gol durante quelle partite, prima o poi sei destinato a segnarlo, un gol come quello. Un gol speciale. Un gol memorabile, dove la tempistica, l'occasione e le condizioni atmosferiche sono allineate, come le stelle.* (Sgrani di nuovo gli occhi. È impazzito? Ti prende per il culo?). Poi dice *E Giggsy ha giocato più partite della maggior parte degli altri. Non è così? Quindi, se ci pensi – voglio dire, se ci pensi* DAVVERO *– questo significa che il gol contro l'Arsenal non è stato affatto speciale. Era* DESTINO *che succedesse. Non si sapeva quando, tutto qui. Ryan doveva solo continuare a giocare. Non mollare. Capisci?* A volte, quando Guy fa così, vorresti che la smettesse di cercare di farti sentire meglio.

Poco dopo, Guy si mette a parlare con una ragazza che ti sembra di conoscere. Cerchi di ricordare: frequentava il parco quando eri più giovane? C'erano ragazzi che sembravano vivere lì. Ci restavano tutta la notte, a bere, scopare, vendere droga. La guardi, la guardi e sei sicuro che è là che l'hai conosciuta, ma non ti viene il nome. Ce l'hai sulla punta della lingua. È una ragazza minuta, dolce, e ride. Indossa un paio di jeans e una semplice t-shirt bianca come se non cercasse di dimostrare niente a nessuno. Guy sta ancora parlando con lei, e dopo un po' si volta verso di te e sussurra *Io faccio il bravo, Mikey. Devo farlo, di questi tempi. Tu, però, dovresti parlare con lei.* Gli domandi *Perché?* Guy scuote la testa e ride. *Non capisco che problema hai* dice. *Se vuoi vincere un sacco di soldi dovrai pure comprare un gratta e vinci, una volta ogni tanto!* Non sai che accidente voglia dire, ma quando ti spinge verso quella ragazza e dice che si chiama Gemma Black, tu apri bocca. *Ciao, Gemma Black* dici. *Io sono Mike. Posso offrirti da bere?* Lei ci pensa su, poi dopo un'eternità accetta, con un brusco cenno del capo e un *Beh, sennò che ci stiamo a fare?* Dopo, le offri un altro drink. (Mentre va in bagno Guy ti mette in mano qualche banconota sgualcita e sussurra, col suo miglior accento da mafioso del New Jersey, *Che te lo dico a fare?*). E va bene. Ne prendi un altro anche tu. Finché dura.

Alle undici e un quarto il pub comincia a svuotarsi, la gente va a casa o a mettersi in coda per qualche locale, e voi tre siete praticamente gli ultimi ad andarvene. Non sai perché, forse ti ha dato l'impressione che il calcio non le interessi, comunque decidi di provare ad arrivare in fondo alla serata senza parlare dello United con Gemma, e di non dirle che ci hai giocato, né che cosa è successo. Parla in fretta, ma con franchezza, e dice che non vuole pensare al passato. Quindi, forse, non dovresti farlo neanche tu. Tutte queste cose, pensi, che ti porti dietro. Forse puoi farne a meno. Forse non sono proprio come un'ombra, e se insisti perché ti lascino in pace forse lo faranno. Quando Guy si mette la giacca, ti abbraccia forte e dice *Tiro! E gol!*, ed esce a grandi passi dalla porta del Dog & Partridge, per tornare dalla sua fidanzata affidabile come Clayton Blackmore, alla sua casa solida come Paul Scholes e al suo lavoro fisso come Frannie Burns. Tu vivi da solo, e più tardi papà telefonerà per parlare della partita, e non sei affatto in vena dei suoi *Avrei potuto giocare da professionista, sai Mikey?* e *Mikey, credi che manco a tua madre?* e *Sai, tra me e questa barista, non credo che funzionerà dopotutto.* Allora decidi di restare un altro po'.

Gemma è venuta al pub con degli amici, ma se ne va insieme a te. Non perché sei un calciatore, non perché le hai detto che hai Giggsy sul tasto di chiamata rapida o che hai vinto un mucchio di medaglie. Ridete insieme. Come due vecchi amici. (Quando ride prende un accento strano. Come se non fosse di quelle parti). Ti sembra anche abbastanza tosta. Combattiva. Ha un'opinione su tutto, e deve avere una buona opinione di te, altrimenti non sarebbe ancora lì, giusto? Andate in un locale per un altro bicchiere, al bancone, gridando per farvi sentire sopra la musica, e dopo un po' vedi che si sta divertendo. Parlate di Manchester. Gemma dice che ci si è trasferita quando aveva circa dodici anni, ma si è sempre sentita a casa. Aveva la musica giusta. Vi scoprite in sintonia sulle cose che contano:

NEW ORDER [di Salford]
Le prime cose ottime, le ultime pessime.
HAPPY MONDAYS [di Little Hulton/Salford]
I grandi successi ottimi, tutto il resto pessimo.
THE STONE ROSES [di Altrincham]
Il primo album SPETTACOLARE, il secondo UNA MERDA.
OASIS [di Burnage]
Non contano. Tifano per il City.
THE FALL [di Prestwich, ma hanno cambiato formazione centinaia di volte]
Merda merda merda merda merda.
THE SMITHS [Morrissey: di Hulme, Manchester; Marr: di Ardwick, Manchester; gli Altri Due: non importa]

Grandissimi. Ovviamente. Anche se Moz è una checca. (Poi vi lasciate distrarre dalla questione se Morrissey è davvero gay o no. Ma è possibile?).

E per finire…

JOY DIVISION [vedi New Order]
I suoi preferiti. I tuoi preferiti. I MIGLIORI.

Gemma dice *Penserai che sono una sciocca, ma per me il suono dei Joy Division è quello della vecchia Manchester, quella che mi manca tanto, sai?* Questi sono proprio i discorsi sentimentali e sdolcinati che ti piacciono tanto, e allora canti *Love Will Tear Us Apart* per lei, stonato, più forte che puoi, in omaggio a quello che ha detto. E quando finisci lei è ancora lì. E non ha una faccia strana né si dirige verso la porta. Allora sei più rilassato, perché significa che adesso le piaci ancora di più. Quando ricominci a cantare lo fai prima impersonando Ian Curtis, agitandoti dappertutto, e poi Moz, porgendole un mazzo di gladioli immaginari. Poi ti trasformi in Ian Brown e fai lo spavaldo, ti pavoneggi proprio come lui. Fino all'ultima mossa. *Bella questa, amico!* dici. *Bella questa!* Gemma ride e dice *Sei proprio un idiota*. Sorride, contenta. *Un idiota carino* dice, giocando con l'orecchino con la mano sinistra. Non te lo ha mai detto nessuno.

Dopo un altro paio di drink, Gemma è di un umore diverso. Dice che a volte si sente sola, soprattutto da quando il suo ex ragazzo è tornato nel Merseyside, dove vive la famiglia di lei. (Fai finta di non averlo sentito. Devi farlo). Questa è la prima volta da mesi che esce la sera e sta così bene e non è pronta per una nuova storia. Vuole solo qualcuno con cui parlare. Quando Gemma comincia a piangere, proprio lì nel locale, tu non fai lo stronzo e non le dici di piantarla. Stasera ti senti un uomo nuovo, pulito, e allora le metti un braccio intorno alle spalle e le dici che la capisci. Ed è vero, sul serio, senza scherzi, lo pensi DAVVERO. E anche lei ti circonda con un braccio, e ti prende il braccio con l'altra mano, come se volesse aggrapparsi a te. Sapete di alcol entrambi, e ti senti la bocca tutta appiccicosa. Le dici che non dovrebbe stare sola, stasera. Che può fidarsi di te. Lei non ride, e non dice *Chiudi quella cazzo di bocca* oppure *Non sai fare di meglio, Casanova?* Le vuoi davvero bene per questo, e per un attimo pensi quasi di dirglielo.

Perché sei così contento, tesoro? domanda Gemma, mentre cerchi le chiavi del tuo appartamento, un'ora dopo. *Beh*, dici frugandoti in tasca *ho conosciuto questa ragazza, sai? Questa donna. E... e... io e Ryan... adesso saremo uguali. Proprio uguali.* Gemma ha un buon profumo, trasmette calore. Dice *Tu non sei cattivo, vero Mikey?*, e quando vi abbracciate sulla soglia è bello non essere soli. È questo che dopo ricordi più di ogni altra cosa: che è bello essere vicini a un altro essere umano. Quando entri, per un po' ti scordi perfino dello United e del terribile errore che hai commesso, e anche se in quel momento non riesci a spiegartelo ti senti così bene che ti sembra addirittura *troppo* bello. È quasi insopportabile. Ti lascia sfinito, ma in fondo è lo stesso effetto che si ottiene quando pensi sempre allo stesso problema e non puoi migliorare la situazione. Quando Gemma ti bacia chiudi gli occhi. La baci anche tu. Speri che quella sensazione durerà.

Per un po', quella sera, non hai fatto sciocchezze. Sei solo un tizio qualunque, che ha rimorchiato al pub sotto casa e non ci crede. Alla fine, se vivi abbastanza a lungo capita a tutti, non è vero? È la legge dei grandi numeri, giusto? Se fai una sciocchezza dopo l'altra, eppure continui a vivere. Se vai a bere ogni sera, se parli con un numero sufficiente di sconosciuti. Perfino quelli brutti, alla fine, trovano qualcuno. Perfino quelli che non sanno parlare, che hanno quella strana aura da cui quasi tutti si tengono lontani. Si sentono attratti da quelle come loro come da una calamita. Tristezza chiama tristezza. Rabbia chiama rabbia. Quella magica sera restate alzati fino a tardi; Gemma che fuma, seduta come te con le gambe penzoloni fuori dalla tua finestra, a guardare la città dall'alto in basso, a parlare della propria vita. Tutto quello che è andato storto, e come lo raddrizzerà. Vuole lasciare quel lavoro di merda al call center, per cominciare, e trovarne uno più decente. Le dici che vuoi aiutarla, e sei sincero. Prometti che cambierai anche tu. (Tu sai cosa significa, lei non può). Fa freddo, ma per un po' vi scaldate restando abbracciati al buio. Quando comincia a piovere tornate dentro. Gemma si appoggia a te, ti prende la cintura e dice *Dài, aiutami a dimenticare.*

Tu e Gemma vi rivedete due giorni dopo, sempre al Dog & Partridge, dove lei è andata a bere con gli amici. (Una coppia di Liverpool, ma tu non dici niente). Poi di nuovo dopo tre giorni, da te, e ancora una volta, due giorni dopo, da lei. In pratica, ogni volta che non c'è la partita e lei non è di turno al call center. (Ti organizzi per non perdere le partite, e non è difficile perché tanto non hai altro da fare). Tra un incontro e l'altro le mandi dei messaggi, e talvolta lei risponde. A volte, in realtà, ti scrive del suo ex, e in due occasioni parla di *non spingersi troppo oltre troppo presto*, ma tu le prometti che non è quello che stai cercando di fare. Perché dovresti? Stare con Gemma è come avere un amico che non vuoi mai lasciar andare. Quando vi abbracciate lei si sente come una che ha visto il mondo e sa come affrontarlo. Tu vorresti che la cosa andasse avanti così, per sempre. Quando pensi a lei vale la pena anche alzarsi la mattina. Così, quando papà vuole sapere se finalmente scopi con qualcuno, tu ridi e rispondi *Non ci crederai, papà, ma credo di essermi innamorato di una scouser.*

SIR ALEXANDER CHAPMAN FERGUSON

Ufficiale dell'Ordine dell'Impero Britannico (1983)
Comandante dell'Ordine dell'Impero Britannico (1995)
Knight Bachelor (2000)

Ho provato tre volte a contattare il Mister. La prima volta gli scrissi all'indirizzo dell'Old Trafford, verso la fine del 1994, pregandolo di concedermi un'altra possibilità allo United, scusandomi per la faccenda dell'Argyle e cercando di convincerlo che ero di nuovo in perfetta forma. Che sorpresa, nessuna risposta. La seconda volta fu qualche anno dopo, nel 2003. Una lettera educata, bella e ordinata, nella mia calligrafia migliore, per ricordargli chi ero e spiegargli tutto come se non ci fossimo mai incontrati. Stavolta avevo chiesto un po' in giro prima di scrivere, e la maggior parte dei ragazzi con cui avevo parlato avevano detto la stessa cosa: il Mister è un brav'uomo. È venuto dal nulla anche lui. Se può aiutarti lo farà.

Dopo un mese non aveva ancora risposto, ma secondo me a quei tempi non apriva lui la posta – era probabile che una delle segretarie avesse letto la prima riga e subito cestinato la lettera. Così pensai di andare di persona al campo di allenamento, il contatto diretto, sapete, ma non volevo essere allontanato con la forza dalla

Fortezza Carrington, famosa in tutto il mondo per tenere la plebe a distanza. Cristo, non sapevo nemmeno dove fosse Carrington – ai miei tempi ci si allenava al Cliff. Allora pensai di andare a trovarlo a casa, proprio come aveva fatto lui tanto tempo prima. La mia fonte, tuttavia (un tizio conosciuto al Dog & Partridge), mi disse che la sorveglianza non scherzava nemmeno a Fairfields – la residenza di Fergie, che si chiama così per il cantiere navale di Glasgow dove lavoravano il padre e il fratello, in caso non lo sapeste. La casa probabilmente è più grande di alcune delle navi che hanno costruito lassù. Ad ogni modo decisi che era meglio non farsi arrestare cercando di espugnarla. Invece, mi feci dare il suo indirizzo preciso da un'altra delle mie fonti (un altro tizio conosciuto al Dog & Partridge) e gli spedii una raccomandata con un messaggio sulla busta, alla non-puoi-non-vederlo: URGENTE – ALLA C.A. DI SIR ALEX FERGUSON. Quando la scrissi ero un po' ubriaco. Come il 2002 e il 2001 e, ammettiamolo cari appassionati di sport, quasi tutto il 2000, il 2003 è stato un anno piuttosto brutto. Ovviamente adesso sto bene, ma una giornata di merda capita a tutti, giusto?

Salve capo!
Sono seduto nel mio appartamento a mangiare uova e fagioli su pane tostato – DI NUOVO! *– e penso, Se lo ricorderà com'è ritrovarsi in bolletta? Certo, ne è passato di tempo. Però sappiamo entrambi che l'unica differenza tra quelli come te e quelli come me è un gol fortunato qui, un infortunio lì, un rigore al momento giusto o al momento sbagliato. È vero, Mister? Questi fagioli potrebbero essere del caviale. Questo pane tostato una bistecca. Questa tazza di tè un bicchiere di champagne.*
Ho letto il tuo libro, sai, La mia vita. *Mi sembra ok, anche se hai lasciato fuori un paio di personaggi della storia dello United. (Senza fare nomi!). Però, quel che è giusto è giusto, c'è qualche pettegolezzo decente e un bel lieto fine e tutto il resto, ma il mio capitolo*

preferito è quello dove sei nella tua camera d'albergo a Barcellona nel 1999, dopo aver parlato alla squadra prima della finale di Champions League. Esci sul balcone, alzi gli occhi al cielo e ti domandi se alla fine sarai ricordato come un grande allenatore o solo come uno bravo. Sapevi che non potevi fare altro, se non aspettare e sperare. Per fortuna, comunque, sei nato per vincere.

Dimmi, Sir Alex, voglio sapere se in quella notte del 1999 hai pensato a qualche altra volta in cui non potevi fare granché. Da bambino a Glasgow, figlio di genitori poveri. Da giovane attaccante, proprio come me, che cerca di sfondare. Il periodo con i Rangers, quando costrinsero il loro capocannoniere ad allenarsi con la seconda squadra. Poi i bambini. Che mi dici di quando avevi il pub, il Fergie's, e dovevi cacciare gli ubriachi, cercando di tirare avanti senza sapere se avresti mai trovato un altro lavoro nel calcio? O di quando allenavi l'East Stirlingshire, lavorando part-time per una miseria, senza soldi per comprare giocatori e senza un vero portiere? O di quando ti hanno licenziato dal St Mirren? O dei primi tempi a Aberdeen? Che mi dici del 1990 allo United, dopo quattro anni di panchina senza nemmeno un titolo, coi tifosi che volevano la tua testa? Te le ricordi queste cose, o è passato troppo tempo? Come ti sei sentito quando lo United è stato tredici partite SENZA VINCERE*? Hai mai pensato ai giocatori che avevano talento e che ce l'hanno quasi fatta? A quelli che non hanno mai avuto una seconda possibilità? E a me, ci hai mai pensato? Ero «Little Giggs» Wilson, l'ala che hai preso nel 1991, tutto talento e niente fortuna.*

TI RICORDI?

Se la risposta è sì, per favore, potresti mandarmi un po' di soldi? Basterebbero qualche migliaio di sterline, per ora. Se non trovo presto qualcosa dovrò fare un gesto disperato, non so se ci siamo capiti. E nessuno vuole arrivare a questo, vero? Inoltre, sei pieno di soldi! Non te ne accorgeresti nemmeno! Dicono che sei un

laburista, Mister Ferguson, allora che ne dici di un po' di solidarietà verso un lavoratore?
Salutami tua moglie.

Con affetto e rispetto,
Mike Wilson

Gli feci tutte quelle domande e anche qualcun'altra, ma lui non rispose mai. Probabilmente la mia lettera non l'aveva nemmeno vista. Probabilmente Lady Ferguson o Claire la segretaria gli controllavano la posta e facevano da filtro. È buffo, ma non persi troppo tempo a domandarmi se avrei ricevuto una risposta. Passai subito alla mossa successiva. Che, secondo me, la dice ancora più lunga della lettera.

DOMENICA 23 MARZO 2008
PREMIER LEAGUE

UNITED 3-0 LIVERPOOL
BROWN 34'
RONALDO 79'
NANI 81'

SPETTATORI: 76.000

Giggsy Watch – MadRed4Eva1985 dice: Mi dispiace tornare sulla questione, *boyz and girlz*, ma è il momento di ANDARE IN PENSIONE. Sostituito di nuovo. Esce Giggs, entra Nani e 8 minuti dopo, BOOM. Oggi abbiamo vinto ma non possiamo più rischiare nelle partite importanti. Non è una vergogna, succede a tutti i grandi, ma svegliamoci, gente. La squadra è andata avanti!

Voto medio dei tifosi: 6/10

Era la prima partita in casa della stagione a cui Mike Wilson non assisteva di persona, perché al lavoro gli avevano chiesto di aiutare a fare l'inventario. Da lunedì aveva già fatto sessanta ore, ed era esausto, ma Brian gli aveva chiesto qualche altra ora come favore personale, e in un modo che lasciava possibile solo una risposta. Così avevano deciso che avrebbe iniziato presto e finito in tempo per la ripresa, e poi sarebbe arrivato in anticipo il giorno dopo per finire. Nel frattempo, durante le pause, Mike controllava il telefono ogni due per tre e vide che, sorprendentemente, Wes Brown aveva segnato un gol. Mike scoppiò a ridere, da solo nel magazzino. Scosse la testa. In un mondo in cui perfino Wesley era un eroe, pensò mentre inventariava l'ultima pila di tute sportive, niente era impossibile.

Mike tornò a casa durante l'intervallo e arrivò proprio quando le squadre ripresero a giocare. Era esausto. Durante il secondo tempo si addormentò sul divano davanti alla tv. Dormì venti minuti, finché non fu svegliato dal pubblico che esultava per il raddoppio, e quando aprì gli occhi vide i giocatori dello United che si ammucchiavano l'uno sull'altro sullo schermo. Quelli del Liverpool erano fermi con le mani sui fianchi, e guardavano per terra o verso il cielo. Uno dei telecronisti parlava di destino, e della fine del campionato, e si domandava se Alex Ferguson avesse finalmente messo insieme una squadra che poteva «vincere anche *senza* il grande Ryan Giggs». Mike si addormentò di nuovo.

Qualche ora dopo squillò il telefono e si svegliò per la seconda volta. Il suo primo pensiero fu: Com'è finita? Il secondo: Che ore sono? Fuori era buio. Era irrigidito perché aveva dormito in una posizione scomoda, e sudava. Voleva farsi una doccia. Mentre alzava il ricevitore si domandò se fosse morto qualcuno. All'altra estremità della linea, la voce di suo padre era lontana.

«Ciao, Mike» disse. «Figliolo? Sei lì?».

Mike si accorse che il padre era ubriaco. A volte capitava. Non disse nulla.

«Ti sento» disse Gregory. «Ascolta… ascoltami e basta. Va bene? Voglio che tu sappia che mi dispiace. Mi dispiace tanto… Ma almeno sono ancora qui. Almeno sono ancora vivo. Mikey. Figliolo. Ehi, hai intenzione di aprire bocca o no?».

Mike non rispose.

«D'accordo, d'accordo. Ma devi capire, è stato… come un temporale, mi spiego? Avevo come un temporale in testa».

Mike si concentrò su come fosse cambiata la voce di suo padre.

«Stavano venendo a prendermi, figliolo, per quello che gli dovevo. Sono stato uno stupido. Ho perso un sacco di soldi. E quei ragazzi, Mikey… se non paghi non ti mandano un avvertimento per posta, sai cosa intendo, no?».

Lo distraeva, quel cambiamento nella sua voce.

«E poi, in quel periodo, tua madre e io, noi... lei non mi amava più. Non potevo incolparla di niente. E non l'ho fatto».

Mike sapeva che l'uomo al telefono era lo stesso che gli aveva insegnato a giocare a calcio, che lo aveva portato agli allenamenti, che pensava al futuro come a una vincita al gioco, eppure non aveva mai usato quel tono.

«Mi è sembrato più facile andarmene. E, e, mi devi credere, Mikey, pensavo che tu non avessi bisogno di me. Stavi per diventare una stella dello United, giusto? Ho pensato che a mamma avresti badato tu, e lo zio Si avrebbe badato a te, e Guy avrebbe badato a sé stesso».

Allora Mike sbottò: «Ah! Ah!».

«Ridi se vuoi, Mike, ma tuo fratello mi odiava. Per quello che avevo fatto a vostra madre. Un uomo le capisce queste cose. E lui è uno a cui piace vivere secondo le regole, tanto che avrebbe potuto tradirmi. Allora alla fine ho pensato, vaffanculo, ti avrei guardato crescere da qui».

Mike finalmente trovò le parole che stava cercando: «Vaffanculo tu, papà» disse.

Mike rimase sdraiato sul divano col telefono in mano per qualche secondo, poi riagganciò e andò a fare la doccia, aprendo l'acqua calda fino a scottarsi le braccia e le gambe. Poi la richiuse, barcollò mezzo addormentato fino in camera e crollò sul letto.

Mike sognò che Gregory, più tardi, lo richiamava.

Nel sogno Gregory Wilson era seduto con indosso solo un paio di pantaloncini, su uno sgabello alto, sotto un sole caldo, e sorseggiava un cocktail in un bar che sembrava più una capanna col tetto di paglia. Un leggero sottofondo di musica reggae, che un barman con i dreadlock seguiva cantando a bassa voce. In primo piano, la bionda nuda del vecchio poster di Guy si tuffava in piscina dal trampolino, sollevando qualche schizzo d'acqua.

«Guardi la partita col Liverpool?» domandò Gregory, guardando la piscina in cerca della bionda, con un foglietto di carta tra le dita dov'era scritta solo una parola. «Sai, penso davvero che quest'anno ne vedremo delle belle».

Mike non riusciva a distinguere la parola sul pezzetto di carta di suo padre. Adesso erano in un pub, con l'aria condizionata rotta e la Union Jack dietro al bancone. Ryan Giggs puliva i tavoli in fondo alla sala. Quando Mike allungò una mano per prendere il pezzetto di carta, Ryan mise giù lo strofinaccio e si ritrovò un pallone tra i piedi. Caricò il sinistro e lo calciò verso Mike, colpendolo proprio in faccia.

Mike si svegliò, intontito, con la bocca secca; il telefono squillava di nuovo. Immaginò suo padre all'altra estremità della linea, nel bar del sogno, che diceva a Ryan Giggs: «Non credo che risponderà». E Ryan: «È tuo figlio. Risponderà. Penso che gli manchi davvero».

Forse avevo esagerato con quella lettera, ma ora capisco perché: ero solo molto arrabbiato. Dentro di me avevo sempre saputo che il Mister aveva fatto la cosa giusta. Alex Ferguson faceva sempre la cosa giusta.

Nella sua autobiografia aveva scritto di come due calci d'angolo di David Beckham avevano fatto segnare prima Teddy Sheringham e poi Ole Gunnar Solskjær. Scriveva che in realtà le sue parole non rendevano giustizia a quegli eventi. Non si avvicinavano nemmeno a descriverli come meritavano. Ah! Esatto, capo! Puoi dirlo forte! 26 maggio 1999: SENZA DUBBIO il più incredibile capovolgimento di fronte nella storia dell'Europa, Seconda guerra mondiale compresa. Senza *alcun* dubbio! La finale di coppa più emozionante di sempre. Il periodo più bello dello United, proprio nel giorno in cui Sir Matt avrebbe compiuto novant'anni. Lo Spirito Santo guardò lo United dal cielo ed ecco: *Vide che era cosa buona*. Sfoggiando il suo famoso sorriso si degnò di alzare il pollice e approvare il risultato: *Manchester United 2 Bayern Monaco 1*. Miracolo al Camp Nou: avrebbe dovuto essere il più bel giorno della mia vita. Ma mentre i miei vecchi compagni Ryan, Gary Neville, «Golden Balls» e gli altri giocavano la partita più importante della loro vita, io ero a casa, stordito, intontito, mentre guardavo l'acqua nella vasca che da limpida si riempiva di spirali rossastre e poi di chiazze rosse che mi uscivano dai polsi e si spargevano dappertutto. Nel mio incubo, mi domandavo quanto esattamente si doveva tagliare per garantirsi l'accesso al grande campo di allenamento lassù in cielo. Pensavo, al rallentatore, che forse avrei dovuto andare più a fondo. Così, per sicurezza. Squarciare la pelle con un coltello, come un vero uomo, invece di affettarla, nervoso, con la lama delle forbici di casa come una checca qualsiasi.

Mentre il sangue scorreva mi venne in mente un'immagine. Nitida, così nitida che era come se il resto del mondo non esistesse più, anzi, non fosse mai esistito. C'era solo questa immagine. Proprio lì davanti a me. Non era mamma che piangeva per le soap e nemmeno papà nel suo appartamento sotto il sole, chino su qualche attempata barista. Non era nemmeno Ole Gunnar Solskjær che metteva un piede nel gol della vittoria, oppure Keano e Scholesy, entrambi sospesi, incazzati neri, con il completo invece della tuta, che non ci provavano nemmeno a mostrare indifferenza per il fatto di saltare la partita più importante della loro vita. Non erano neppure quelli della Uefa che, imbarazzati, toglievano le coccarde del Bayern dalla coppa per sostituirle in extremis con quelle dello United, e nemmeno Fergie che ballava intorno al campo, davanti ai tifosi, dopo il fischio finale. In quelli che avrebbero potuto essere gli ultimi istanti della mia sconclusionata esistenza, della mia patetica quasi-vita, vidi la testa di Ryan Giggs incastrata sulle spalle di tutti i giocatori del Bayern. La sua testa sulle spalle di tutti e undici, con un'aureola spettrale intorno, tutto proteso nello sforzo di battere il Manchester United. Nel secondo tempo il Bayern aveva preso un palo e una traversa. *Dovevamo* perdere. Eppure abbiamo (hanno) avuto fortuna, non abbiamo (non hanno) perso, e quella doveva essere la pentola d'oro alla fine dell'arcobaleno del cazzo. Allora che ci faceva la testa di Ryan sulle spalle di Helmut Scholl, a cercare di superare Schmeichel con un pallonetto? E che ci faceva sulle spalle di Carsten

Jancker, in posa plastica a metà di una rovesciata, deluso mentre il pallone si stampava sulla traversa? Nello stesso istante mi accorsi che Giggs era diventato tutti i giocatori in campo. Anche gli undici dello United.

L'arbitro.

Entrambi i guardalinee.

Gli allenatori, i fotografi.

I poliziotti.

I tifosi.

Macchie di colore mi lampeggiavano in testa, e io mi sentivo sempre più debole, sempre più stordito, e tutto si muoveva su, giù e intorno a me, si allontanava e si avvicinava, come se avessi una cinepresa nel cervello. Scendeva in picchiata, poi risaliva, poi scendeva di nuovo. Da tutti i punti di vista, in contemporanea. Perché Giggsy non mi lasciava in pace? Perché non era più dalla mia parte? E perché si alzava e si alzava, verso il cielo, a braccia aperte, la testa china di lato, i capelli più lunghi e la pelle più scura, inchiodato mani e piedi a due assi di—

Mi misi a sedere.

Poi, scrutando nella nebbia del mio povero cervello (smettila di compatirti, Wilson), nella mia piccola, stupida testa (smettila), vidi con chiarezza come stavano le cose, ancora una volta. Dentro di me lo sapevo: volevo continuare a esistere. Allora mi mossi.

Quando cercai di alzarmi scivolai.

In realtà, andai a sbattere con la gamba matta sul bordo della vasca, ma la fitta al ginocchio dimostrava che ero ancora vivo, e in quel momento l'accolsi come una buona notizia. (Ah! Buone notizie!). Strisciai lungo il corridoio fino al telefono più vicino, con le membra intorpidite, composi il 999 e dissi all'operatore *Il fatto è, amico... che lo United ha vinto la Champions League... ma io non ero in squadra e... e... avrei* DOVUTO *esserci. E mi sembrava di non poter fare altro. Mi sembrava più facile, andarmene. Allora eccomi qui, capisci cosa intendo?...*

Mi dispiace, però! Venite ad aiutarmi, per favore. Una voce disse *Le serve un'ambulanza, signore?* Se qualche altro coglione aveva chiamato il 999 subito prima di me e non ce n'era una libera, allora avrei dovuto aspettare, e sarei morto. Invece, gli angeli con l'ambulanza scesero veloci su di me, e mi trovarono ancora abbastanza cosciente da dire al paramedico, più di una volta, che non ci credevo che *Jesper Blomqvist* fosse tra i titolari per la finale. *Ma è tipico di Fergie* dissi al tipo, e vidi che era Ryan, come tutti gli altri nell'ambulanza. *Non sai mai che cosa s'inventerà. È venuto a trovarmi a casa, sai... come fece con te... mi ha chiamato figliolo.* Quando mi portarono fuori dal bagno e giù per le scale la tv era ancora accesa. Il replay delle azioni principali. Nostalgia per quanto era successo poco prima, quella sera stessa, subito dopo il fischio finale. Quelli della tv facevano vedere il momento magico dell'intervista al Mister sulla più drammatica finale di tutti i tempi, e lui rideva e confessava al giornalista che aveva creduto che ormai fosse finita. E diceva *Questo è il calcio, porca puttana!* E l'altro rispondeva *Ma non si è mai arreso!* E lui si allargava in un enorme, felice sorriso da nonno. Era per quei preziosi dettagli che ero crollato, perché non ero lì, non ero parte di tutto ciò. Non essere vicino al Mister che sorrideva a quel modo, capite? Quando mi portarono fuori dal mio appartamento in barella e poi in strada, pensai a come sarebbe stato ricevere la medaglia con tutti gli altri – saltare su e giù per il campo, esausto ma vivo, a gridare CAMPIOOONIII sotto una pioggia di coriandoli.

Nel retro dell'ambulanza, sdraiato sulla schiena come se fossi già bello che andato, circondato da persone vestite di bianco che mi pompavano e mi siringavano e mi sbattevano a destra e a sinistra, piangevo come una ragazzina. Non mi importava che mi vedessero. Non faceva più alcuna differenza – diventavo sempre più piccolo, mi prosciugavo, versavo lacrime e lacrime finché non ebbi più energie né abbastanza liquidi dentro di me per continuare, anche se era proprio quello che volevo. Continuare a piangere per sempre. Senza vergogna. Lasciarmi andare, andare, andare. Più ci avvicinavamo all'ospedale, bruciando un semaforo rosso dopo l'altro, in un lampo sfocato, superando tutte quelle auto, camion, moto, bici, saltando da una corsia all'altra, con l'autista che cercava di guadagnare anche l'ultimo secondo, più il mio mondo fatto di calcio sembrava piccolo e lontano. Lontano e senza importanza.

Quando mi svegliai tutti quei Ryan erano solo un ricordo, forse della mia vita, forse della vita di un altro – o forse qualcosa che avevo visto in tv? oggi, ieri, l'anno scorso? Mi ero immaginato tutto? Mi facevo quelle domande e allo stesso tempo mi rendevo conto che non erano importanti. Nella mia testa piena di purè di patate era rimasto solo questo pensiero: *Forse era meglio se non lo facevo*. Mentre mi trasportavano attraverso l'ospedale d'urgenza urgenza urgenza, diretti non so dove, con le ruote del lettino che gemevano e cigolavano come se non volessero saperne di me, sperai che quella non fosse la fine. Perché mamma non si sarebbe mai ripresa. Poi sperai che invece lo fosse. Perché, se anche fossi sopravvissuto, Guy mi avrebbe ammazzato.

Comunque, ce la feci. Per un pelo. Passai una settimana in ospedale, poi mi fecero promettere di andare a parlare con un medico. Quando arrivò il giorno dell'appuntamento, però, non fui in grado di affrontarlo. Ho elaborato il mio tentativo cercando di non pensarci. Come se si fosse trattato solo di uno stupido errore, che non aveva bisogno di essere spiegato.

Sei mesi dopo ancora non volevo pensarci, ma stavo cercando di cambiare. Soprattutto perché volevo essere un buon padre per il piccolo Ryan. Non sapevo come, però, giusto? Non avevo nessuno che mi spiegasse cosa fare. Dopotutto, da questo punto di vista mio padre era stato del tutto inutile, o no? Guy aveva messo su famiglia, ormai, e come diceva sempre Sally col tono più gentile possibile, dovevo capirlo. Allora, tutti sembravano d'accordo su una cosa: c'erano un sacco di cose che dovevo capire. Gemma non sbagliava a volermi tenere lontano dal bambino. Era una brava donna e stava facendo la cosa giusta. Eppure sarei stato un buon papà. Come dissi a Gemma quando venne a trovarmi in ospedale dopo il tentativo: *Fosse l'ultima cosa che faccio, sarò un buon papà.*

Estratto dalla newsletter del Manchester United Fan Club online di Salford (primo aprile 2008)

IL PEGGIOR UNDICI DI FERGIE?

Non si può avere sempre ragione, vero? In oltre vent'anni di successi, Sir Alex Ferguson ha fatto giocare nello United alcuni dei migliori giocatori del mondo… e alcuni dei peggiori. Direttamente da Stretford End, Teddy Linklater fa un primo elenco di quelli che sono quasi arrivati a vivere il sogno ma hanno finito per avere gli incubi…

Portiere: MASSIMO TAIBI

Il «veneziano cieco» da 4.400.000 sterline ha giocato appena cinque partite. Anche se al debutto è stato giudicato il migliore in campo, la sconfitta per 5-0 contro il Chelsea è stata, chissà perché, ancora più memorabile.

Terzino destro: DAVID MAY

Al suo posto adesso c'è Gary Neville. I tifosi dello United sparsi per il mondo ringraziano.

Stopper: PAT MCGIBBON

Questo difensore nato in Irlanda del Nord era una promessa delle giovanili, ma si è fatto espellere al suo debutto (e ultima apparizione) in prima squadra, una sconfitta casalinga per 3-0 contro lo York City in Coppa di Lega, nel settembre 1995.

Stopper: WILLIAM PRUNIER

Un francese durato solo due partite, dopo essere arrivato in prova dal Bordeaux nel 1995. Un disastroso 4-1 in casa degli Spurs, a Capodanno del 1996, lo rispedì a casa.

Terzino sinistro: QUINTON FORTUNE
Pecora nera dei tifosi, «lo sfortunato» giocò addirittura 76 partite in questo ruolo e, purtroppo, anche altre volte in altre zone del campo, prima di andare a Bolton per «proseguire la sua carriera».

Centrocampista: JORDI CRUYFF
Non era bravo come il papà. Probabilmente anche sua nonna giocava meglio di lui.

Centrocampista: ERIC DJEMBA-DJEMBA
L'uomo dai due cognomi. Comprato dal Nantes per 3.500.000 sterline, ha giocato come se ne valesse 3.50 prima di essere ceduto all'Aston Villa, poi al Burnley e infine a una squadra del Qatar. Proprio così, del QATAR. *Visto per l'ultima volta all'OB, in Danimarca. Prossima fermata: la seconda squadra dell'Accrington Stanley?*

Centrocampista: KLÉBERSON
La dimostrazione che non tutti i brasiliani sono come Pelé.

Centrocampista: RALPH MILNE
Il «peggior acquisto» di sempre secondo lo stesso Fergie. Nei cupi anni Ottanta «Milne» diventò sinonimo di «merda», prima che – sia lodato Gesù Cristo! – arrivasse Ryan Giggs a occupare quella posizione. 73 gol in 286 partite per il Dundee United, 3 gol in 23 per l'unico United che conta. Troppo impegnato a ubriacarsi e a giocare d'azzardo per restituire le 170.000 sterline che era costato. Perseguitato da voci di una presunta omosessualità, mai verificate.

Centravanti: DIEGO FORLÁN, alias DIEGO IL MALINCONICO
Un «goleador nato» che ci ha messo 27 partite per segnare la prima rete con lo United. È diventato un eroe dopo aver realizzato una doppietta in una vittoria per 2-1 a Anfield. Un'ulteriore dimostrazione, se ce ne fosse

bisogno, che i tifosi dello United perdonano quasi tutto a chi segna contro gli scouser. Incredibilmente, Diego ha proseguito con grande successo nel Villareal, nell'Atlético Madrid ed è un eroe nazionale in Uruguay. Un grande talento. Il suo fallimento a Manchester rimane un mistero. Forse non sopportava la pioggia?

Centravanti: PETER DAVENPORT
La fine degli anni Ottanta fu un brutto periodo per i ragazzi in rosso. Peter Davenport è uno dei maggiori responsabili. Venduto al Middlesbrough dopo una serie negativa di 10 partite alla fine del 1988.

E per finire…

In panchina: MIKE WILSON
Non può esserci cosa peggiore di finire nel peggior undici della storia dello United che ritrovarsi sulla panchina di quella squadra, giusto? Un giocatore versatile, dicono, che gravitava ai margini della leggendaria classe del '92. Fergie una volta disse di lui che era «nato per vincere». Beh, ha giocato per la prima squadra una volta sola, per due minuti, ed è riuscito a infortunarsi e a essere espulso. La sua carriera fa sembrare Pat McGibbon un altro Ryan Giggs. Visto per l'ultima volta all'ufficio di collocamento di Salford... forse.

Clicca qui per inviare un commento:

GloryGloryRed329: Oh me lo ricordo bene Pat McGibbon, una vera MERDA!

IH8Scousers: Teddy ha ragione sul vecchio Diego il Malinconico: tutto perdonato, basta mettere la palla nel sacco degli scouser. Metà di questi nomi nemmeno me li ricordo però, mi sa che sto perdendo colpi...

GloryGloryRed329: E come fai a perdere colpi? Quando mai hai sparato!

IH8Scousers: Vaffanculo, testa di cazzo.

Rooneysluckyboot12: Bene bene bene, Fergie non ha sempre ragione, giusto? Cazzo, meno male che ci siamo sbarazzati dei fratelli Djemba – Eric Djemba e il meno famoso fratello minore, Eric. LOL. Ma poi, chi cazzo è Mike Wilson? E che fine ha fatto?

CityMustDie_3: Mi sa che è morto, giusto? Credo qualche anno fa, in un incidente d'auto.

Rooneysluckyboot12: Nooo, quello era un altro Mike Wilson, credo. Questo se lo sono bevuto per furto con scasso. È entrato in una casa a Hale Barns e l'hanno beccato nel giardino di un tizio con un televisore in braccio. L'ho letto sull'«Evening News»... quindi sarà vero!

IH8Scousers: Sì, è vero. Un amico di un amico lo conosceva da ragazzo, quando giocava nei Salford Boys. Non si è mai ripreso dall'infortunio. Un peccato. Un bravo ragazzo, dicono. Aveva pure talento. Il calcio è un gioco strano, vero?

Rooneysluckyboot12: Parole sante, amico, parole sante. Un gioco strano! Un gioco strano!

MadRed4Eva666: Me la ricordo quella partita, nel 1992, fu il peggiore contrasto DI TUTTI I TEMPI. Qualcuno sa cosa ne è stato del difensore? Un'entrata così può rovinarti la carriera. Su, ragazzi, non dimentichiamo le vere vittime.

RonnyIsGod: Non me lo ricordo proprio questo Wilson – mi sa che il nostro Teddy se l'è inventato per farci un pesce d'aprile. Ma Kléberson? No grazie, Fergie… adesso farà il marchettaro. LOL X 1000.

CityMustDie_3: OMFG! Davvero? Hai il suo numero? È a buon mercato?

RonnyIsGod: Eccome. Un vero affare. Ed è più zozzo di tua madre.

RedArmy_1001: Siete davvero gay.

RonnyIsGod: A te sì che piace il cazzo, negro.

BusbyBabesRIP: Se la pensi così allora devi odiare anche Giggsy, perché è mezzo nero. Sua padre era un giocatore di rugby nero.

CityMustDie_3: *questo commento è stato eliminato.*

RonnyIsGod: *questo commento è stato eliminato.*

FergieforPrimeMinister: Perché non c'è Wesley Brown in questo elenco? Il più sopravvalutato giocatore dello United di sempre. Gioca solo quando tutti gli altri sono infortunati.

Heroesof99: Cosa?! Wesley è una LEG-GEN-DA! E quest'anno è quello che ha giocato più di tutti.

CityMustDie_3 : Ecco, FergieforPrimeMinister, vattene affanculo, e non toccare Wes!

FergieforPrimeMinister: No, vaffanculo tu, testa di cazzo. Ti spacco la faccia!

HungManc: Qualcuno qui parla polacco? O ungherese? *Hogy minden magyar vörösök odakint! Mi vagyunk a legnagyobb rajongók! Szeretjük Ryan Giggs!*[1]

CityMustDie_3: Gli ungheresi sono gay.

2. A tutti i Rossi ungheresi là fuori! Siamo i migliori! Evviva Ryan Giggs! [NdT]

Tempi supplementari **A pochi minuti dalla fine**

«Non scambierei la mia carriera con quella di nessuno».
Ryan Giggs

Peccati

Non può andare avanti per sempre, comunque.

Dopo quasi tre settimane non ce la fai più. Non vuoi. Non ti ricordi nemmeno perché ne hai avuto bisogno. Devi sistemare le cose, comunque, e allora la inviti a una serata speciale. Per una volta, le dici, farete come fanno i ricchi. Andrete a cena in un posto nuovo, un posto elegante. Lume di candela, musica soft e tutto il resto – secondo Guy è il miglior ristorante del Curry Mile. Quando arrivate, le ricordi che può ordinare quello che vuole. (Lei ti guarda in modo strano, e dice *Non parlarmi così, per piacere,* ma dirlo ti fa sentire bene comunque). Ordinate lo champagne. Ordinate l'antipasto. Ti sei vestito bene, una camicia e un paio di pantaloni. Lei ha un vestito da sera. Ti assicuri che stia comoda prima di aprire quella boccaccia e dire *Gemma, ti devo parlare.* Lei mette giù coltello e forchetta e dice *Mica vorrai chiedermi di* sposarti, *vero?*

Ci vuole tempo per raccontarle tutto, tutta la tua storia, dalla palla rossa in giardino all'ultimo infortunio alla solita gamba matta, come sempre. Ti ci vuole un'eternità a raccontare questa storia, che inizia quando servono i papadum e prosegue fino alla fine delle portate principali. Sai che stai parlando troppo e troppo in fretta, e il volto di lei dice *no no no,* mentre scuote la testa così lentamente che quasi non si vede. Ma non riesci a tenerlo per te, vero? Mentre i camerieri versano da bere incespichi, sei impacciato, ti confondi. Dici qualcosa su Guy e Sally, e su come vuoi vivere come loro. Su come loro sono una vera squadra, su come si tengono sempre abbracciati, sempre per mano, e si baciano di nascosto anche in pubblico. Su come non riescono a credere quanto possano completarsi a vicenda. Stanno ancora cercando di capirlo.

Col tempo riprendi a parlare in fretta, in modo più diretto, ti avvicini a dire quello che vuoi dire. Mentre il pollo tikka masala si raffredda non ci credi che sei proprio tu che stai dicendo quelle parole, ma eccole che ti escono di bocca. Le dici *Ti amo, Gem*. Le dici *Devi aiutarmi*. Credi davvero che si metterà con te e che starete insieme, anche se è presto. Dopo solo qualche uscita la sera, un paio di goffe scopate e qualche vago discorso sul futuro, perché è più facile che starci a pensare, e perché Guy dice sempre che *l'amore non ha senso, Mikey, e non si può spiegare*. Mentre parli e parli ti aspetti che a un certo punto sorrida. Che ti attiri a sé e ti abbracci forte. Alla fine del tuo racconto, invece, sospira, la bocca chiusa come una piccola o, mentre butta fuori l'aria lentamente. Dice *Mi sono divertita con te, Mikey, ma... te lo avevo detto che non ero pronta*. (La bocca adesso è tornata normale. Sembra di nuovo una bocca). Poi dice, con delicatezza, *E comunque ho bisogno di una persona adulta. E tu non lo sei affatto. Scusami tanto*. Si alza, pensa di aggiungere qualcosa, poi esce.

Telefoni a Guy dal ristorante, davanti a te hai una massa indistinta di avanzi, e anche se lui ti dice che in quel momento non può parlare, che è in ospedale con Sally a cui sono appena iniziate le doglie per il loro primo figlio, gli dici che non hai nessun altro e che hai bisogno di lui. (Usi proprio quelle parole: *Non ho nessun altro. Ho bisogno di te*). Gli racconti quello che è successo e sgrani tutte le ingiurie che ti vengono in mente per descrivere Gemma e quello che ha fatto. Non brilla più come un diamante, è *una sudicia scouser*, una *sporca puttana*. Gli dici che solo pensare a lei ti dà la nausea. Gli dici che vuoi riconquistarla. Poi che le darai la caccia e la ucciderai.

Che le strapperai il cuore. Che la farai a pezzi e li spedirai per posta alla famiglia. (Guy cerca di interromperti, dicendo che *il bambino sta uscendo, Mikey. Prima del tempo. Sally ha bisogno di me. Hai capito?*). Allora cadi per terra, lì per strada, al buio, con una mano avanti per non finire contro il marciapiede. Tieni il cellulare scostato dall'orecchio, le guance bagnate di lacrime, mentre Guy ti dice di respirare profondamente e smetterla di dire cose che non pensi. Gli dici *È finita. Niente più donne. Niente più niente*. Lui dice *Mikey, non fare sciocchezze, mi senti? Dico sul serio. Adesso devo proprio andare*. Ma dove dovrà mai andare? Che cosa c'è di più importante della famiglia?

Dopo la fine del mondo non esci di casa per giorni, se non per andare al negozio aperto ventiquattr'ore a comprare l'essenziale. Vivi di cibi in scatola e biscotti e birra a buon mercato. Tutto quello che trovi. Non importa quante volte Guy o mamma cercano di farti parlare, non ne hai più voglia. (Ci hai provato a parlare, e guarda cosa è successo). Non vai ad aprire la porta. Non rispondi al telefono. Rimani a letto fino al primo pomeriggio e stai sveglio tutta la notte, ogni notte, guardi i canali di Sky Sport, bevi e giochi a Football Manager. Hai messo su peso perché mangi porcherie e hai degli incubi dove ti ammazzi a forza di mangiare. Nel frattempo, nel gioco che vive sullo schermo, l'ultima delle tue finte carriere, è il 2008 e sei l'allenatore del Manchester United. Nel gioco, sei mesi prima hai ceduto Ryan al Portsmouth. Adesso si è ritirato. Nel gioco hai appena vinto la Champions League per la terza stagione di fila.

Una sera, durante la settimana, Guy entra dalla finestra e ti trova addormentato sul divano. Hai carte di cioccolata e dolciumi incollate al sedere della tuta e la Mutv in sottofondo. Si siede vicino a te, ti sveglia con delicatezza e ti dice che devi *riprendere il controllo, cazzo, Mikey*. Dice che devi *avere un po' di rispetto per te stesso*. Poi ti mostra una fotografia del suo bambino e dice *Ehi, Mike. Sei diventato zio. Questo è Robbie*. Per lui è facile, comunque. Guy ha gli occhi grandi e la pelle liscia e sa parlare con tutti. È l'uomo forte e sensibile che sta facendo un ottimo lavoro per mandare avanti l'azienda di famiglia dopo che lo zio Si è morto. Lui è il ragazzo della porta accanto, il bravo insegnante che ami senza dirlo a nessuno, l'amico con cui vuoi bere una birra e quello bravo a fare i lavoretti, il modello per l'avventura di una notte e il buon partito per cui lasciare un marito che ti ama, tutto in un unico pacchetto ben confezionato. Ecco perché è passato da una ragazza all'altra quasi senza interruzione dai dodici ai ventun anni, e da allora non ha mai lasciato Sally. Non capisce quello che capisci tu: che tu sei il tipo di uomo che ha solo una possibilità. Gemma era la tua occasione, e l'hai sprecata.

Continui a compatirti per un'altra settimana, prima di farti coraggio e tornare ad affrontare il mondo esterno.

Provate a immaginare: un paio di settimane dopo vedi Gemma per strada. Ha in mano le borse della spesa. Sorridi, ti chini e l'abbracci forte – una bella zaffata d'alcol, e le dici che la squadra va alla grande (stai tornando dall'agenzia di scommesse, e dopo tanto tempo hai vinto un bel po' di soldi). Le chiedi se le va una pinta veloce. Lei ti mette una mano sulla guancia e dice, con dolcezza, *Mikey Mikey Mikey, allora non mi stavi ascoltando?* e poi prende la borsetta e se ne va. Ti guarda come se dovessi sapere cosa sta succedendo. Quella sera telefoni a Guy (col neonato in sottofondo) e gli chiedi come puoi fare a riconquistare Gemma, ma lui non fa che ripetere *Cosa dobbiamo fare con te?* Quando ti serve non sa mai niente. Guy è come la nazionale inglese, porca puttana: prima ti fa sperare e poi ti frega. Contro il Kazakistan e la Giamaica è tutta triplette e sorrisi, ma quando si fa sul serio e servono uomini veri e non ragazzini, quando si arriva ai rigori contro la Germania nella semifinale dei mondiali, va sempre al dischetto uno come Guy, e calcia il pallone alle stelle. Tu non sai che cosa stia succedendo nella testa di Gemma, ma lei dice che te lo ha già detto. Non pensi ad altro che a rispondere a quella domanda, ma non ci riesci. Non sai nemmeno quale sia, la domanda. Vero? Quel giorno poteva essere l'ultima volta che la vedevi, se non ti fossi buttato, per una volta, la vostra prima nottata insieme. Glielo avevi detto *Non ti preoccupare, andrà tutto bene*, e poi ti eri sdraiato sul letto, al buio.

Quando Gemma viene a trovarti qualche giorno dopo, per darti la notizia, è abbastanza chiaro che avete opinioni diverse sul significato di «tutto bene». Ti senti leggero e pesante allo stesso tempo. (Bere non aiuta). Vuoi subito telefonare a mamma. Vuoi telefonare a tutti quelli che conosci. Diventerai *papà*! Proprio come Guy. Cristo, un BAMBINO! È questo il motivo principale per cui si fa sesso, giusto? Perché è così sorpresa? Cosa c'è di sbagliato? Un attimo Gemma è davanti a te, in corridoio, forte e con la schiena dritta e sembra così adulta e radiosa, una con cui potresti dividere il tuo divano per sempre, e un attimo dopo è tutto svanito e lei finisce per terra, sbatte il pugno sulle assi del pavimento e dice che le hai rovinato la vita. Dice che è una stupida, una stronza. Avrebbe dovuto pensarci due volte. È una puttana. Una brutta troia che merita di morire. Si odia. Perché è andata a letto con una simile testa di cazzo? Cade in avanti, cerca in qualche modo di tenersi con una mano, ti ricorda qualcosa ma non sai bene cosa. Si dà dei colpi in testa e urla che vuole buttarsi da un ponte.

I genitori di Gemma si assicurano che non accada. Dicono che voi due avete commesso un peccato, ma sarebbe ancora più grave uccidere un bambino, o voi stessi, o tutti e tre. Il loro Dio non lo perdonerebbe mai. La tengono chiusa nella sua stanza con un membro della famiglia sempre presente, per essere sicuri che non scappi, salga su quel ponte e si lanci, a capofitto, verso la libertà. A differenza dei genitori di Gemma, tu non hai un dio che ti guida. (Mamma ce l'ha ancora, ma non riesce a renderla meno infelice). Non hai nessuno che ti impedisca di fare qualcosa di stupido, di egoista, di melodrammatico quando la vita va male e ti sembra impossibile che possa migliorare. Di questi tempi, metà delle volte che telefoni a Guy lui è troppo occupato per parlare con te – cambia pannolini e pulisce vomito. Quando è Sally a rispondere dice cose come *E adesso che c'è?* oppure *Sai, a tuo nipote farebbe piacere conoscere suo zio Mike* e *Sai cosa significa essere sposati con due fratelli contemporaneamente?* Questa faccenda del bambino ha uno strano effetto su Sally. Una volta era un tipo a posto. Ti domandi se capiterà anche a Gemma.

Nel frattempo, a un milione di anni luce da lì, il Manchester United sta per battere la Juventus nel ritorno della semifinale del più grande torneo per squadre di club del mondo. Le bandiere sono state sventolate. Gli inni sono stati cantati. I coriandoli sono piovuti dal cielo, mentre in tutto il Delle Alpi, a Torino, migliaia di cellulari e macchine fotografiche scattavano nel medesimo istante, come un fulmine che cadeva sullo stadio, e poi di nuovo, e di nuovo, e ancora una volta. A sei minuti dalla fine Andy Cole segna il gol della vittoria e lo United arriva alla finale di Champions League del 1999 – la prima volta in più di trent'anni. Vedi il gol, ti ricordi di quel passaggio, e ti domandi se davvero non ci sia limite al peggio.

Il *vero* inizio, allora. Il 31 gennaio del 2000, all'ospedale di Wythenshawe, Manchester, nacque dopo un lungo travaglio un bambino sano e vivace. Pesava due chili e sette. Aveva un ciuffo di capelli marrone proprio in cima alla testa, così morbidi che sembravano di zucchero filato. Dopo averlo messo al mondo Gemma era esausta e disse che del nome non poteva fregargliene di meno. *Tanto muoio* disse. I medici, invece, dissero che quei discorsi erano normali per una neomamma che sicuramente sarebbe sopravvissuta, e in ogni caso io ci tenevo che avesse un bel nome. È la cosa più importante. Così quando Gemma disse che potevo sceglierlo io se dopo promettevo di lasciarla in pace, le dissi quello che voleva sentirsi dire. *Non mi vedrai mai più* dissi. *Lo giuro*. Ero così esaltato che quasi feci richiesta per l'intera formazione del 1999, quella che aveva vinto tutto: si sarebbe chiamato Qualcosa Schmeichel Neville Johnsen Stam Irwin Giggs Beckham Butt Blomqvist Yorke Wilson Sheringham Solskjær Black. Ho sentito che qualcuno lo ha fatto davvero. Povera Gemma, però, questo sì che l'avrebbe uccisa. Allora pensai a qualcosa di più semplice, ed eccolo lì: Ryan Alexander. Per una volta mi andò bene. Il nonno di Gemma, morto qualche anno prima, si chiamava Alex, e a lei il nome Ryan andava bene comunque – inoltre, ai tempi della scuola Giggs le piaceva pure –, e dunque non ci fu da discutere, almeno non su quello. Un figlio. Mio. Forse la mia fortuna era tutta lì. La fortuna di tutta una vita. In una persona sola. Ryan Alexander Black, benvenuto al mondo, cazzo!

D'accordo: questo non fu proprio l'inizio.

A quel punto eravamo in ospedale da una giornata intera, o quasi. Il giorno e tutta la notte, ad aspettare. Ore e ore senza una notizia, se non che c'erano state delle *complicazioni*. Alla fine dovettero aprirla. Rimasi lì tutto il tempo. Per mangiare presi qualcosa al bar dell'ospedale e per il caffè c'erano i distributori automatici. Cercavo di tenere alto il morale di tutti, senza pensare a cosa poteva succedere. Proprio come nelle squadrette dove giocavo da bambino, battevo le mani e mi sforzavo di tenere la famiglia di Gemma (tifosi del Liverpool, non dimenticate) su su su. Senza dormire, facendo su e giù per la sala d'attesa dell'ospedale, domandandomi perché ci volesse tanto tempo per tirare fuori una persona da un'altra. Cercando di concentrarmi e camminare in linea retta, le labbra ben strette, perché ero abbastanza sicuro che se aprivo bocca non sarei stato capace di trattenermi e avrei chiesto *Se Gemma muore, lo tengo io il bambino?*

Più il tempo passava e più la sala d'aspetto si riempiva – c'erano sua madre, suo padre, due sorelle, uno zio, pure qualche cugino. La famiglia più grande del mondo. Erano abbastanza a posto (per degli scouser), ma si comportavano come se pensassero che non sarei mai stato capace di badare a qualcuno che ancora non sapeva stare seduto o tenere in mano un cucchiaio. Dissi che sarei stato presente, e che ero nato per fare il papà. (Lo ripetei un sacco di volte). La madre di Gemma mi accarezzò la schiena e mi disse che prima dovevo trovarmi un lavoro decente. A voce bassa aggiunse *Basta che pensi a mio nipote, non ti chiedo altro*. Allora ricordai alla cicciona che non era *suo*, che non *possedeva* quella cosa che ancora doveva nascere, come non la possedeva nessuno, e minacciai di fare un sacco di cose che non pensavo davvero, perché non sono mica una CARTA

DI CREDITO del cazzo, capite cosa intendo? Beh, la madre di Gemma NON capì cosa intendevo, e nemmeno io. Non avevo dormito. Ero carico come una molla. Avevo esagerato, ma poi mi tranquillizzai. Cercai di spiegarmi, sapete, ma con certa gente hai solo una possibilità. Negli anni successivi avrei tanto desiderato che la madre di Gemma mi guardasse nel modo gentile, amichevole e misericordioso che in ospedale avevo rifiutato.

Il piccolo Ryan nacque sano come un pesce, Gemma sopravvisse, e ogni giorno somigliava di più alla ragazza a cui avevo offerto da bere al Dog & Partridge, il giorno del più bel gol di tutti i tempi. Uno per volta, i medici tolsero i fili che le avevano messo dentro e, quando ormai fu evidente che nessuno sarebbe morto, a poco a poco la grande famiglia se ne tornò a casa. La mamma e il bambino rimasero in ospedale per quelli che sembrarono mesi, perché i medici erano preoccupati per quelle che chiamavano *ulteriori complicazioni*, ma io ero eccitatissimo. Il piccolo Ryan era forte – ogni volta che me lo lasciavano vedere strillava come un ossesso. (Nessun bambino muore strillando, vero?). Gemma si stava riprendendo. Nel frattempo, c'era qualcosa che era impossibile negare – la mamma non voleva ammetterlo, ma il piccolo Ryan somigliava tutto a suo padre. Aveva pure le stesse orecchie attaccate alla testa. Con quelle orecchie non serviva il test di paternità! Ogni volta che lo vedevo allungavo la mano per accarezzarle.

Alla fine, Gemma e il piccolo Ryan furono dimessi. Il giorno dopo telefonai a casa (di nuovo) e parlai con la madre di Gemma (di nuovo), che non volle passarmi la figlia (di nuovo), ma disse che se promettevo di non creare problemi allora potevo andare a trovarla. Per dieci minuti. Promisi quello che dovevo promettere e quella sera passai quei dieci minuti nell'appartamento di Gemma, in presenza della madre, che teneva le grosse braccia incrociate mentre io accarezzavo quelle minuscole orecchie di bambino con un grande sorriso. *Sì, lo so* dissi a Gemma, che era a letto, seduta. *Povero bambino. Che cosa può aspettarsi dal futuro?* Sorrisi ancora, prima a lei poi a Ryan, stupito di quanto fosse piccolo. Lo tirai fuori dal lettino, lo cullai tenendo nel palmo della mano la sua minuscola nuca e dissi *Lo abbiamo fatto noi, Gem. È qualcosa, no?* A Gemma non piacciono certi discorsi, però. *Sì, complimenti Einstein* disse. *Chissà come abbiamo fatto... Cazzo, Mike, ma non cambierai mai?*

MERCOLEDÌ 9 APRILE 2008
CHAMPIONS LEAGUE
RITORNO DEI QUARTI DI FINALE

UNITED 1-0 AS ROMA
TÉVEZ 70' (DE ROSSI SBAGLIA UN RIGORE, 28')

(RISULTATO AGGREGATO: 3-0 PER LO UNITED)

SPETTATORI: 74.423

Giggsy Watch – FergieforPrimeMinister dice: Il Grand'uomo è sfortunato e non segna, ma stasera era una partita importante ed è stato IMMENSO, anke perké Sir Alex ci ha fatto cacare sotto lasciando fuori i grossi calibri. L'ha sostituito di nuovo, xò. Sembra ke il Mister non voglia tenerlo più in campo per 90 minuti! Dopo un'ora si trasforma in una zucca, o ke?

Voto medio dei tifosi: 7/10

Stavolta l'autista aveva acceso la radio e le chiacchiere del prepartita filtravano nel retro della limousine dai piccoli diffusori. Mike si sporse in avanti e spense Sky Sport News. Raddrizzò la schiena e allargò le braccia, come due ali, sullo schienale del sedile. C'era un sacco di spazio. Le ragazze avevano dato buca.

«Come, di nuovo alla partita?» aveva detto Ellie. «Ma se ci siamo appena stati!».

Così ora Terry non parlava con la sorella e non voleva nemmeno sentirla nominare, mentre Mike pensava che senza di lei e Jen era tutto stranamente tranquillo. I sedili in pelle e l'odore caldo dell'automobile, tuttavia, restavano qualcosa a cui avrebbe fatto volentieri l'abitudine, con o senza donne. Arrivati allo stadio, l'autista scese di nuovo per aprire lo sportello e stavolta Mike fece un leggero cenno con la testa e sorrise.

«Grazie, Jim» disse. «Passa una buona serata».

«Anche lei, signore» rispose Jim. «E forza United».

Mike e Terry uscirono insieme dalla limousine.

Stavolta, quando gli offrirono da bere, Mike era pronto. «No, grazie» disse. «Devo guidare».

Lo fece più volte, guardando sempre negli occhi il soldato del palazzo.

«No, grazie. Devo guidare».

«No, grazie. Devo guidare».

Da solo con Terry, tuttavia, Mike cominciò a farsi delle domande. Quel posto, quell'atmosfera densa di ricordi, gli facevano venire voglia di diventare tutt'uno con l'ambiente. Inoltre, Terry gli aveva di nuovo offerto il biglietto senza chiedergli niente, e non riuscì a nascondere la propria delusione quando vide che avrebbe bevuto da solo. Mike pensava, Non sarà scortese non aiutare Terry a divertirsi un po'? Una cosa, poi, era dire di no una, due, tre volte. Ma per sempre? Chi può dire di no per sempre?

Quando i soldati del palazzo tornarono Mike allungò una mano tremante e prese il bicchiere, lento, nervoso, incerto. Il drink scintillava nel suo fresco recipiente. Bevve un sorso. Nel frattempo Terry si era messo a parlare, ma il suo amico non ascoltava. Mike aveva infranto la propria regola, e si era già dimenticato perché. Qualunque fosse il motivo, non c'era voluto molto. Non sapeva come sentirsi. Bevve un altro sorso, lasciando che il liquido andasse giù e facesse diventare il mondo un posto più sfocato, più amichevole.

«Ora,» disse «dov'è finito il buffet? Oggi non ho mangiato niente per aspettarlo!».

Quando l'altoparlante li invitò a unirsi al resto del pubblico Mike cercò di finire in fretta la sua terza pinta. Terry rise e gli cinse le spalle con un braccio sudato.

«Amico... lascia stare. Ce n'è quanta ne vogliamo!». Il braccio di Terry rimase dov'era per un paio di secondi prima di spostarsi. Guardando quel braccio Mike si rese conto che davvero potevano bere finché volevano. Si guardò intorno, guardò tutte quelle birre, quei bicchieri di vino e cocktail lasciati a metà; sembrava che le scorte fossero infinite, ed era lo stesso per quella montagna di cibo.

«Va bene» disse infine. «All'intervallo, allora!». Mentre raggiungevano i loro posti sperò che nessuno lo avesse visto uscire dal Champions Club.

All'Old Trafford c'era una bella atmosfera. Un po' di inquietudine, nel primo tempo, per la formazione sperimentale decisa dall'allenatore, e per un rigore dubbio concesso alla Roma, per fortuna sbagliato, che avrebbe potuto pareggiare i conti. A parte questo, però, lo United stava dominando, e quella formazione rimaneggiata funzionava abbastanza bene, guidata da un certo Ryan Giggs. (Da qualche giorno nessuno parlava più della fine prossima della sua carriera). Quando l'arbitro fischiò l'intervallo i tifosi esultarono, sollevati di essere sempre più vicini alle semifinali.

Mentre quelli seduti nei posti economici si precipitavano al bar e al gabinetto, Mike Wilson varcò la porta magica per entrare nell'altro mondo, dove abitavano i ricchi, insieme a Terry. Quando la porta si chiuse, rassicurante, alle sue spalle, vide che insieme a dolci e meringhe c'erano anche dei minicheeseburger.

«Cheeseburger?» domandò a Terry. «Per dessert?».

«Cheeseburger gourmet» rispose Terry, con un gran sorriso. «Un menu diverso ogni volta».

«Beh, ai miei tempi tutta questa roba non c'era» disse Mike. «Meglio così, immagino. Altrimenti sarei stato troppo occupato a mangiare minicheeseburger per giocare a calcio».

La coda per il buffet era lunghissima. Dovevano aver cominciato mentre il primo tempo era ancora in corso. Mike decise di farsi un'altra pinta. Dopotutto, per quella non c'era da aspettare, giusto?

La Roma non fu molto pericolosa nel secondo tempo, e Carlos Tévez segnò un gol che dopo settanta minuti metteva al sicuro il risultato. Quando la palla gonfiò la rete Mike sorrise appena. Intorno a lui, il pubblico festeggiò come se un gol fosse l'ultima cosa che si aspettavano da una partita di calcio – Mike, invece, lo aveva sentito arrivare. Non provò alcuna scossa, solo un tranquillo piacere. Tévez aveva scelto quel momento per segnare perché Mike dopo si godesse la festa in mezzo a tutti quei ricchi e a tutta quella birra. Lo fece per parecchie ore, brindando ai futuri successi della squadra. Mike disse a chiunque volesse ascoltarlo che lo United avrebbe vinto di sicuro la Champions League.

«Me lo sento» non faceva che ripetere a quegli estranei, battendosi il petto ogni volta. «Me lo sento qua dentro».

Tornando a casa, Terry e Mike discussero animatamente della partita, e della stagione nel suo complesso, come se non si annoiassero mai a parlare tra loro. Andava alla grande, dissero. Sarebbe stata una stagione magica. Come il 1999. Una stagione magica. Mentre si avvicinavano all'appartamento di Terry, però, la conversazione languiva. La limousine si fermò. Terry disse:

«Lo sai, se vuoi venire un'altra volta puoi farlo. Se mio fratello ha di nuovo qualche biglietto in più. Magari la semifinale, eh? Sempre meglio che dover ascoltare quegli altri seduti dietro ai soliti posti, a protestare».

«Sì» disse Mike, che cominciava a sentire gli effetti dell'alcol. «Grazie. Già. Sicuro».

«Non dobbiamo salutarci, se non vuoi» disse Terry, mettendo la mano su quella di Mike. «Potrei farti vedere il mio appartamento».

Terry credeva di sapere cosa stesse pensando Mike. «Sai,» disse «non devi nascondere quello che sei, Mike. Non con me. Io ti vedo. Davvero».

Mike ci pensò ancora per qualche secondo, guardò Terry e notò la sua espressione, tutta gentilezza. Le spalle rilassate, senza la minima tensione. Il primo bottone della camicia slacciato. Poi decise cosa fare.

«No» disse, mantenendo un tono leggero. «Meglio dormire un po', che ne dici? Armata rossa!».

E se ne andò, a piedi, da solo, salutando Jim l'autista col pollice alzato. Mentre camminava, Mike pensò che Terry lo stesse guardando e si domandò se ce l'aveva davvero, un fratello.

La mattina dopo, i media di tutto il mondo parlavano del Manchester United e delle semifinali di Champions League. Nel frattempo, Mike Wilson si dette malato per la prima volta da quando lavorava per Sportswear Direction. Rimase a letto, sudato, aspettando che Brian venisse a bussare alla porta per sapere a che cazzo di gioco stesse giocando.

Non venne nessuno. Nei giorni seguenti Mike aspettò che gli tornasse voglia di bere. Quasi se lo aspettava di finire sotto un tavolo al Dog & Partridge entro la fine della settimana, senza un soldo, in lacrime, cantando fino a addormentarsi. Quella canzone non la cantò mai, però. Non sentiva il desiderio di un'altra bevuta. Alcune mattine dopo, mentre andava a piedi al lavoro a passo svelto e regolare, Mike pensò a un futuro in cui poteva concedersi un whisky a Natale, e magari anche il giorno del suo compleanno. Tenere il vizio sotto controllo. Comportarsi bene. Non diventare lo zio triste di cui tutti parlano a bassa voce, mentre beve una Coca-Cola seduto in un angolo. A Mike non pesava tanto il non dover bere, quanto il non poterlo fare mai. La vita era troppo lunga per una cosa del genere.

Sentiva che l'esperienza del Champions Club gli era stata utile. Era come se la vita che aveva vissuto fino a quel momento fosse di qualcun altro, una vita che poteva osservare e capire, e verso la quale provare empatia. Era stato bello tornare nel sancta sanctorum dell'Old Trafford, senza conseguenze – due serate fuori, due partite, e il mondo non era finito –, non era scattato nessun rilevatore di ex giocatori. Alex Ferguson non lo aveva trascinato per strada e non gli aveva detto di non farsi più vedere. E comunque non gli interessava tornare al Champions Club. Presto Mike sarebbe tornato al proprio posto, sulla solita gradinata. Terry era un bravo ragazzo. Avrebbe capito. Per tutta la settimana dormì meglio del solito, tutta la notte, ogni notte. E Ryan veniva spesso a trovarlo nei suoi sogni.

Lo United è come la Coca-Cola

Ammettilo, a bassa voce: *A volte ci pensi a smettere di seguire il calcio, una volta per tutte*. È il 2005, tredici lunghi anni da quando hai messo piede sull'erba dell'Old Trafford, e finalmente puoi ammetterlo: le cose sono cambiate. Negli ultimi anni, da quando hai cominciato a riprendere il controllo della tua vita. Da allora sono venute fuori cose che non ti aspettavi, cose per cui ti viene il sospetto che forse, dopotutto, non ci stai tanto con la testa. Un desiderio più forte di qualsiasi cosa tu sappia descrivere o possa capire ti entra nelle cellule quando meno te lo aspetti. Può capitare mentre sei a letto e cerchi di prendere sonno. Può capitare quando ti alzi, con gli occhi annebbiati, e butti giù la colazione ancora mezzo addormentato prima di andare al lavoro (dovunque tu stia lavorando in quel mese). Hai la guardia abbassata, non ti aspetti che succeda nulla. Perché dovrebbe? Prima che tu te ne accorga, però, ecco che stai sognando.

Ricordi che la prima volta che hai voluto mollare è stato un giorno mentre ti allacciavi gli scarpini, prima di una partita con quella squadretta di dilettanti che a volte ti fa ancora giocare. Quando sei abbastanza in forma. E quando loro sono a corto di uomini. Non li senti da un po', quando una domenica, la mattina presto, ti telefona Bobby, il capitano della squadra. *Ehi, campione* dice. *Ti va di tornare indietro nel tempo un'altra volta?* Ed è incredibile: non ti va. Passa qualche secondo. Mentre lui aspetta all'altro capo della linea vedi gli scarpini ancora incrostati di fango dopo la tua ultima, mediocre prestazione, gettati in un angolo della credenza, in cucina, insieme ai parastinchi. Bobby dice *Ti sei fatto male, campione? Sei muto o cosa? Siamo uno in meno! Vuoi giocare o no?* Apri la bocca, stai per dirgli di NO, però sono tre giorni che non vedi un altro essere umano, è tutta la vita che dici di sì, e quella che ti esce dalla gola è una bugia.

Un paio di ore più tardi sei sotto la pioggia che aspetti la palla vicino alla linea laterale, davanti a una decina di spettatori. Comprese le riserve. Un uomo, forse l'allenatore dell'altra squadra, grida come se la sua vita dipendesse dalla vittoria. Non glielo dirai, perché lo distruggeresti quel povero bastardo, ma quello che grida non fa alcuna differenza in campo. Nessuno lo ascolta. Ti ricorda di mille anni fa, quando eri bambino, e papà era lì, vicino a te, a vivere ogni momento con te. In piedi accanto allo zio Si, a gridare. Ora che ci pensi – ora che *puoi* pensarci – ti rendi conto che anche papà era inutile, e tu crescevi *malgrado* lui fosse lì. Eri giovane allora, pieno di energia. Adesso invece ti senti vecchissimo: ti fanno male le ossa e talvolta la gamba matta è come un peso morto che devi portarti dietro come una palla al piede. (Il dolore va e viene). Quando ti abbassi per stringere i lacci senti il ginocchio che si piega, e vorresti sprofondare nel fango per sempre. Sempre più giù, fino a sbucare in un altro mondo.

Poi, però, cambia ancora qualcosa. La palla viene verso di te, la vecchia magia torna a scorrerti dentro, e di nuovo ti dà conforto, di nuovo ti illude. Altri gridano il tuo nome, proprio come una volta, ma tu non passerai la palla a questi pagliacci. A questi dilettanti. Giusto? Sei lontanissimo dalla porta, proprio a metà campo, ma questi sono il peggio dei peggiori giocatori della domenica, e tu sei un atleta professionista, un cazzo di giocatore del MANCHESTER UNITED e per niente al mondo cederai quella palla. Punti dritto verso la porta, scarti uno, due difensori, di potenza, vinci uno, due contrasti, e presto arrivi al limite dell'area. Tiri? No, continui a dribblare. Quando il portiere ti esce sui piedi gli giri attorno, porti la palla fino a un metro dalla linea bianca e con un colpetto l'appoggi dentro, a filo di quel sudicio palo bianco. Sogghignando come un pazzo. *E Wilson segna di nuovo!* grida Bobby. *Non c'è* FINE *al talento di questo ragazzo!*

Più tardi, al pub, la squadra è seduta intorno a due tavoli d'angolo, sviscerando la partita fino alla morte, analizzandola come se davvero importasse qualcosa. Bobby è il peggiore di tutti. Parlando del tuo gol, dice che gli ricorda lo stupefacente assolo di Giggs, quello contro l'Arsenal nel 1999, l'anno in cui la squadra aveva vinto tutto. (La squadra). *Lo giuro* dice Bobby. *Questo gol... è stato meglio di quello di Giggsy!* Tutti gli altri sono d'accordo, e brindano. *A Mikey Wilson!* gridano. *Meglio di Ryan Giggs!* Poi fanno tintinnare i bicchieri. È così puro tutto questo, pensi. Questi ragazzi, che la domenica mattina lasciano moglie e figli per correre su un campo da gioco, e sognare. Alzi le braccia, ti unisci al brindisi in tuo onore, dimentichi che avresti voluto restare a casa e ignori il dolore che senti dietro alla gamba.

Pochi mesi dopo succede di nuovo. È estate, adesso, le giornate sono troppo lunghe, estenuanti, non ci sono partite da settimane e le ore in (un altro) ufficio non passano mai. Nel frattempo, quelli della tv si dannano l'anima a fingere che gli importi del cricket e del tennis, sulla Mutv danno solo repliche, non si sa di che parlare per giornate intere e un giorno, sul campo della squadretta, cominci a pensare a come sarebbe scappare dal tuo appartamento e mandare affanculo Manchester una volta per tutte. Ti fai un sacco di idee strane. Pensi a tutti i modi in cui puoi dartela a gambe e fare una vita migliore da qualche altra parte, portando via anche il piccolo Ryan. (Adesso ha cinque anni. Va a scuola. Puoi vederlo un paio di volte al mese per qualche ora, sotto supervisione). Certo, mamma all'inizio si preoccuperebbe, e per un po' dovresti sparire finché Gemma non smette di cercarti. A mamma prima o poi sarebbe passata, comunque, proprio come le è successo con papà (si è appena iscritta a un sito di incontri per ultracinquantenni e sta aprendo un negozio online di gioielli fatti in casa; se la caverà), e ben presto ti potresti sistemare in un posto caldo e con un po' di spiaggia. Da qualche parte dove non hanno mai sentito parlare di calcio. Magari potresti comprare un piccolo bar sulla spiaggia e gestirlo. Cominciare una nuova tradizione di famiglia. Liberarti della vecchia. Per un po' ti scordi che è esattamente quello che ha fatto papà. Poi ti viene in mente e ti metti a ridere.

Pensi sempre più spesso ad andartene. E più di una volta ti ritrovi davanti a casa di Gemma con le mani in tasca, immobile, per un'ora o giù di lì, a guardare la porta cercando di capire se c'è qualcuno, pensando a cosa fare. Ci resti troppo a lungo, fai in tempo a essere notato dalla mamma di Gemma che si mette alla finestra e guarda fuori, per assicurarsi che tu veda che sta telefonando alla polizia. Non fai niente, in realtà, per andartene, ma da certe cose non si torna indietro. L'idea che quest'anno potresti anche non seguire la squadra. Non solo rinunciare all'abbonamento, ma addirittura non guardare le partite. Buttare la tv e la radio. Disdire tutti gli altri abbonamenti. Sgombrare la stanza dello United. Mettere in macchina il piccolo Ryan, partire e ricominciare, con la musica a tutto volume mentre vi allontanate verso l'orizzonte. Quando ci pensi tremi come se avessi una crisi d'astinenza.

Poi passa, e quasi non riesci a credere di averci pensato.

Nella prima giornata del campionato 2005-06 tutto è come sempre. Metti la camicia, compri il programma, fai la tua scommessa (una sterlina e non di più, di questi tempi) e ti dirigi verso lo stadio, come l'anno scorso e l'anno prima. Ryan sta per iniziare la sua sedicesima stagione in prima squadra ed è in discreta forma. Mentre oltrepassi il tornello e ti avvii verso il tuo posto parli con Guy della squadra ed eviti ogni altro argomento. Sul muro vicino alla friggitoria ci sono delle scritte che dicono LO UNITED È COME LA MICROSOFT. LO UNITED È COME LA DISNEY. LO UNITED È COME LA COCA-COLA. Guy dice *Dev'essere qualcuno a cui non piace il cambio di gestione. O un tifoso del City*. Guy sorride, ma tu ODI il Manchester City. (Perché, però? Sul serio, perché?). Ti appunti un distintivo al bavero della giacca. C'è scritto I LOVE UNITED, I HATE GLAZER. Guy scuote la testa, ride e dice *Avanti, compagno!* E tu rispondi *Avanti*, e vi mescolate alla folla.

Dopo la partita, tornando a piedi per Sir Matt Busby Way, dici *Ci ho pensato, fratello. Un giorno, forse quando Fergie e Giggsy andranno in pensione, potrei smettere con tutto questo. Quando non ci saranno più, forse sarà più facile.*

Guy è un bravo ragazzo. Non dice nulla.

DAVID ROBERT JOSEPH BECKHAM

Ufficiale dell'Ordine dell'Impero Britannico (2003)
Ambasciatore dell'Unicef (dal 2005)
Nella classifica di «Time»
dei cento uomini più potenti del mondo
(prima apparizione 2008)

Non ci siamo mai frequentati davvero. A quei tempi Golden Balls era un ragazzo timido, e le poche volte in cui parlavamo di solito lo prendevo per il culo per la voce. Era il periodo in cui sembrava che sarebbe toccato a me, e non a lui, diventare un testimonial della Nike, sposare una popstar, aprire una scuola di calcio col mio nome e cercare di sbancare l'America armato solo di un sorriso e di settecento collaboratori.

Le tracce del successo di Beckham erano dappertutto. Dopo quel giorno in cui segnò da metà campo contro il Wimbledon (che fortuna!), per un po' sembrò il nuovo Giggsy, finché all'improvviso non esplose e diventò sempre più grande e più famoso di quanto Ryan fosse mai stato. Se Ryan aveva cento ragazze che gli andavano dietro, Golden Balls ne aveva mille. Se Ryan faceva qualche pubblicità scrausa per la Quorn, incespicando anche con le battute più semplici, Beckham andava tranquillo, era tutta un'altra razza. Un talento naturale davanti alla macchina fotografica, faceva da modello per Versace e Calvin Klein e Armani – tutti quegli stronzi – in biancheria intima aderente, su manifesti così grandi che sembrava avesse il cazzo lungo tre metri. Io non ho mai capito cosa ci trovassero. Troppo effeminato. Troppo moscio. Tutto sarong e niente pantaloni. Giggs era l'originale: Becks ancora prima di Becks. Ha avuto tutto, prima di lui. Una celebrità per fidanzata, contratti pubblicitari da milioni di sterline, sponsorizzazioni in Estremo Oriente, tutto mentre David – il cui pene, a proposito, ora come ora produce più di 300.000 risultati su Google – era ancora parcheggiato al Preston North End. La gente ha poca memoria in questo sport, datemi retta.

Col passare degli anni mi sono stufato di vedere la faccia di Beckham in televisione, sui manifesti, sulle scatole di oggetti di uso quotidiano. *Compra questo!* diceva. *Compra quello! Compra quest'altro, lo so che è inutile, ma io posso permettermelo e tu no!* Se c'è mai stato un calciatore nato per riempire le tasche degli uomini in completo grigio, questo è David Beckham. Mi aveva così stancato, ma stancato sul serio, che non avrei voluto rimettermi in contatto con lui, davvero, se non avessi già escluso la maggior parte degli altri e non avessi smarrito da un pezzo la lucidità. Scholesy non mi aveva risposto. Butty non mi aveva risposto. Le sorelle Neville non mi avevano risposto, accidenti a loro. Più andavo avanti, più riuscivo a pensare solo a una cosa. E questa lettera dal 2004 lo dimostra. Beh, almeno stavolta non ero ubriaco, e l'avevo scritta in bella grafia. Pulita, proprio come lui. Un ragazzo bello e pulito. Ma anche un bastardo dalla voce stridula.

URGENTE: ALLA C.A. DI DAVID BECKHAM

Caro David, Obe (Grande! Culo e camicia con la Regina!),
i ragazzi del mio pub, il Dog & Partridge di Salford, dicono che da

quando Fergie ti ha tirato in faccia uno scarpino dopo la sconfitta in coppa contro l'Arsenal non sei più lo stesso, ma io sapevo che te la saresti cavata. Come va l'occhio? Tutto a posto? Sembra di sì, da quello che ho visto in tv, e del resto ogni pubblicità è buona pubblicità, giusto? Insomma, ai tuoi sponsor non importerà più di tanto. Ad ogni modo, sono sicuro che vincerai un sacco di trofei adesso che sei al Real Madrid. Qualcuno sui forum ti dà del traditore per aver lasciato lo United, ma io e la Stretford End lo sappiamo che volevi restare, e che allo United hai dato i tuoi anni migliori. Se senti qualche tifoso che canta quel coro su tua moglie che «lo prende nel culo», o quella su Cristiano Ronaldo che «ti fa sembrare una pippa», ignorali. È solo per farsi due risate, e in ogni caso almeno una di queste cose è vera, quindi meglio non fare tante storie. Giusto?
Mi chiamo Mikey Wilson – sono quello della classe del '92 che spedirono a Plymouth. Giocavamo insieme nelle giovanili dello United, ricordi? Poi in seconda squadra, e io sono arrivato anche in prima. Ero un attaccante – il Mister una volta disse che ero «nato per vincere». I primi tempi mi chiamavano «Little Giggs» perché ero un po' più giovane di Giggsy e giocavo allo stesso modo, ma io ho sempre pensato di essere più simile a te. Ti allego una foto, così lo vedi da solo. Mamma dice che abbiamo gli stessi zigomi. Secondo te? Ad ogni modo, al debutto in prima squadra mi infortunai. Non ho mai recuperato. Non è facile scrivere certe cose, David, ma spero che capirai e avrai un po' di compassione per un vecchio compagno che ha solo bisogno di un po' di tregua – in un certo senso, siamo nella stessa situazione. Il Mister ha fatto finire la mia carriera allo United troppo presto, e lo stesso è successo a te, credo. Comunque, ho bisogno di un lavoro. Per caso ti serve una guardia del corpo, o un assistente? un allenatore per la tua scuola di calcio? Magari ai tuoi figli serve un baby-sitter? Mi andrebbe bene tutto, e ti prometto che non ti ruberò niente per venderlo su eBay. Vivo a Manchester, ma per te sono disposto a spostarmi, nessun

problema. (Forse, se lavorassi per te, la mia ex mi lascerebbe portare nostro figlio). Se non puoi offrirmi un lavoro, per favore manda un po' di soldi perché sono al verde, e a differenza di te non posso più guadagnarmi da vivere con il gioco che amiamo entrambi.

Porgi i miei saluti a Victoria.
Con stima e affetto,
Mike J. Wilson

PS Allego un'altra foto: siamo noi, in azione con la seconda squadra, contro l'Everton nella primavera del 1992. Mamma la rivorrebbe indietro, quindi per piacere rispediscila all'indirizzo qui sopra.
PPS La foto dove sono da solo invece puoi tenerla, se vuoi.

Beh, su Golden Balls potete dire quello che volete, ma è stato l'unico che mi ha risposto. Più o meno. E l'unico ad avermi dato qualcosa.

Caro Mike,
grazie per la tua lettera a David Beckham! È molto felice che tanti giovani vogliano entrare in contatto con lui; purtroppo riceve parecchie migliaia di lettere ogni anno, e dunque non riesce a rispondere a tutti personalmente. Spero che vorrai accettare questo distintivo del Real Madrid, un pacchetto di adesivi ufficiali della Fa con David e i suoi compagni della nazionale, e infine un buono sconto per il David Beckham Fan Club, con il quale potrai anche partecipare a un concorso per vincere un pranzo e una seduta di allenamento con David!

Grazie ancora,
Fi Bingham,
viceresponsabile delle pubbliche relazioni
David Beckham Fan Club

Sì, quando arrivò questa lettera fu una giornataccia. Il distintivo l'ho tenuto, però, eccome. E gli adesivi. E ho partecipato pure al concorso, hai visto mai.

Nome: Mike «Little Giggs» Wilson (quello della classe del '92)
Età: troppo vecchio per questo concorso
Perché vorrei conoscere David: perché se non mi fa diventare ricco vado a impiccarmi ai cancelli dell'Old Trafford.

Dopo, per mesi non scrissi più a nessun giocatore. Quante ne può sopportare un uomo? Eppure, alla fine, dovevo provare anche con lui. Sapevo che non mi avrebbe deluso.

MARTEDÌ 13 APRILE 2008
PREMIER LEAGUE

UNITED 2-1 ARSENAL
RONALDO 54' (R) ADEBAYOR 48'
HARGREAVES 72'

SPETTATORI: 75.985

Giggsy Watch – InArseneWeTrust dice: Entra a un minuto dalla fine e il voto medio dei tifosi è 8/10? SUL SERIO?!? OMFG, questo sito è troooppo parziale. Ha toccato palla, almeno? NORDISTI IMBROGLIONI.

Voto medio dei tifosi: 8/10

La solita tenuta da giorno di partita di Mike non corrispondeva esattamente al *dress code* del Netty's Olde Biscuit Bar, ma a Debbie Carlsson non dava fastidio. Lui aveva accettato di sedersi nel posto preferito di lei, dietro alla vetrina, ed era già abbastanza. Gli disse che le piaceva come la vetrina attirava la luce e come, nel pomeriggio, si poteva guardare la gente che passava per il parco. Madre e figlio ordinarono un cappuccino e parlarono di come Guy e Sally presto avrebbero avuto un altro bambino, e Debbie gli disse che finalmente avrebbero potuto davvero passare un Natale tutti insieme. Lei e Derek. Mike (e forse Little Ryan, almeno per qualche ora nel pomeriggio). Guy e Sally e i tre piccoli – Robbie, Millie e il terzo in arrivo.

«Mi sembra quasi di sentire il profumo del tacchino» disse lei.

«Che ci facciamo qui?» ribatté Mike. «Questi posti non li hai mai frequentati, giusto?».

«Beh,» disse Debbie «una volta era così. In questo hai ragione, Michael». Lo guardò, per nulla intimorita. «Adesso però ci vengo con Derek. Ci davamo appuntamento qui, sai, proprio a questo tavolo, le prime volte che siamo usciti». Rise. «Beh, non parlavamo di "uscire". Derek parlava solo di "prendere un caffè", ma sapevamo entrambi che c'era dell'altro».

«Mmm» disse Mike.

«Derek non ha mai detto nulla, però. Del fatto che non fossi pronta ad ammetterlo. Questa è una delle cose che più mi piacciono di lui, sai, una delle tante. È attento a quello che è importante per me, ed è sensibile. Alle donne piace, Michael. Questo genere di sensibilità».

Mike notò che sua madre era seduta con la schiena dritta e stringeva la borsetta come se fosse incollata alle mani. Perché non si lasciava un po' andare?

«Beh, questo posto è a chilometri dallo stadio» disse. «Dovremo prendere il tram. Oggi c'è l'Arsenal e sarà il caos».

Debbie rispose con gentilezza. «Va bene, tesoro» disse. «Sono già stata sui mezzi pubblici».

C'era qualcosa in sua madre che Mike non riusciva a identificare. Era successo lentamente, un po' per volta. Erano passati anni dal suo periodo peggiore, ma questa fase della trasformazione, quella che Mike non sapeva riconoscere, questa era una cosa nuova. Non gli sembrava nemmeno di essere stato tanto tempo senza vederla. Erano quei vestiti nuovi? Quel nuovo modo di parlare? Di sicuro, sua madre più invecchiava più sembrava elegante. O almeno si sforzava di esserlo. La guardò mangiare la sua fetta di torta alle carote e non poté fare a meno di notare con quanta cura usava la forchetta. Oggi sarà un disastro, pensò.

Mike era rimasto così sorpreso quando gli aveva proposto di andare con lui che non aveva pensato a dire di no. Debbie non era stata quasi mai a una partita. Non le era mai interessato. Anche quando il figlio giocava nel Manchester United aveva detto che non riusciva nemmeno a guardarlo, il campo, e ci era andata solo quella volta. Alla fine lui aveva ceduto.

«Ovviamente il biglietto lo pago io» aveva detto. «Solo per questa volta».

Lei aveva sorriso. «Grazie mille, Michael, sei troppo gentile. Ma io adesso sono una donna che lavora, ce la faccio. Pagherò anche per te, se me lo permetti».

Perché sua madre rendeva tutto così difficile? Aveva voglia di alzarsi, uscire e andare alla partita da solo. Forse non ci sarebbe nemmeno andato. Tutte quelle buone maniere gli stavano facendo venire una gran sete.

In pochi minuti Mike dovette parare diversi affondi. Debbie iniziò tastando il terreno e gli chiese con tono incoraggiante se presto avrebbe visto Little Ryan, ma anche se frequentava qualcuno di speciale. Mike non volle dirle niente. Poi tirò fuori una serie di foto di Little Ryan che aveva scattato quando il bambino era andato a trovarla il fine settimana precedente, foto di lui che saltava sul piccolo tappeto elastico che gli aveva comprato e giocava con Derek nel giardino sul retro. Anche allora Mike rispose a monosillabi. Non voleva riconoscere quei suoi sforzi. Che soffrisse almeno un po' per essersi accordata con Gemma senza dirglielo. Debbie, allora, cercò una via più diretta.

«Io sono felice di aiutarti, Michael» disse. «Voglio aiutarti. E anche Gemma. Ma tu non rispondi al telefono, non parli. Hai ricominciato a bere? Dimmelo. Per favore».

Mike non rispose. Guardava fuori dalla vetrina. «Ci pensi ancora a papà?» le domandò. «Non vorresti sapere dov'è?».

Debbie non aveva intenzione di rispondere. Non in quel momento, almeno. Non in quel posto. Invece, fece un altro tentativo. «Michael, ti vedo bene» disse.

«Cosa?».

«Hai un bell'aspetto. Voglio dire, sei dimagrito?».

«Ehm, no» disse Mike. «Beh, forse un po'».

«Hai anche un bel taglio di capelli. Ti stanno bene così».

Mike poggiò la testa sul tavolo davanti a sé. «Ho dovuto lasciarli crescere, per il lavoro».

Debbie accarezzò la testa di suo figlio, facendo passare le dita tra i capelli, lentamente. «Beh, mi piacciono. E voglio che tu sappia che tutti pensiamo che... quello che hai fatto quest'anno, è incredibile».

Mike annuì debolmente. Era un adulto adesso, proprio come Guy, e come Derek – un uomo a cui interessava solo rendere felice la sua nuova moglie, con piccole cose, con sensibilità. Mike pensava a cosa avrebbe potuto fare per Natale. Andare via, forse. Lontano da tutti. Se stava da solo poteva fare quello che voleva, e nessuno avrebbe saputo niente.

«Sono una donna sposata ora, Michael» disse Debbie. «E tu non pensi che questa storia sia durata abbastanza? Mi dispiace ma, dovunque si trovi, non vale la pena aspettare tuo padre. Io lo so meglio di tanti altri. Ho sprecato anni ad aspettarlo».

«Non si sa mai cosa può succedere».

«Io lo so, Michael».

«E se stesse solo aspettando il momento giusto per tornare?».

«Beh, se è così – e ne dubito – allora il momento giusto è arrivato e passato».

Mike si morse l'interno della bocca, stringendo la carne tra i denti.

«Non sono contenta di ammetterlo,» disse Debbie «nessuno di noi lo è, ma forse tuo padre non è... non è più tra noi. Dopotutto, beveva parecchio, no? E il medico gli diceva sempre che doveva smettere, per il bene del suo fegato. Suo padre è morto molto giovane per un attacco di cuore. E anche il suo povero fratello, naturalmente. E poi tuo padre era un uomo pieno di rabbia».

«È ancora vivo» disse Mike. «E tornerà a casa».

«Michael, per favore. Sono quindici anni. Non ricominciare».

«A fare cosa?».

«Se n'è andato, Mikey. Avevamo bisogno di lui e ci ha lasciati soli. *Tu* avevi bisogno di lui. L'hai dimenticato?».

Debbie sorrise, un sorriso triste, ma diverso da quello che si ricordava da quando era bambino. Era un altro genere di tristezza, che non lo sembrava affatto.

«Andiamo» disse Debbie. «La tua vecchia si ricorda ancora come ci si diverte, sai? E per oggi ho un buon presentimento. L'Arsenal è vulnerabile in difesa».

Infilò la mano nella borsetta e, sorridendo, tirò fuori una sciarpa dello United e se la mise al collo. Poi si tolse la giacca e sotto aveva una maglietta dello United un po' sbiadita, della metà degli anni Ottanta, che Mike era abbastanza sicuro avesse trovato in uno dei sacchi di vestiti vecchi che aveva lasciato quando era andato via di casa. Alzò il colletto, alla Cantona.

«Sembra che hai cent'anni» disse Mike. Poi sorrise.

Presero il tram per lo stadio. Era così affollato che Mike e Debbie viaggiarono schiacciati contro la porta del vagone, tenendosi alle barre più alte mentre la gente intorno a loro cominciava a cantare, battendo con le mani sui finestrini per tenere il ritmo. Cori contro il City. Cori contro il Liverpool. Cori contro il Leeds. Debbie non riusciva a ricordare quando avesse preso il tram l'ultima volta, e il chiasso le faceva venire il mal di testa. Fece comunque attenzione a parlare esattamente come aveva fatto nel caffè, solo un po' più forte, quanto bastava per riuscire a sentire cosa diceva. «Sai,» disse «non me ne importa se non ti sposi. Davvero. Puoi fare quello che vuoi».

Il tram sobbalzò.

«Solo per dirtelo. Anche se lo fanno tutti non significa che devi farlo pure tu. Te lo ricordi mio zio Benny? Era sempre così contento! Secondo lui era vissuto tanto perché non aveva mai avuto una donna a rompergli le scatole tutto il tempo».

Mike aveva ricominciato a sudare. Gli sembrava di essere sempre sudato. Su un lato del vagone una giovane madre cercava di tenersi vicini i due figli mentre il tram continuava a sobbalzare. Alle spalle di Mike, un uomo di mezza età e due tipi massicci col cappellino da baseball stavano in piedi, senza espressione, come se non sentissero quello che dicevano gli altri. Un ubriaco cominciò a battere i piedi e a gridare.

ECCOCI! ECCOCI! Siamo i ragazzi di Busby,
ECCOCI! ECCOCI! Siamo i ragazzi di Busby,
Se tifi CITY arrenditi O MUORIII!
Siamo i tifosi dello United...

«Bella canzone» disse Debbie, e sorrise.

Mike teneva la voce bassa. «Ascolta,» iniziò «devo dirti una cosa...». Fece un respiro profondo e buttò fuori l'aria. «Rubavo all'edicola della stazione degli autobus, tornando da scuola. Le cose che rubavo un po' le ho date via, un po' le ho tenute. Ho rubato dei soldi dal tuo portafoglio».

«Lo so. È tutto a posto».

«No. Ho fatto delle brutte cose, mamma. Una volta ho rotto la mascella a Jay, senza motivo. Ecco perché mi sospesero da scuola, la seconda volta. C'è dell'altro. Devo raccontarti tutto».

Debbie gli mise una mano sul braccio. «È successo tanto tempo fa. Adesso sei un bravo ragazzo. Dimentichiamo tutto».

«Avrò rubato un centinaio di volte. Non posso dimenticare».

«Sì che puoi» rispose lei, con fermezza, stringendo il gomito del figlio come in una morsa. «Anzi, devi».

Quando scesero dal tram l'umore di lei era cambiato. Camminava in fretta in mezzo alla folla, eccitata come un'adolescente, e quando vide lo stadio si mise addirittura a saltare.

«Wow, avrei dovuto farlo tanti anni fa» disse. «E poi guarda, ci sono un sacco di famiglie, vero? O Mikey, dobbiamo prendere un gelato...».

Mike quasi la perse di vista quando corse dall'altro lato della strada per comprare un paio di coccarde e una bandiera.

Una volta dentro, Debbie comprò anche un programma (per Derek, disse), un altro caffè (beveva molto caffè in quel periodo) e scommise una sterlina sul risultato, e un'altra per Mike. (Era d'accordo a «giocare in modo responsabile» e approvava la sua recente strategia da una-sterlina-alla-volta). Dopo una serie di argomentazioni decise per un 2-1 a favore dello United, che Mike definì un sacrilegio perché lasciava intendere che l'Arsenal avrebbe segnato. Lui puntò sul 4-0, ma sua madre era sicura.

«Me lo sento» disse, battendosi il petto. «Qua dentro».

Negli ultimi minuti prima del calcio d'inizio Debbie cominciò a fare l'analisi della partita. Disse che Ronaldo non le andava a genio, perché non aveva un viso gentile. Benché segnasse un sacco di gol. Lo stesso valeva per Wayne Rooney. Ryan Giggs aveva un discreto fascino, invece, e le piaceva. Era un miracolo che giocasse ancora, no? Oggi era in panchina, vero? Non aspettò la risposta e si concentrò sulle note dell'allenatore scritte sul programma prima che Mike potesse lanciarsi in una lezione sulla storia dello United. Dopo aver letto metà di quello che Alex Ferguson aveva da dire su quella nuova avventura, alzò gli occhi e disse, a nessuno in particolare: «Mi ricordo di quella volta, quando venne a casa nostra. Che gentiluomo! Ricordo che ti disse di portare rispetto a tua madre». Le squadre uscirono e Debbie si alzò per applaudire. «Forza, Rossi!» urlò.

Rivolse al figlio uno sguardo intenso, poi si sedette e cominciò a leggere il resoconto della partita giocata la settimana prima dalla seconda squadra. Un paio d'ore dopo i tifosi lasciavano lo stadio in un'atmosfera felice, piena di battute e speranze per le settimane successive. Lo United aveva risalito la classifica, di nuovo. Avevano battuto un avversario chiave, di nuovo. Stavano lottando con il Chelsea per il primo posto e per il titolo, ed erano ancora in Champions League. Come nel 1999, Mike sentiva che i pezzi del puzzle cominciavano ad andare a posto, e che stava per succedere qualcosa di glorioso. Da allora erano cambiate tante cose. Era passato molto tempo da quando aveva ripreso conoscenza dopo il tentativo di suicidio, sempre nel 1999, facendo promesse che non era pronto a mantenere.

«Basta» aveva detto in quei giorni a Debbie, scuotendo la testa con le mani che ancora gli tremavano malgrado le bende. «Metterò la testa a posto. Devo farlo, no?».

Nove lunghi anni dopo, Mike stava finalmente mantenendo la promessa. Se la cavava meglio, lavorava sodo, era più equilibrato. Si era perfino divertito a guardare il Manchester United con sua madre. Mentre lasciava lo stadio con i soldi vinti per aver indovinato il risultato, Debbie aveva le guance così rosse come Mike non le vedeva da anni. Anzi, come non ricordava di averle mai viste. Guardando avanti e non verso di lei, camminando attraverso la folla come aveva fatto tante volte, confessò qualcosa a sé stesso e poi disse: «Sono felice che tu sia felice, mamma. Te la sei cavata benissimo».

In un primo momento Debbie Carlsson non disse nulla. Non rispose nemmeno, lo prese solo a braccetto e continuò a camminare in mezzo alla gente, aggrappandosi a lui. Mike sentì che lo teneva più stretto di prima.

Quando si separarono, quella sera, Debbie gli si mise davanti e gli tirò su la cerniera della giacca.

«Ho un buon presentimento per questa stagione, sai» disse, a voce bassa, aggiustando la sciarpa intorno al collo del figlio. «Penso davvero che potremmo vincere la Champions League».

La conferenza stampa immaginaria

Provate a immaginare: dopo tutti questi anni si ricomincia, come una maledizione rimasta a covare nell'ombra, aspettando solo il momento giusto per tornare. Malgrado tu sia l'unico del gruppo ad aver avuto una vera carriera, anche se all'inizio ti rispettavano, ti chiamavano «Capo» e scrivevano il tuo nome in maiuscolo sul foglio della formazione (un pezzo di carta strappato dal libro contabile di Bobby), non passa molto prima che ricomincino a prenderti per il culo e a chiamarti *a quel modo*, soprattutto quando cerchi un contrasto, ma con prudenza, perché l'ultima cosa che vuoi è rischiare ancora una volta la tua gamba matta. A volte ti domandi se Bobby nasconda le sue tendenze omosessuali – come il vecchio Jay Gibbons (ora Jason Gibbons, ragioniere iscritto all'albo) – dando della checca a tutti. Ha moglie e figli, ma certa gente finge per tutta la vita, no? Si sente dire di continuo. Certe persone mentono per decenni piuttosto che affrontare sé stessi. Potresti anche fregartene, comunque. Non saprai mai la verità. Solo, non c'è verso che ammettano di essere a quel modo, giusto? Non in questo sport, gente. Ce n'è stato solo uno, Justin Fashanu, e ha finito per ammazzarsi. Il mondo del calcio non è pronto e non lo sarà mai, così non POTRÀ MAI ACCADERE quanto segue:

FUNZIONARIO SENZA VOLTO DELLA PLAYERS FOOTBALL ASSOCIATION DICE: Grazie a tutti per essere intervenuti a festeggiare insieme a noi questa splendida occasione – splendida non solo per i giocatori direttamente interessati, ma anche per noi della Players Football Association, perché oggi siamo qui per assistere a un evento che si verifica per la prima volta! È davvero un onore. Dunque, inizieremo con una breve dichiarazione di CALCIATORE 1, centrocampista della SQUADRA A, seguita da un'altra dichiarazione di CALCIATORE 2, terzino della SQUADRA B e della nazionale inglese, e infine da una dichiarazione congiunta. Accetteremo domande dalla platea, ma solo qualcuna. Sono sicuro che tutti voi comprenderete che questa coppia felice non può trattenersi per l'intera giornata. Adesso vorrei dare la parola a CALCIATORE 1.

[*la folla di giornalisti esplode in un applauso spontaneo*]

CALCIATORE 1 DELLA SQUADRA A, FINO A QUEL MOMENTO RITENUTO ETEROSESSUALE, DICE: Grazie. Grazie. [*legge un testo scritto*] Voglio approfittare di questa occasione per chiarire pubblicamente la natura del mio rapporto con CALCIATORE 2 [*guarda con amore* CALCIATORE 2]. Speravamo di mantenere il segreto fino a dopo il giorno più bello [*ride*], ma visto che i tifosi sulle gradinate si sono tanto chiesti se io lo *prendo nel culo* o no, in particolare da CALCIATORE 2, abbiamo deciso di annunciare, oggi, che siamo molto innamorati e abbiamo già fissato la data delle nozze.

SCRIBACCHINO 1 GRIDA: Inviterete anche noi, vero?

[*la folla di giornalisti coglie l'imbeccata, si alza per una standing ovation e grida «sì!», «anche noi!»*]

CALCIATORE 1 DELLA SQUADRA A, FINO A QUEL MOMENTO RITENUTO ETEROSESSUALE, DICE: Per favore, tornate a sedervi. [*si siedono*] Siete troppo gentili. Finirete per confondermi – Dio, che sbadato! Dov'ero rimasto? Ah, sì... [*riprende a leggere*] Siamo così grati per tutti i messaggi di sostegno che abbiamo ricevuto dalla FA, dai club dei tifosi e soprattutto dalla stampa, ma i diritti per le immagini del matrimonio sono già stati acquistati dalla rivista «OK!». Dunque, a parte le duecento celebrità che abbiamo invitato e le varie decine di lavoratori occasionali a salario minimo che non contano perché abbiamo comprato il loro silenzio, la cerimonia si svolgerà in forma privata, in famiglia, nell'immensa residenza di campagna che abbiamo affittato. [*la folla di giornalisti esclama «aaah!», «oh no!» ecc. ecc.*] Dunque, per favore, non cercate di entrare scavalcando il muro! Dopo il matrimonio e la luna di miele, che si concluderà in tempo per gli allenamenti di precampionato, chiediamo un po' di spazio per tornare al rapporto disgustosamente intenso e altamente erotico che ci lega. Dunque, per favore, rispettate la nostra privacy... tranne che sulle pagine di «OK!», che tra l'altro è una rivista eccellente. Adesso vorrei passare la parola al mio compagno di vita, CALCIATORE 2. [*si tengono per mano*]

CALCIATORE 2 DELLA SQUADRA B, FINO A QUEL MOMENTO RITENUTO ETEROSESSUALE, DICE: [*parlando a braccio*] Beh, penso che CALCIATORE 1 abbia già detto tutto, davvero. Voglio solo cogliere l'occasione per dirgli pubblicamente quanto lo amo, e come dalla prima volta che l'ho visto, durante quella partita di campionato in un nebbioso pomeriggio di ottobre dell'anno scorso, per me esiste un solo paio di gambe. Non dimenticherò mai quel primo contrasto da dietro – volevo farmelo subito, proprio lì! E perché no, eh?

[*risate, urla e fischi dalla folla di giornalisti*] Sul serio, però... grazie, CALCIATORE 1, per il modo in cui mi completi.

[*un altro scroscio di applausi e «aaah!»*]

CALCIATORE 1 DELLA SQUADRA A, FINO A QUEL MOMENTO RITENUTO ETEROSESSUALE, DICE: Grazie, CALCIATORE 2, significa molto per me che tu voglia condividere tutto questo con le persone qui presenti e con il mondo intero. Adesso, vorremmo concludere la conferenza leggendo insieme la nostra poesia d'amore preferita, *Glad to be Gay*, un omaggio alla canzone con lo stesso titolo dell'attuale poeta laureato, un nostro caro amico. Ha interrotto le sue vacanze per comporla, apposta per noi...

SCRIBACCHINO 2 GRIDA: Un bacio per i fotografi! Avanti!

[*un altro enorme scroscio di applausi*]

CALCIATORE 1 DELLA SQUADRA A, FINO A QUEL MOMENTO RITENUTO ETEROSESSUALE, DICE: Va bene, ma soltanto uno! Poi la poesia.

[*la coppia sembra imbarazzata, poi sorride e si bacia. All'inizio è un bacio timido e dolce, poi diventa lungo, intenso, forte. Travolti dalla passione, i due calciatori cominciano a strapparsi i vestiti di dosso e spingono da parte il rappresentante della Pfa.* CALCIATORE 1 *fa chinare in avanti* CALCIATORE 2 *sopra il tavolo, davanti a tutti, gli tira giù i pantaloni, gli infila dolcemente una mano tra le gambe e sussurra «ti amerò sempre» mentre la folla di giornalisti applaude e grida «dài! dài! dài!» e... e... e...*]

Ovviamente non succederebbe mai, vero? E meno male, cazzo. Ogni volta che Bobby ti dà della checca gli rispondi facendo altrettanto, e provi a pensare a qualcosa di intelligente da dire che faccia ridere tutti gli altri.

Dopo la nascita di Little Ryan ci misi parecchio a riprendermi. Nel 2000 di solito riuscivo a stare qualche giorno senza bere e poi ricominciavo per qualche altro giorno. Un paio di settimane buone, poi un paio di settimane cattive, durante le quali tornavo, vergognandomi, da voi-sapete-chi, la ex che non riuscivo a trattenermi dal frequentare un'ultima volta. In realtà di ex ne avevo diverse, se vogliamo metterla così. L'alcol. Le scommesse. Il calcio. Mamma mi suggerì di iscrivermi a un circolo di qualcosa, per non pensare a quello che non stavo facendo. Guy diceva che solo il lavoro mi avrebbe liberato. Certo, la mia gamba non andava bene per giocare a calcio ma potevo ancora camminare, e come mi disse la sorella maggiore di Gemma alla prima festa di compleanno di Little Ryan, una delle poche volte in cui mi avevano permesso di andare a trovarli, *Non ti servono le* gambe *per stare seduto a una scrivania, Mike. Ti serve solo il culo, lo stesso che usi per passare le giornate sul divano.*

Beh, non mi dettero una scrivania, ma nel 2001 trovai un lavoro vero – il turno di notte in un magazzino, a smistare giornali e riviste per tutte le edicole di Manchester, dalle undici di sera fino alle otto del mattino. Il posto era enorme, così grande che sembrava un altro paese. Andavo e tornavo a piedi dalla fermata dell'autobus, vicino all'appartamento dove mi ero appena trasferito e che dividevo con altri due che avevo conosciuto tramite un annuncio. Nessuno dei miei coinquilini parlava molto. Nessuno faceva domande. Al magazzino era tutto a posto: il badge con il nome, i sandwich nella saletta del personale durante la pausa pranzo, parlare male del principale e del governo con gli altri ragazzi, la busta paga a fine mese. Mi sembrava di essere di nuovo in una squadra. Facevo qualche chilometro ogni giorno, anche nel fine settimana, e mi radevo prima di ogni turno. Mangiavo bene, e lasciavo perdere quelle cose che ad annusarle sembrano chissà cosa e dopo ti deludono sempre. Dopo un mese che rigavo dritto, Gemma una notte mi lasciò dormire sul divano. *Per farti capire cosa ti stai perdendo* disse. *E che non lo devi perdere per forza*. Mi fece anche cambiare il pannolino a Ryan. Io! che cambio i pannolini! Quel marmocchio aveva appestato la stanza, ma io sorridevo da un orecchio all'altro. Gemma era dietro di me e controllava. Pensai a come sarebbe potuta andare tra noi se non le avessi mai raccontato dello United e del mio passato. Quella sera sul «Curry Mile» avevo mandato tutto a puttane. Quando finii mi carezzò la schiena e disse *Ti stai comportando davvero bene*.

A volte, però, la routine era troppo pesante, e c'erano giornate intere in cui non pensavo ad altro che a mollare tutto. La maledetta pioggia di Manchester, che mi dava il tormento mentre camminavo. La stanchezza nelle gambe. Il rumore delle scarpe bagnate. I calzini umidi. Dal lunedì al venerdì, uscire di casa alle otto di sera e tornare a casa alle sette del mattino. La cosa peggiore era il vento, e mentre camminavo a testa bassa e con le mani affondate nelle tasche attraverso la burrasca, a volte pensavo, Di sicuro, in tutto il mondo, sta piovendo solo a Manchester. Quella di sicuro era la pioggia messa da parte per tutto il mondo, quando c'erano paesi così caldi, così aridi che la gente PREGAVA per un po' dell'acqua piovana che era finita tutta a Manchester. Ogni giorno mettevo il cappuccio e tiravo la cordicella, lasciando appena lo spazio per guardare mentre camminavo sotto l'acqua – eppure ero comunque sempre fradicio.

E non potevo nemmeno andare al pub, a riscaldarmi un po' alla fine di una nottata di duro lavoro. Anche se avessi voluto farlo, la mattina il Dog & Partridge non apriva prima delle nove.

Certe volte ci passavo accanto, prima dell'inizio del turno, verso l'ora di chiusura. Mi sforzavo di non guardare nella vetrina, cercando i clienti abituali. Per non pensare a quello che non stavo facendo fantasticavo su quello che avrei fatto se mi avessero eletto sindaco di Manchester. Avrei dipinto di rosso lo stadio del City, per cominciare. Forse avrei cambiato nome a qualche strada. O ne avrei dato uno a quelle che ancora non l'avevano. Bobby Charlton Avenue. Duncan Edwards Road. Giggs Street. A chi accidenti erano intitolate le nostre strade, comunque? Soprattutto a uomini in completo grigio, belli che andati. Ci avrei pensato io, poco ma sicuro, e avrei anche impedito a quei ricchi bastardi di buttare giù pezzi del glorioso passato della città per mettere al loro posto grandi, lucidi pezzi di futuro che però non l'avrebbero migliorata, ma solo fatta somigliare meno a casa tua e più a una rotatoria in un paese straniero. Manchester stava cambiando troppo in fretta. *La città è tutta diversa adesso* dissi a mamma, in piedi davanti a lei con la mia nuova tuta da magazziniere. *Ai vecchi tempi si poteva lasciare la porta aperta*. Lei rise. *Ah* disse, lisciandomi una grinza della tuta. Poi aggiunse, a voce bassa, *Qua intorno è sempre stato pieno di ladri*. Fu allora che decisi, finalmente, di andare a vivere per conto mio.

Meglio non pensarci, però. Meglio non pensare alla città, com'è adesso com'era allora, o ai casermoni di cemento del college dove frequentavo i corsi serali due volte a settimana, o a tutte le bevute con i clienti abituali del Dog & Partridge che mi stavo perdendo, a ridere e a giocare a freccette con loro, a ingrassare un po' di più a ogni pinta di birra e pacchetto di patatine, gonfiandomi lentamente, in allegria. Meglio non pensare a tutte le partite a cui stavo rinunciando, allo stadio, alla tv o con la mia squadretta. Meglio non pensare allo United. A com'era viverci insieme. A com'era viverci senza. Non ero mai troppo lontano dalla bottiglia o dall'agenzia di scommesse, ma più resistevo e più facile diventava rinunciarci, e più pannolini mi lasciavano cambiare. Per un po' riuscii addirittura a non pensarci affatto, e quasi a scordarmene. Passò un anno intero. Credetemi, tornare a rigare dritto è una faccenda per nulla affascinante, ma quello fu il primo anno in tanto tempo che riuscivo sul serio a ricordare, e anche con dei bei momenti, che mi facevano venire voglia di impegnarmi, per viverne altri. E la squadra? Anche mentre non guardavo, ebbe il coraggio di andare avanti. Non c'è mai fine. Adesso, anzi, lo United vinceva qualcosa *ogni* stagione. Non si può vincere sempre la Champions League, questo lo sa anche l'ultimo stronzo, ma ormai il successo era diventato la regola. Arrivati al 2001, la stanza dei trofei di Ryan era piena da scoppiare. Le nostre vite erano molto diverse. Anche le nostre diete quotidiane avevano ben poco in comune.

Quando smetti di bere, fai di tutto per non ricominciare. Inizi con una spolverata di zucchero sui cereali della colazione, poi passi a una bella cucchiaiata, e finisci davanti alla tv a ingozzarti sera dopo sera di pizza, dolci e cioccolato. Non mi ero mai accorto di avere un debole per i dolci, anche ai tempi dell'edicola della stazione degli autobus, ma forse quella smania era sempre stata dentro di me, pronta a fregarmi. In sei mesi passai dalla forma migliore di sempre – con gli addominali a tartaruga (non proprio) come quei tizi sulla copertina di «Men's Health» (bugiardo) – a un cialtrone totale, che ogni giorno dopo il lavoro era capace solo di poltrire, mangiando schifezze. Rispetto a lavorare al magazzino, allenarsi con lo United era una passeggiata. Tornavo a casa così svuotato che mi sembrava di essermi guadagnato il diritto di fare quel cazzo che volevo una volta finito il turno, capite cosa intendo? Mi sentivo come se nessuno potesse proibirmi, beh, NULLA. Sedermi nudo davanti alla tv, gridare contro quelli di Sky Sport, buttare giù una lattina di Coca-Cola dopo l'altra prima di mettere mano, sempre per l'ultima volta, alla scatola dei biscotti. Me l'ero guadagnato. Energia: andata. Motivazione: andata. Ragioni per vivere: mi state prendendo per il culo? Eppure non me ne rendevo conto. Capita, giusto? Noi esseri umani siamo un mistero anche per noi stessi. Inoltre, quando sei stanco, non è che riesci a pensare più di tanto.

Io, infatti, per tutto il tempo pensavo soltanto che dovevo TENERMI QUEL MALEDETTO LAVORO, e PAGARE I DEBITI e COMPORTARMI BENE e allora Gemma non avrebbe avuto alcun motivo per opporsi al nuovo calendario degli incontri settimanali. Passare tutti i sabati col mio ragazzo. Portarlo da McDonald's e poi allo stadio. Averlo a casa una volta al mese (sotto supervisione). Magari, ogni tanto, un intero fine settimana (sotto supervisione). Era la cosa più bella del mondo. Gemma era stata chiara, però: per il ragazzo era meglio non avere un padre piuttosto che un parassita testa di cazzo che viveva fuori dal mondo reale. (Me lo diceva spesso, che *vivevo fuori dal mondo reale*. Beh, e allora dove vivevo?). Mi ripeteva di continuo che stava cercando di far crescere *bene* Little Ryan. (Come se qualcuno cercasse di farlo crescere male). Finché non avessi dimostrato di essere in grado di aiutarla a raggiungere quell'obiettivo, e che si poteva contare su di me, potevo scordarmi di passare del tempo con lui senza supervisione. Me lo ripeteva di continuo. Messo di fronte a una scelta del genere, ogni volta prendevo la strada del comportati-bene-lavora-ingrassa-sentiti-triste. Per settimane, dopo ogni turno, mi sedevo su quel divano a dire a me stesso che stavo migliorando quando la verità era fin troppo evidente. Guy se n'era accorto. Perfino mamma, e dire che allora anche lei se la passava male – io invece non ero pronto ad ascoltare.

E allora ci sono cascato di nuovo.

Chi sostiene che gli alcolici sono tutti uguali non è mai stato un forte bevitore – il whisky, soprattutto se a buon mercato, è il peggiore di tutti. Tira fuori il vostro lato più oscuro. L'amarezza. La cattiveria. E questo, dopo che papà cominciò a telefonare con più regolarità, sembrava pure giusto. Fino al 2001 aveva telefonato circa una volta ogni paio di mesi, forse nemmeno, e solo quando aveva nostalgia di casa. Adesso telefonava di continuo. Due, tre volte a settimana. Chiamava per sapere le risposte di un gioco a quiz. Per avere consigli sulle sue storie di donne. A volte chiamava in piena notte, ubriaco, pieno di veleno, e io non sapevo cos'altro fare se non assorbire quello che aveva da dirmi, unirmi a lui con un goccio di scotch e poi passare qualche giorno a cercare di capire se quello che aveva detto era vero oppure voleva solo ricordarmi che comandava ancora lui. I soliti giochetti – il motivo per cui mio fratello diceva di non volerlo più nemmeno sentir nominare. *Quell'uomo pieno di rabbia*: lo definiva così, nostro padre, se capitava di parlarne. Quando papà prendeva il ritmo, il suo carattere gli faceva dire cose terribili. Si accendeva all'improvviso, e si spegneva in fretta. Proprio come me.

Ad ogni modo, dicevo del whisky. Prima del 2001 lo tiravo fuori solo nelle occasioni speciali, ogni volta che io e Guy avevamo una buona scusa per farci un bicchierino. Oppure a Natale. O quando mamma ce lo dava come una medicina. Intorno al 2001, invece, diventò un'abitudine. Fu il whisky che mi fece diventare violento, di solito dopo le partite in trasferta, quando potevano tranquillamente cacciarmi per sempre da un pub dove comunque non sarei tornato, quando ero sempre solo e quando Gemma non poteva vedermi così lontano dall'uomo che voleva che fossi. (Guy non veniva più in trasferta dalla nascita di Robbie). Ordinavo un whisky, liscio, insieme a ogni pinta di birra, e dopo un paio di quelle accoppiate ero come inebetito. Me la prendevo con tutti. Bastavano un po' di birra versata o un colpetto sulla spalla, involontario, mentre andavo alla toilette o verso l'uscita. Non aspettavo nemmeno che si spiegassero.

Per la maggior parte del tempo ero lucido. Vedevo tutto con chiarezza. Come se non fossi nemmeno sulla Terra, ma su un altro pianeta dove potevi uscire fuori da te stesso e guardarti da lontano, con calma. Capite? A volte, però, stavo picchiando qualcuno, magari già a terra, fuori da un pub. Lo prendevo a calci, e magari aveva indosso la maglietta della sua squadra – Barcellona, Inter, una squadra qualsiasi. E mi insultava. Diceva che mi avrebbe ucciso. Oppure mi chiedeva di smettere. E io mi guardavo dall'alto, come quando quelli della tv fanno vedere un gol quindici volte, un replay dopo l'altro, da ogni angolazione possibile. In tempo reale, al rallentatore e compagnia bella. E pensavo a tutti noi, che spendevamo tutto quel tempo e tutto quel denaro per squadre alle quali non importava se eravamo vivi o morti. A come le squadre sarebbero andate avanti comunque, senza preoccuparsi se era da una vita che le sostenevamo, senza nemmeno saperlo. Prendendosi i nostri soldi e basta, e continuando a prenderli, a venderci maglie, magliette, sciarpe, distintivi, bandiere, giochi per computer e biglietti per lo stadio. A venderci dei nuovi eroi per le nuove stagioni, e a cancellare dal grande racconto quelli vecchi. Se poi non potevamo andare allo stadio, pagavamo per guardare le partite in tv – adesso la squadra aveva perfino un canale dedicato: il portavoce ufficiale dello Stato, una macchina della propaganda che funzionava ventiquattr'ore su ventiquattro. Mentre davo quei calci, guardando gli scarponi con le punte rinforzate che facevano il loro lavoro, pensavo a tutti noi che spendevamo tutto quell'amore e quella passione e quell'energia per qualcosa che non si accorgeva nemmeno che eravamo vivi, qualcosa che era programmato solo per continuare a incassare denaro. Qualcosa che non potevamo influenzare, non potevamo cambiare. Non importava quanto avevi pregato per la vittoria, o parlato di tattiche, telefonato alla radio in diretta, scritto sui forum, discusso la strategia da seguire con chiunque incontrassi, viaggiato in tutta Europa per seguire seguire seguire la squadra – a loro non importava, giusto?

Ai piccoli uomini in grigio non importa, non può importare. Perché non è un'attività che può produrre reddito. La gente parla di *persone comuni che sostengono la squadra*, di *tifosi veri*, ma siamo solo dei pecoroni, tutti noi, per come li seguiamo, per come ci convinciamo che a loro importi. Anche se una volta sei stato un *giocatore*, ti tengono comunque a distanza. Col tempo, infatti, i nomi cambiano, i proprietari cambiano, tutto cambia (a parte Ryan, certo), solo il gioco va avanti, e va avanti con o senza di te. Anche quando la tua squadra vince qualcosa di grosso come il campionato o la Champions League, i festeggiamenti durano qualche ora e poi loro ricominciano a venderti un'altra volta lo stesso carrozzone. Dopo un po' tutto perde valore. I trofei, i nomi sulle maglie. (Smettila smettila smettila). Quelle puttane baciano lo stemma, si godono gli inni, dichiarano eterno amore alla squadra, poi l'anno dopo fanno le stesse cose in Italia o in Spagna, o dovunque li paghino di più. Di questi tempi non bisogna fare altro che guardare la rosa del City per trovare tutte le prove di cui un uomo possa aver bisogno. Come se i bambini in Argentina crescessero sperando di giocare per il City! Ma dài! Le *bugie* sono la cosa che più mi infastidisce. Non le sopporto, le bugie.

Insomma, mentre prendevo a calci quel tizio sul selciato, in realtà prendevo a calci lo United. Sapete cosa intendo? BANG – beccati questo, gioco del calcio! BANG – beccati questo, United! E ancora. E ancora. A volte, se ero abbastanza ubriaco, la faccia del ragazzo si trasformava in quella di Jay. O in quella di Ryan. O di papà. A volte erano identiche.

MERCOLEDÌ 29 APRILE 2008
CHAMPIONS LEAGUE
SEMIFINALE

UNITED 1-0 BARCELLONA
SCHOLES 14'

(RISULTATO AGGREGATO: 1-0 PER LO UNITED)

SPETTATORI: 75.061

Giggsy Watch – RyansHairyChest dice: Giù il cappello per la LEG-GEN-DA. 759 partite stasera, il record di Sir Bobby. Compatto in difesa, buono sotto pressione, ha usato tutti i suoi 18 anni allo United mentre resistevamo alle cariche degli spagnoli; Giggsy è stato ESSENZIALE per arrivare in finale. Chi non è d'accordo può passare da me e gli faccio un culo così. Dove sei ora, @RonnyIsGod?

Voto medio dei tifosi: 8/10

Al fischio finale, i tifosi in tutto lo stadio si misero a saltare e a battere le mani e a fare più casino possibile. Mike Wilson era insieme a suo figlio. In piedi al solito posto, col bambino in groppa, urlava contro il cielo.

«Tutti a Mosca!».

Mentre gridava, si immaginò Guy Wilson seduto da solo in soggiorno, nella parte sud di Manchester, con un birra fredda a brindare in silenzio al risultato e, finalmente, ad arrendersi ancora una volta allo United. Mike si immaginò Robbie, il figlio di Guy, che già si capiva da che parte stava, correre intorno alla stanza gridando di gioia. Le grandi serate delle coppe europee, pensò Mike. Fatte per le famiglie. Avrebbe voluto che Guy e Robbie fossero lì con loro. Robbie e Little Ryan sarebbero diventati amici. Con o senza quei due, tuttavia, lo United era di nuovo in finale di Champions League, grazie a una difesa perfetta contro il miglior attacco del pianeta. Mike si domandò cosa stesse facendo *davvero* suo fratello in quel momento, e se gli mancavano i Tre Scimuniti. Guy diceva sempre, per scherzo, che senza i loro commenti quando giocava lo United gli era difficile concentrarsi sulla partita.

Per tutta risposta, proprio in quel momento, due dei Tre Scimuniti si alzarono in piedi per applaudire la vittoria dello United, anche se con un mesto sorriso. Bill si mise la sciarpa al collo, guardò Dave e disse qualcosa a voce bassa.

«John sarebbe stato contento» disse, scuotendo la testa.

«È vero» rispose Dave. «John era un vero Rosso».

Mike pensò a come i pub di Manchester stavano per esplodere, e pensò al bere. Quella notte la città non avrebbe dormito, con tutti a parlare degli eroi dello United, e il cielo pieno di parole mentre tutti chiamavano e mandavano messaggi ad amici e parenti per condividere la notizia. Per dirsi che era andata bene, ma per un pelo. Che c'era mancato poco che non ce la facessero. Che era stata una serata per la Vecchia guardia, gridando per farsi sentire sopra la musica di un pub sul canale, nel Northern Quarter o a Deansgate. Mike si immaginò la città di Barcellona, sprofondata nel silenzio, e i loro tifosi a Hong Kong, nello Sri Lanka, in Indonesia, con i crampi allo stomaco, mentre l'Old Trafford si metteva a cantare.

Questo vuol dire tifar per il City,
Questo vuol dire contar men che nulla,
Questo vuol dire non vincere mai
QUESTO VUOL DIRE NON VINCERE NULLAAA!

Mike si immaginò Guy e Robbie, e due dei Tre Scimuniti, e Gregory che guardava la tv nel suo bar, e Debbie e Derek che a casa del fratello di Derek aspettavano, distratti, che la brace per il barbecue fosse pronta, e Terry (chissà perché oggi non si era visto), tutti a domandarsi la stessa cosa: perché i tifosi dello United cantavano sempre quei cori sul Manchester City quando quelli del City nemmeno c'erano? Mike baciò la fronte di Little Ryan e gli disse: «Tu, tu sei le SETTEBELLEZZE».

Mike guardò suo figlio e si domandò se in mezzo a tutte quelle fantasie, a tutti quei sogni, stesse succedendo davvero. Sì, davvero. Il suo ragazzo, alla sua prima partita. Insieme a papà. Due amici che guardano la partita insieme. Tornò alla sua prima volta, ai primi passi sulle gradinate. Vedere Little Ryan spalancare gli occhi davanti a tutto ciò era stato bellissimo. Quando il pubblico cominciò a disperdersi Mike lo prese in braccio, lo tenne in alto e indicò lo striscione della Repubblika di Mancunia appeso alle gradinate, quello che diceva UNITED LA MIA RELIGIONE, quello che contava gli anni da quando il City aveva vinto qualcosa, e quello su Giggs: VI FA A PEZZI DAL 1991. I punti di riferimento per orientarsi nello stadio. Mike aveva già comprato a Little Ryan la sua prima tenuta – gli stava ancora un po' larga, ma ci sarebbe cresciuto dentro – e già si vedevano i primi effetti della magia. Il suo ragazzo non avrebbe mai tifato per il Liverpool.

«Papà! Papà!» esclamò Little Ryan, saltando su e giù come un matto. «Hai vinto!».

Mike sperò che iniziasse presto a parlare dello United usando il «noi».

Mentre il resto del pubblico festeggiava, cantando in marcia verso le uscite, i Due Scimuniti superstiti avevano difficoltà a trovare qualcosa di cui lamentarsi. La squadra stava per vincere un altro campionato, ed era pure in finale di Champions League. La vita era bella. Così bella che si erano perfino dimenticati di andare via prima per evitare il traffico. Dovevano tornare alla sane vecchie abitudini, scuotendo la testa mentre un gruppo di giocatori dello United salutava i tifosi tenendosi per mano, finita la partita.

«È una vergogna come festeggiano adesso» disse Bill. «Sembra un'ammucchiata!».

«Sembrano una manica di finocchi» disse Dave. «Ai miei tempi bastava una pacca sulla spalla, come si fa tra uomini. Oggi, invece!».

Bill grugnì come una volta faceva sempre John.

Il canto della folla coprì le loro parole.

Era un coro diverso. Ormai lo stadio era mezzo vuoto, e anche Mike e Little Ryan se ne stavano andando, ma era comunque forte.

Se avessi le ali di uno storno,
Se avessi il culo di un corvo,
Domani volerei su Maine Road
Per mollarla su quelli laggiù
Mollare la merda,
La merda su quelli laggiù
Mollare la merda,
La merda su quelli laggiù.
Il City è una merda, coperta di merda,
La merda di Manchester – SÌ!

Mike si unì al coro, alzando le braccia mentre scendeva le scale verso l'uscita, sapendo che Little Ryan lo stava guardando. Sperava che il ragazzo non raccontasse troppo a sua madre di quello che aveva sentito. Si domandò quando avrebbero cambiato le parole per inserire il nuovo nome dello stadio del City. Il City of Manchester Stadium. Come fare a metterlo nel coro?

Il City canta, perché non si sa,
Per vincer qualcosa morire dovrà
Ridiamogli in faccia, ah ah ah ah ah,
Che non vale niente e ognuno lo sa!
Non vedono Wembley, non vedon l'Europa,

Ce l'han con lo United, che vince la coppa,
Ridiamogli in faccia, ah ah ah ah ah,
Che non valgono niente e ognuno lo sa!

Mentre il coro finiva Little Ryan guardò il padre e sorrise. «In quella di prima c'erano le parolacce» disse. «"Culo" e "merda"».

«Ehi, ci sai fare per un bambino di sette anni, raggio di sole».

«Otto. Quasi nove».

«Sì, hai ragione» disse Mike, mettendogli un braccio intorno alle spalle. «Sì, cazzo. Forza, vediamo se riusciamo a uscire di qui!».

Il bambino prese la mano di suo padre e insieme si misero a correre verso il parcheggio, in mezzo a una folla di persone felici.

«Papà, posso tornare a vedere lo United?» domandò, mentre correvano.

Mike fu così commosso da quella domanda, e così all'improvviso, che si dimenticò di rispondere. Stava di nuovo sognando a occhi aperti, anche mentre correva.

Stava pensando alla settimana prima, quando aveva parlato con Gemma e il suo nuovo marito, Colum, tutti insieme, come tre amici, a ragionare sul futuro davanti al caffè. Mentre correva tenendo il figlio per mano, Mike ripensò alla promessa che aveva fatto, e a come Colum sembrava davvero un bravo ragazzo, e a come gli sembrasse buona quella nuova sistemazione. Quella nuova realtà. Pensò al sorriso affettuoso che Gemma gli aveva rivolto, come se fosse sua sorella, sua madre, come se fosse una sua amica. Pensò a come aveva accettato di pagare gli alimenti per Little Ryan mentre la sua sorellastra, Alice, piangeva nella carrozzina, e a come si erano stretti la mano dopo essersi accordati per fargli vedere il figlio tutti i sabati, con la possibilità di un fine settimana ogni tanto se si comportava bene. Il padre, ovviamente, non il figlio.

Poi Mike uscì dal suo sogno a occhi aperti e si ricordò della domanda del figlio. Rallentò fino a fermarsi, in mezzo alla folla che seguitava a correre, e proprio in quel momento ebbe paura di come Little Ryan potesse ricordare quel giorno da adulto. Non voleva che ci fossero dubbi. Si inginocchiò e prese il bambino per le braccia.

«Ascolta» disse. «Voglio che tu sappia che... che non dovrai mai fare *niente* per me. D'accordo? Io ti porterò sempre alle partite. Stai sicuro. Puoi venire tutte le volte che vuoi».

Poi lo attirò a sé, lo abbracciò e lo lasciò andare. Little Ryan lo guardò con un'espressione che Mike non riusciva a decifrare – forse era affetto, o ammirazione, oppure confusione. Forse era qualcos'altro. Circondati dai tifosi in festa restarono immobili per un attimo, come se fossero da soli e in un posto tranquillo. Poi Mike cambiò tono, e ricominciarono a camminare.

«Ora!» disse Mike. «Te l'ho mai raccontato che la nostra famiglia si siede negli stessi posti all'Old Trafford da più di sessant'anni?».

Mike raccontò la storia del bisnonno Peter e di come aveva comprato gli abbonamenti dopo la Seconda guerra mondiale; mentre parlava, sempre tenendo il bambino per mano, facendo attenzione al traffico mentre uscivano da Sir Matt Busby Way, attraversavano la strada principale e andavano alla stazione dei tram. Doveva riportare a casa Little Ryan, sano e salvo e all'orario prestabilito.

Addio, «Roy of the Rovers»

Provate a immaginare: succede, per la terza volta in una vita sola, e stavolta ci siamo. Indietro non si torna. Da questo infortunio non si recupera come per magia. Incespichi, stringi forte la gamba, urli e cadi a terra. Come quando si muore, tra quando incespichi e quando cadi tutta la tua vita di calciatore ti passa davanti agli occhi stanchi. Dalla palla rossa fino a quel momento, in una fredda giornata come tante del 2006, su un campo pieno di zolle di Salford, mentre giochi con una squadra di dilettanti, in una partita di cui non importa a nessuno. Tranne che al tuo ragazzo.

Già dal calcio d'inizio è rimasto in piedi a bordo campo, a tifare per te, a domandare alla zia Sally e allo zio Guy *Davvero papà giocava nello United?* Una mano a Sally, l'altra a Guy, non smette di pensarci. Cerca di sovrapporre l'immagine che ha davanti, l'uomo che ha davanti, con quelli che ha visto in tv e all'Old Trafford. E adesso ti guarda mentre cadi, con gli occhi sbarrati, e poi guarda Guy e Sally, e domanda con gli occhi se sta succedendo davvero. Questo – dopo tutto quello che hai passato – è proprio il capolinea.

Nel frattempo a *lui* continua ad andare tutto bene, e probabilmente sarà sempre così. Probabilmente giocherà fino a quarant'anni. Vincere tutto, e poi tutto ancora una volta. Poi continuare come assistente di Sir Alex, che lo preparerà a diventare un allenatore di successo. (Nel frattempo continuare a giocare una volta ogni tanto, come l'arma-segreta-ma-mica-poi-tanto che tutte le altre squadre temono). Quando Sir Alex sarà sul letto di morte, chiederanno a *lui* di accompagnare la squadra nel futuro e lui sarà l'allenatore dello United per i successivi cinquant'anni. Probabilmente sarà il più grande di tutti i tempi, vincerà tutto così tante volte che tutte le altre squadre getteranno la spugna e si scioglieranno. Si metteranno a giocare a golf o a chissà cosa. Poi si candiderà a primo ministro, porterà la pace nel mondo in meno di un anno e fonderà una colonia del Manchester United sulla Luna.

Questo è lo scenario peggiore, per Ryan. E il tuo, qual è?

I primi sei mesi furono i peggiori. Tutte quelle ore sul lettino, per i trattamenti, mentre gli altri ridevano all'aperto e io morivo di noia in palestra, tornando lentamente in forze. Quando ti infortuni diventi un fantasma. I giocatori perlopiù ti ignorano. C'è sempre da inseguire la prossima partita, un titolo o una coppa, oppure si gioca all'estero e in giro ci siete solo te e gli altri sfigati che restano sempre ai margini. Bisogna congratularsi con chi ha segnato nella partita del giorno prima, ci sono le nuove battute e i nuovi cori e il nuovo tutto, e tu sei sempre bloccato in quella stanza perché sei il nuovo nulla. I ragazzi non vogliono pensare a te perché sanno che la prossima volta potrebbe toccare a loro. Ogni volta che scivolano per un contrasto sanno che rischiano di diventare te, e allora non biasimi nessuno. D'accordo, in palestra ci vengono anche altri, ma di solito per pochi giorni o poche settimane, poi se ne vanno, di nuovo in forma, pronti a ricominciare a divertirsi. E per tutto il tempo, per tutto il tempo in cui rimasi là dentro, davvero non poteva fregarmene di meno di vedere qualcuno, fatta eccezione per lui. Avrei voluto che passasse di lì, almeno una volta, per vedere come stavo – non è mica chiedere troppo, giusto? eh? Fare capolino e chiedere come andava. Non gli sarebbe costato molto, scusarsi per quel passaggio. Proprio no.

Quando tornai dopo l'infortunio, nell'estate del 1993, tutti quelli del mio gruppo erano andati avanti, e alcuni di quelli con cui giocavo erano in cima alla lista per passare in prima squadra, e non c'era più spazio per un attaccante svelto di gamba che giocava un bel calcio, proprio come bisognerebbe giocarlo. Nel frattempo, un certo gallese si era guadagnato un posto in squadra proprio dopo il mio debutto, e mentre ero fuori gioco se l'era cavata piuttosto bene, cazzo. E ovviamente la squadra aveva vinto qualcosa, e all'improvviso ci eravamo ritrovati in un altro universo. Chi aveva fatto parte di quel gruppo era un eroe. Noialtri eravamo delle merde. Ryan mi aveva rovinato.

Fu circa tre settimane dopo che avevo ricominciato ad allenarmi, e tre mesi dopo il debutto contro l'Oldham; io e Ryan eravamo avversari in una partitella di allenamento, prima squadra contro seconda squadra. Ci lanciammo entrambi sulla stessa palla, un contrasto duro, sapete? Un classico cinquanta-e-cinquanta. Lui si rialzò subito, forte e sano, io rimasi lì, incapace di muovermi. Mi tese la mano per aiutarmi, ma io non potei accettarla. Non ero ancora pronto a rimettermi in piedi, non ancora. Successe proprio allora. Mi guardò come si guarda un cavallo azzoppato subito prima di dire *È andato, ragazzi. Tanto vale spararglì, povero bastardo*. Magari l'avessero fatto.

MARTEDÌ 11 MAGGIO 2008
PREMIER LEAGUE

WIGAN ATHLETIC 0-2 UNITED
RONALDO 33' (R)
GIGGS 80'

SPETTATORI: 25.133

Giggsy Watch – RedDevilStatAttack dice: Entrato in campo dopo 68', Ryan Joseph Giggs ha eguagliato il record di Sir Bobby Charlton con 758 presenze con la maglia del Manchester United. Giggsy però non è un giocatore da far entrare pochi minuti per motivi sentimentali. In questa partita, ha contribuito a plasmare il futuro più di ogni altro giocatore. Proprio quando serviva, Ryan è saltato fuori e ha segnato l'importantissimo secondo gol, assicurando allo United la Premier League all'ultima giornata, e spezzando il cuore al Chelsea. Non male per un vecchietto, eh?

Voto medio dei tifosi: 9/10

Mike Wilson doveva ammetterlo: a ben guardare non se la cavava male. Fece un gran sorriso e guardò Terry, che aveva accettato di andare con lui a Wigan per quell'occasione speciale. Anche Terry sorrise.

«Sai, amico» disse Mike. «Potrebbe smettere di respirare e basta, proprio adesso. Non credi? Non sarebbe bello? Morire sul palcoscenico, e non essere mai dimenticato».

Terry pensò di aver capito male. «Cosa vorresti dire?» domandò.

«Beh, la sua immagine, no? Vivrebbe per sempre, e nessuno potrebbe mai dimenticarlo. Che altro gli resta da fare? Lo United è stato ventisei anni senza vincere niente, e lui ha dieci scudetti nel gabinetto!».

Terry disse: «Come?».

«Scherzi a parte, non credi sarebbe magico? Un finale da favola. Non dovrebbe fare altro che prendere la sua medaglia e morire, proprio lì e in quel momento».

«Morire in campo?».

«Sai, prendi un coltello e te lo infili nel petto. Harakiri. Come... ehm... hai capito, no? Chi è che lo fa?».

«I samurai. Ma sei impazzito?». Terry non riuscì più a nascondere un sorriso. «Non sarebbe giusto» disse. «La stagione non è ancora finita».

Poche file più sotto, una donna anziana si perdeva tutti i loro discorsi. Mike la guardò. Ascoltava la radio con le cuffie, come faceva lui quando era da solo. Mike cercò di immaginare cosa stesse ascoltando. Forse il tizio stava dicendo che il gol di Giggs era «il modo perfetto per arrivare alla perfetta decina con il Manchester United». Cercando, magari, di riassumere una carriera intera con solo qualche appunto preso prima della partita, per ogni evenienza. Probabilmente stava dicendo: «Il calcio trova sempre il modo di premiare un bravo giocatore... e questa è la degna conclusione per uno dei migliori di sempre». O qualcosa di simile. Qualche esitazione nella voce mentre sgranava i soliti luoghi comuni. Probabilmente stava dicendo: «Non si può pensare a un finale migliore... non si può pensare a un finale migliore. Ben fatto, Ryan. Rendiamo onore alla tua carriera». E sarebbe anche giusto. A volte le cose vengono ripetute perché sono vere. La donna, Mike e Terry, e tutti i tifosi dello United al JJB Stadium applaudivano. Ryan aveva ormai i capelli sale e pepe, un accenno di calvizie, eppure era ancora capace di fare certi numeri. Di giocare a quel modo. Mike Wilson invece no. Perché?

Quel giorno aveva detto a Gemma che capiva.

«Va bene» aveva detto, fermo sulla soglia di casa sua, non potendo entrare, arrabbiato ma senza darlo a vedere. Cercando di sbirciare alle sue spalle nel corridoio, per vedere se laggiù, da qualche parte, c'era qualcuno che aveva paura a venire fuori. Cercando di dimostrarle che riusciva a restare calmo. Doveva farlo, altrimenti avrebbe potuto usarlo contro di lui.

Però, aspetta un attimo, pensò Mike, tornando a sedersi con gli altri mentre i festeggiamenti scemavano. Non bastava dire che si era dimenticata, e non andava affatto bene mandare il ragazzo al compleanno della nonna. La nonna lo vedeva sempre. La nonna andava a trovarlo ogni sera, gli preparava la cena, giocava con lui in giardino, lo metteva a letto, gli leggeva una storia prima di dormire e gli diceva che suo padre era una perdita di tempo. C'era uno schema, dietro a tutto questo. Uno schema preoccupante. Lasciamo perdere quel giorno, tra meno di due settimane doveva portare Little Ryan alla finale di coppa – aveva promesso al ragazzo che poteva andare con lui alla partita ogni volta che voleva – e adesso, nel giorno più importante della loro vita, a Mosca, non avrebbe avuto accanto suo figlio. Perché Colum – un estraneo, in fondo – non voleva che andasse così lontano con un uomo che *restava fermo per ore davanti a casa, come un pedofilo o qualche altro maniaco*.

In quel momento, pensò Mike, stava guardando una squadra della quale non faceva più parte. Neanche sedici anni prima ne aveva davvero fatto parte. Era stato solo di passaggio. La maggior parte dei giocatori non si sarebbe ricordata di lui, come non se n'era ricordato Ryan Giggs la settimana prima, quando lo aveva rintracciato nel bar di quell'albergo a Salford, quello dove tutti i forum dei tifosi dicevano che andava. Le prime tre volte Ryan non c'era, ma la quarta Mike aveva avuto fortuna.

Quel giorno ordinò una limonata al bancone, come se fosse lì per caso, poi finse di essere sorpreso di vedere Ryan Giggs. Si avvicinò per salutarlo, con aria disinvolta. Ryan guardò la donna che era seduta con lui. Magari avrà pensato che quel tipo strano fosse uno stalker. Magari si sarà preoccupato che fosse un amico della moglie, o peggio, un giornalista. Forse, invece, lo aveva riconosciuto da quel giorno di tanti anni prima, quando gli aveva fatto visitare il Teatro dei sogni – e non era affatto preoccupato. Qualunque cosa significasse quello sguardo, Ryan si rilassò quando Mike gli spiegò che una volta avevano giocato nella stessa squadra, gli disse che lo riteneva il più grande giocatore di sempre e raccontò di come un allenatore lo aveva soprannominato Little Giggs – Mike ricordò anche le date di alcune partite in cui avevano giocato insieme e fece qualche nome che Ryan probabilmente non sentiva da anni. Lui sorrise e si mise a ridere.

«Scusami, amico. Certo che mi ricordo di te. È solo passato un po' di tempo, sai? In questi anni ho giocato con un sacco di gente».

Aveva mentito per gentilezza, dunque era tutto a posto. Davvero. Ryan domandò a Mike come andava la carriera, se giocava ancora, e Mike gli disse che in quel periodo stava lavorando con una squadra di non professionisti.

«Studio da allenatore» disse. «Sai, un passo alla volta».

Ryan era sicuro che ce l'avrebbe fatta. Gli augurò ogni bene, lo guardò dritto negli occhi come se fossero allo stesso livello e gli parlò con rispetto.

«Mi ha fatto piacere rivederti» disse Ryan Giggs. «Beh, abbi cura di te, Mike».

«Anche tu e, a proposito, in bocca al lupo per Mosca».

Poi Ryan Giggs gli tese la mano e Mike la strinse, con il palmo caldo e umido e il cuore che batteva forte, guardando quelle pupille scure, quella mascella ispida e quell'accenno di sorriso. Poi Mike si allontanò verso un tavolo all'estremità opposta del bar. Rimase seduto lì, a ricordare. A guardare. A domandarsi come un essere umano avesse potuto ottenere tante cose in una vita sola.

Tempo prima Alex Ferguson aveva raccontato della prima volta che aveva visto Ryan Giggs giocare, a soli tredici anni. Ne parlava come di una visione celeste, non come del lavoro di un osservatore.

Era diventato poetico e aveva detto – una delle sue frasi famose – che era come se quel ragazzo «corresse a mezz'aria, come un cocker spaniel che rincorre un pezzetto di carta stagnola portato dal vento». Nel 2008, nel bar di quell'albergo Ryan e la donna si alzarono e si avviarono all'uscita mentre Mike li guardava. Il più grande giocatore di tutti i tempi si voltò verso di lui, lo salutò e scomparve, come se camminasse a mezz'aria.

«Davvero ti ha riconosciuto?» disse Gregory, parlando al telefono con suo figlio, con la bocca piena, la sera in cui lo United vinse il campionato 2007-08.

«Certo» disse Mike. «Perché non avrebbe dovuto?».

«Tanta gente non ti crederebbe» disse il padre, con un rutto. «Ma io sì».

«Certo. Certo. Sei ubriaco?».

Mike sentì Gregory che si puliva la bocca e deglutiva.

«Ascolta, Mikey» disse. «Ho qualcosa da dirti».

«Sì?».

«Già. Ascolta. Le cose non hanno proprio funzionato per me, qui. E stavo pensando. Capisci. Che forse è il momento di—».

Mike lo interruppe. «Ecco che arriva l'espresso delle stronzate» disse. «Ho ragione? È così?».

«Mikey, io....».

«Fammi indovinare! Stai chiedendo perdono, e torni a casa. Per farti massacrare da me e da tutti gli altri che hai abbandonato».

«Mike, ascolta. Sistemerò tutto. Chiamerò Guy. Chiamerò tua madre. Vado a comprare—».

Mike lo interruppe di nuovo. Alzò la voce, sempre più alta. «Davvero? Vai a comprare il biglietto? Beh, questa l'avrò sentita mille volte». Mike si alzò e si mise a gridare, puntando il dito nel nulla. «Ti sfido a tornare a Manchester. Ti SFIDO. Avanti. Fallo! Eh, cazzo, se lo fai cancello la prenotazione per Mosca e possiamo guardare la finale tutti insieme a casa mia, come una grande fa— Cristo, papà, perché non lo ammetti che non hai abbastanza palle?».

Mike sbatté giù il telefono, prese chiavi e giacca e andò al pub. Per strada mandò un messaggio a Guy:

> DRINK DI EMERGENZA, FRATELLO. ADESSO. HO UNA NOTIZIA CHE TI FARÀ CACARE SOTTO.

Calci di rigore **Giggs will tear you apart**

«Chi ha paura di tirare i dadi non farà mai sei».
Éric Cantona

Anche quando ho davvero intenzione di fare quello che mi dicono, quando credo di aver imparato la lezione, non riesco a tenere a mente tutto quello che la vita mi ha insegnato. La mia vita ha un significato solo a piccoli pezzi, come in un puzzle che non sempre si incastra come dovrebbe. La maggior parte delle volte, come adesso, qui, se chiudo gli occhi e mi concentro riesco a vedere un pezzo del mio passato, ad allungare una mano e prenderlo. Il fatto è, però, che certi ricordi sfuggono, non vogliono farsi prendere. Si nascondono negli angoli più remoti del cervello, mentre tutte le altre cose perdute si riversano all'esterno senza permesso. Prima di rendertene conto stai piangendo, strilli e batti i pugni, dondoli avanti e indietro e implori di essere ucciso. Sei come quei tizi che si fanno ipnotizzare e cominciano a fare stronzate, che si lasciano convincere a salire sul palcoscenico e fanno la figura dei coglioni. Al luna park di Blackpool. Nei villaggi turistici. Quei poveretti che si mettono a quattro zampe e chiamano la mamma mentre il pubblico ride come se non fosse la cosa più inquietante che hanno mai visto.

Quello ero io.

Troppe volte avevo lasciato che succedesse. Per strada, sdraiato sul ciglio del marciapiede, in un pub, a casa.

Non avrei lasciato che succedesse di nuovo.

D'ora in poi mi sarei comportato bene.
Bene.
A qualsiasi costo.

A letto, a notte fonda, coricato su un fianco, guardai quel vecchio muro per un tempo infinito. Non aveva niente di speciale. Un paio di bozzi, tutto qui, il resto era liscio. D'accordo, era un muro davvero triste, tutto grigio, e sporco, e a forza di guardarlo mi era venuto a noia. Però era mio. Era lì e faceva il muro. Teneva separati il soffitto e il pavimento. Gli volevo bene a quel muro del cazzo. Volevo baciarlo. Probabilmente non era un buon segno. Quando, alcune ore dopo, finalmente mi addormentai, feci un sogno che era il MASSIMO. Volavo sull'Old Trafford e ci cacavo sopra da molto in alto.

Futuro reale e immaginario

Prova a immaginare: dopo la tua ultima partita, l'ultimo infortunio, gli ultimi patetici sforzi per tornare in forma e, alla fine, la forza di ammettere che stavolta non ci riuscirai, il vecchio cerchio finalmente si spezza e nell'estate del 2006 fai un altro tentativo e prometti a te stesso (di nuovo) che da quel momento SMETTERAI di bere. Non sei sicuro – come si fa a essere sicuri di qualcosa? – ma credi davvero che stavolta hai smesso per sempre. Tu e Guy parlate parecchio al telefono adesso, e quando lui domanda *Cosa ti rende così sicuro, Mikey?*, ti viene un'idea. Due settimane più tardi sei ancora sobrio, e voi due siete tornati al caro vecchio Dog & Partridge. È una soglia che non attraversi da un po', ma come dici a Guy *Sono pronto. Non ho bisogno di bere per venire qui*.

Quell'anno ci sono i mondiali e Guy si è preso un raro pomeriggio libero dai suoi doveri di padre per guardare una partita senza importanza della fase a gironi tra due paesi che nessuno di voi saprebbe trovare sulla carta geografica. Quando arriva, si china e ti abbraccia forte, facendo attenzione a non inciampare sulla stampella o sulla gamba ingessata. I muscoli di Guy gli tendono la maglietta sopra i bicipiti. Sembra abbronzato. (Ora ti ricordi: è stato in vacanza). Guy sembra più giovane di te ultimamente, vero? Mentre sorseggi una limonata e guardi tuo fratello e la sua bibita (non beve più davanti a te), accenni al maxischermo con la testa e dici *Quando ci sono i mondiali sono tutti allenatori*. Guy sorride, con un occhio alla partita. *Tutti pensano che vincerà l'Inghilterra*. Guy sorride di nuovo, come quando scherzate insieme. *Meglio risparmiare i giocatori dello United per il tour precampionato in Sudafrica il mese prossimo, capisci cosa intendo?* Guy sta ancora guardando lo schermo. *Mi sei mancato tanto* dice. Poi ordinate un altro giro di limonate e due pacchetti di patatine, e spazzolate tutto come se fosse tequila col sale.

Se guardi Guy, tutto ti fa venire voglia di smetterla con le stronzate. Allora glielo dici. *Adesso è tutto chiaro* dici, durante una pausa nell'azione. *Farò le scelte giuste*. Lui annuisce. Entrambi tenete gli occhi sullo schermo. Dici *Mi sono comportato da egoista, per anni. Mi dispiace*. C'è un attimo di silenzio, poi Guy si volta e ti fa di nuovo quella domanda *Cosa ti rende così sicuro, Mikey?* E allora gli racconti cos'è successo con la dottoressa. Gli spieghi che, quando eri rimasto seduto nel suo studio freddo con le pareti beige dopo la visita e ti eri alzato appoggiandoti alle stampelle col gesso che raschiava contro lo stinco dopo esserti rotto la stessa gamba per la terza volta, le avevi chiesto se avresti potuto ricominciare a giocare, e lei ti aveva guardato senza incertezze. Prima la gamba, poi te, e poi aveva fatto un mezzo sorriso. *Finalmente ho capito* dici a Guy. *Meglio tardi che mai, no?* Ve ne andate prima della fine della partita.

Da allora in poi torni indietro agli anni Ottanta, perché nei due mesi successivi Guy torna a passarti dei libri e a dirti *Leggi questo, deficiente* e *Non fare il coglione per tutta la vita* e *Niente panico, Dio non c'entra, sono solo consigli pratici*. Di nuovo resti sveglio per ore, proprio come quando eri piccolo, e la luce incerta sul comodino illumina di giallo quelle parole che spiccano nel buio. Solo che adesso non si vedono comunisti né serial killer. Stavolta leggi cose come

Cambia vita in sette giorni e *Dodici passi verso la libertà* e *Alcol: dacci un taglio!* Quei libri vengono dagli scaffali di Danny, il fratello di Sally. Lui è sobrio da dieci anni, e vuole aiutare un compagno di sventura. Sembrano scritti per te, comunque. Sono cose belle.

Sei così convinto dai messaggi e dalle lezioni di quei libri che certi giorni dimentichi addirittura perché hai cominciato a bere. Pensare a un drink ti dà la nausea. Non capisci perché qualcuno dovrebbe volerne uno. Quando vedi gli altri che bevono provi compassione per loro. Può andare avanti per ore, a volte per giorni, ma quando te lo ricordi avresti voglia di spaccarti la testa con un mattone. Romperla come un uovo e farti uscire il cervello. (Te lo meriteresti). Non lo fai, però, perché sei un UOMO, e i veri uomini SOPRAVVIVONO A TUTTO e là fuori c'è una VITA da vivere – tutta quella vita che hai perso, tutti quegli anni infelici che hai sprecato (che TU hai sprecato, Mike) a bere fino a perdere i sensi, a fare a pugni, ad accusare gli altri quando la colpa era tutta di una sola persona.

(Ci credi?).

I primi trenta giorni da sobrio sono un inferno, e stai per mollare tutto cento volte. Dopo, però, cominci a riacquistare energia. Succede a sprazzi, ed è allora che torni ad alzarti presto, a farti la barba tutte le mattine e a leggere le offerte di lavoro, riuscendo anche a escludere quelli che sai che non riusciresti mai a fare. La stessa settimana ricominci a frequentare i corsi serali. Dopo essere rimasto dieci minuti fermo fuori dall'università, cercando nervosamente di trovare il coraggio di entrare, ti decidi, e ti comporti come se non ci fossero problemi. Ti presenti spavaldo al banco della reception e flirti con la stessa donna che ti ha già visto mollare, e le dici *È tempo che il nostro rapporto faccia un salto di qualità.* Dopo che ti permettono di tornare (ma che succederà se fallirai di nuovo?), scrivi a Gemma per la prima volta in un anno. Non una delle tue lettere senza senso, e nemmeno una di quelle piene di rabbia. Non è una richiesta. Non è una minaccia. Sul foglio che le fai scivolare sotto la porta c'è scritto soltanto *Stavolta posso farcela. Lasciami tentare. Per favore!* E lei è meravigliosa. Lei è la donna migliore del mondo. Perché è successo anche a lei, e sa quanto è difficile. Quando le arriva la notizia che hai avuto il lavoro da Sportswear Direction ti manda un biglietto. *Ben fatto, Mike. Continua così*. E questo, nei momenti più bui, è appena sufficiente a farti andare avanti.

Succede sempre allo stesso modo: ogni volta che riesci a stare lontano dall'alcol per più di un paio di giorni arrivano i sogni. Avresti anche potuto prevederlo, lo sa il cielo quante volte hai provato a ricominciare. Tante che ti sembra di non aver fatto altro negli ultimi quindici anni. I vecchi sogni però, quelli sul tuo debutto, su quel contrasto, e su quello che avresti dovuto fare di diverso, ormai appartengono al passato. In questi nuovi sogni vedi un futuro possibile. E questo significa (lo capisci dai sogni) che vivrai fino ad avere le rughe intorno agli occhi e sulla fronte. Significa che vivrai tanto da vedere Little Ryan compiere diciotto anni. Nel sonno vorresti baciarle, quelle rughe. Meglio ti comporti nella vita reale, più spesso compare un nuovo sogno, e lo fa come una di quelle soap americane molto di moda negli anni Ottanta, quelle che mamma guardava tutti i pomeriggi. In questo nuovo inizio, quando ti rannicchi sotto uno dei piumini nuovi e puliti che hai comprato per quando Little Ryan tornerà a dormire da te (E SUCCEDERÀ PRESTO), ti domandi se il prossimo episodio sarà diverso.

Ok, ecco quello che si vede sul set. Provate a immaginare: metà pomeriggio, estate, in un ranch da qualche parte nel selvaggio West, solo che invece della sabbia intorno è tutto verde. Il ranch è come un gigantesco campo da calcio. È come il più grande campo da calcio del mondo. (Una bella, costosa panoramica dall'alto serve a dare un'idea delle proporzioni). Su quel campo c'è solo una casa, la terra la coltiva tutta un uomo solo, e quell'uomo sei tu. Hai gettato le fondamenta, tirato su i muri e posato i pavimenti, tutto con le tue mani. (Non sai come, ma lo sai). Hai una piccola cicatrice sul pollice sinistro, dove ti si è infilato un chiodo il giorno in cui hai finito il tetto. (Anche questo non lo vedi, ma lo sai). Nel sogno c'è qualche nuvola, ma è comunque una giornata luminosa, come tutte lì alla fattoria, e sei seduto in veranda, su una sedia a dondolo, a bere un tè freddo che hai tenuto in frigo esattamente quanto basta. Alla tua sinistra c'è una stradina sterrata dov'è parcheggiata la tua macchina, una vecchia Spitfire Mark IV rossa che (non lo fai, ma lo sai) ogni volta che giri la chiave è come se facesse le fusa.

Alla tua destra, vicino a te, c'è un'altra sedia, con un uomo seduto sopra, che si dondola lentamente avanti e indietro. Si gode i semplici piaceri della vita, quest'uomo, sente la brezza sulle guance e mastica una gomma. Porta un cappello e un paio di stivali da cowboy che ancora hanno l'odore del cuoio nuovo. Anche lui, come te, è più anziano, e sta bene, ha messo su qualche chilo ma niente di che. Sembra uno che si gode la pensione, tutto qui. *Bello qua, non è vero?* dice Ryan Giggs, sollevando il cappello per salutarti e parlando con quel morbido accento del Sud che ha senso solo in un posto così. *Sì,* rispondi *è proprio bello*. Poi Ryan dice *Ehi, Mike. Ti ricordi quel passaggio, nel 1992? Beh, voglio che tu lo sappia, mi dispiace davvero averti creato tanti problemi*. Sentendo quelle parole ti scaldi un po', ma alla fattoria regna la serenità, e allora rispondi *È tutto a posto. Grazie, ma ormai è acqua passata. E comunque, scusami anche tu*.

Solo che quella conversazione non è reale.

Ogni volta che ti svegli ti ricordi che non potrai più giocare, mentre la stanza dei trofei di Ryan Giggs, che è stata appena ampliata, dev'essere ampliata di nuovo.

Provate a immaginare: ti fa venire voglia di ubriacarti. E di fare il culo a qualcuno.

Provate a immaginare: provate a pensare a cosa significa. Ci riuscite?

Ci riesci tu, Ryan?

Riesci a immaginare come sarebbe stato essere me?

RYAN JOSEPH GIGGS

Ufficiale dell'Ordine dell'Impero Britannico (2007)
Rappresentante dell'Unicef (dal 2006)
Sportivo dell'anno per la Bbc (2009)
Cittadino onorario di Salford (2010)

Non so cosa dire, se non che quando ho scritto quella lettera ero convinto di ogni parola. E non provo vergogna. Perché dovrei?

URGENTE: ALLA C.A. DI RYAN GIGGS

13 maggio 2008

Caro Ryan,
per favore aiutami.
Mi conosci. Mi chiamo Mike Wilson – eravamo insieme allo United, nel 1991 e nel 1992. Ho giocato in prima squadra solo una volta, contro l'Oldham Athletic, ma mi sono infortunato e non sono mai riuscito a tornare. Quando ero piccolo mi hai fatto visitare l'OT. Abbiamo giocato insieme. Di recente ci siamo incontrati di nuovo. Sei stato gentile. È stato bello rivederti. Tu gentile lo sei stato sempre, e io ti ho sempre rispettato. Ormai sei il mio eroe da

vent'anni, secondo me sei il miglior giocatore dello United di sempre e mi piaci tantissimo. Mi piace tutto di te. Seguo ancora la squadra e tu sei sempre il mio giocatore preferito, una spanna sopra tutti. La tua carriera non è finita, come dice qualcuno. Secondo me andrai avanti per sempre, e scriverti questa lettera è una vera rottura di coglioni, però le ho provate tutte, credimi.
Questa lettera, in un certo senso, parla del mio debutto con lo United, perché un po' è colpa tua se mi trovo in questa situazione. Probabilmente te lo sei dimenticato, e non ti biasimo, con tutte le partite che hai giocato in questi anni e tutti quegli splendidi successi. Però fosti tu a passarmi la palla quando tentai un contrasto e mi infortunai, quel giorno di novembre del 1992, il giorno del mio debutto. Ryan, tu sei una stella, lo sai che lo penso, ma il passaggio era sbagliato. Colpisti male la palla, che finì in fondo al campo, a chilometri di distanza da me. Se me l'avessi passata bene, se me l'avessi messa proprio davanti, per calciarla in corsa, allora forse avrei concluso l'azione e segnato, quel giorno. Avrebbe potuto essere l'inizio di una grande carriera, forse addirittura bella come la tua. Se ci pensi, poteva toccare a ME *passarti un pallone di merda, e potevi infortunarti* TU *e allora adesso scriveresti* TU *a* ME. *Non sto cercando di fare il furbo, non voglio essere scortese, ma le cose stanno così, non credi?*
Non ti chiedo molto. Non sono uno di quelli che vuole i danni, o un risarcimento per i mancati guadagni o qualcosa di simile. Non sono nemmeno pazzo! Ho solo bisogno – ne ho DAVVERO *bisogno – che tu parli con Gemma e Colum e spieghi loro qualcosa su di me. In pratica, come una lettera di referenze. (Gemma è la mia ex, Colum è suo marito). Se facessi un salto da loro per fare due chiacchiere su quello che è successo tra noi, anche solo per un attimo, e avvertissi i media, il fatto che si parli del mio caso potrebbe cambiare tutto. Basterà spiegare a tutti cosa è successo. Raccontagli di me. Sei l'unico che può farlo.*

Il fatto è che dai primi anni Novanta ho combinato un po' di casini, e il mese scorso Gemma ha detto che era l'ultimo avvertimento, per quanto riguarda mio figlio e passare del tempo con lui. Questo perché continuavo ad andare a casa loro e a restare sull'altro marciapiede a guardarli e a pensare a cosa potevo fare. (Senza fare niente!). Allora quando ci sono tornato per vedere il mio ragazzo il giorno in cui lo United ha vinto il campionato (gran gol, tra l'altro), lei non ha voluto farmi entrare. Io volevo portarlo a Mosca ma lei ha detto di no, e quando mi sono messo a gridare e a battere i pugni sulla sua auto ha minacciato di far emettere un'ordinanza restrittiva. Sai, dopo l'infortunio il mio carattere è peggiorato. Mi scaldo in fretta. Perdo il controllo.
Ryan, l'anno scorso mi sono dato da fare. Ho lavorato bene, pagato un po' di debiti, ho perfino seguito dei corsi serali – uno di psicologia dello sport, e poi ho seguito di nuovo inglese e matematica. (Sono davvero bravo in matematica, dopo tanti anni che studio le classifiche!). Inoltre, sono quasi sobrio da agosto e ho cercato di dimostrare che potevo riprendere il controllo della mia vita – tutto per mio figlio. L'ho chiamato Ryan Alexander Black, in tuo onore, ma per me è sempre Little Ryan. Lo conosco appena. Sento la sua mancanza, di continuo. Anzi, sai una cosa? Non c'è nemmeno bisogno che ci vai di persona. Questa settimana sarai impegnatissimo, con la finale di Champions League e tutto il resto. Se solo scrivessi una lettera a Gemma e Colum, un po' come questa, per spiegare che quello che mi è successo è colpa tua, e includessi qualcosa col tuo autografo, sono sicuro che rivedrebbero tutta la faccenda. E io ti prometto che non mi arrabbierò più.
Vedi, dal 1992 la mia vita è un vero disastro. Mio padre se l'è data a gambe poco prima del mio debutto. Subito dopo è morto lo zio Si, e io sono rimasto non solo senza padre, ma anche senza sostituto del padre. Mamma è andata in depressione e Guy si è buttato nel lavoro, mandando avanti la ditta dello zio Si, e papà ogni

tanto mi telefona da chissà dove e mi fa promettere di non dire nulla a Guy. (Diciamo solo che Guy non ha mai capito quanto fossi sotto pressione. Voleva risposte che non potevo dargli). E in tutto questo io dove sono, eh? Beh, sempre al solito posto. Per anni sono impazzito cercando di capire, perché io? E qualche volta ho perfino creduto di sapere la risposta. Alla fine però ho capito: io non c'entro. Poteva succedere a chiunque. Quando finisce a terra, beh, una persona comune non sempre riesce a rialzarsi. I ricchi invece se la cavano sempre, in pratica possono permettersi qualunque cosa, credo. C'è sempre qualcuno che cerca di mettere tutto a tacere, non importa cosa hai fatto. Agenti, manager, avvocati, sono pagati per questo. Quando non sei nessuno, invece, sono cazzi tuoi.
Insomma, ti supplico. Se ignori questa lettera in pratica mi uccidi, perché la farò finita. Ci ho già provato e stavolta farò più attenzione. Se mi impediscono di vedere Little Ryan che senso ha continuare a vivere? Il mio ragazzo è TUTTO *per me. Questo lo capisci, no? Sei un papà anche tu. Se mi aiuti, Ryan, se vorrai aiutarmi solo per questa volta,* PROMETTO *che non ti deluderò. E non ti chiederò più nulla.*

Con affetto e rispetto,
Mike J. Wilson
PS Per favore, fai presto!

Mentre firmavo la lettera pensai che forse non si sarebbe nemmeno ricordato di me. Forse Giggsy avrebbe pensato che ero solo un pazzo che CREDEVA di aver giocato nello United, una volta. E, cazzo, sono abbastanza uomo da riconoscere come stanno le cose. Allo United è DAVVERO come se non fossi mai esistito. Tenevo la lettera in mano e pensavo, Io non esisto per tutti quelli che CONTANO, vero? Per quelli che contano allo United non ci sono mai stato.

Guardate al megastore! Guardate sui calendari! Cercate tra dvd e vecchie videocassette e biografie dei giocatori! Non mi trovate da nessuna parte, vero?

Per poco non ho rinunciato a spedire la lettera.

Ma io ci sono stato allo United.

DAVVERO.

Allora l'ho infilata nella cassetta e ho pregato.

MERCOLEDÌ 21 MAGGIO 2008
CHAMPIONS LEAGUE

FINALE – STADIO LUŽNIKI, MOSCA

SPETTATORI: 67.310

Per comprare il biglietto rimase quasi senza soldi, ma per come la pensava Mike un vero tifoso avrebbe fatto qualsiasi cosa per andare a Mosca. Dopo l'ultima volta, anche senza nessuno che gli facesse compagnia, non avrebbe passato un'altra giornata storica nudo nella vasca da bagno a piagnucolare su Jesper Blomqvist. Così, quando incontrò l'uomo nel parcheggio dietro al Dog & Partridge, e quello raddoppiò il prezzo, non ebbe il tempo di opporre resistenza. Per essere a Mosca al calcio d'inizio doveva partire al più tardi lunedì, perché non c'erano più posti sui voli diretti. Li avevano già prenotati tutti i tifosi più fortunati, i bagarini o le sedicenti «agenzie» che poi chiedevano prezzi stratosferici. Era già domenica, la partita era il mercoledì, e tutte le altre strade che aveva tentato si erano trasformate in vicoli ciechi. Nel frattempo, dopo averci litigato quando gli aveva detto di papà, anche avere un consiglio da Guy era diventato impossibile.

«Eravamo d'accordo» disse l'uomo. Non era vero, ma fece un sacco di scena, e ripeté che la cifra concordata era quella. «È quello che ho pagato io» disse a Mike, contando le banconote. «Voglio solo recuperare i miei soldi. Sono un uomo onesto. Uno che lavora. Come te».

«Cazzo, compagno» disse Mike. «Non prendermi per il culo, va bene?».

«Davvero, amico. Non sono riuscito a trovare due biglietti, e questo è l'unico motivo per cui non vado. Se non posso portare il mio ragazzo non voglio più andarci».

L'uomo sembrava aspettare una risposta. «Insomma, tu che avresti fatto?» domandò.

Mike gli diede metà della cifra e alla fine disse: «Beh, se vuoi il resto mi devi dare un po' di tempo».

Più tardi, la stessa sera, Mike andò al bancomat e ritirò tutto il contante che poteva, poi fece un salto da un tizio a Moss Side, spiegò la sua situazione parlando attraverso una grata e accettò il tasso di interesse senza pensarci un attimo. (Papà diceva sempre che se a Manchester avevi bisogno di un prestito lo trovavi sempre. Ecco che città era quella.) Sudava. Avrebbe voluto poterne parlare con Guy, prima. Magari prenderli in prestito da lui, piuttosto. Quando Mike tornò dall'uomo per completare l'acquisto aveva con sé il suo coltellino svizzero. Aveva pensato di accoltellarlo e rubargli il biglietto, ma sospettava di non essere tagliato per quel genere di cose. E comunque l'uomo aveva un figlio, e chi avrebbe accoltellato qualcuno con un figlio? Invece lo ringraziò, a testa bassa, poi corse alla fermata dell'autobus sperando di non essere in ritardo per il turno.

È difficile lavorare a turni quando si segue una squadra, non è vero? Tocca pregare per avere un giorno libero, organizzarsi, cambiare il turno con qualcuno a cui poi dovrai un favore che non potrai mai ricambiare perché ci sarà sempre, sempre un'altra partita. Seguire una squadra è già un lavoro a tempo pieno, se lo fai come si deve. A volte hai bisogno della domenica libera. (Per guardare la Premier League in tv). A volte hai bisogno del mercoledì. (Per la Champions League). A volte del giovedì. (Per riprenderti dalla Champions League, o per tornare da una trasferta del turno infrasettimanale). Ogni tanto del lunedì. (Per il posticipo della Premier League in tv). Ogni tanto del martedì. (Per la Fa Cup, anche se chi se ne frega, è solo finché lo United non va fuori, oppure se giocano la Champions League di martedì). A volte perfino del venerdì. (Per andare in trasferta a vedere gli anticipi). Insomma, l'unico vero giorno libero per lavorare è il giovedì, e anche quello a volte salta, se il mercoledì lo United gioca in trasferta in notturna, o se devi prendere il treno per il Sud, se la partita comincia presto. (O anche, Dio non voglia, se lo United è finito solo in Coppa Uefa). Poi ci sono le amichevoli. Il precampionato. Le partite commemorative. La seconda squadra. E ovviamente, quando segui la migliore squadra del pianeta, ci sono anche le finali di Champions League – e tra una stagione e l'altra non c'è abbastanza tempo per restituire tutti i favori che devi. Per fare fronte a tutto questo devi lavorare di più e guadagnare più soldi, che poi spenderai per lo United, che però ti richiede sempre più tempo, per seguirlo in giro per il mondo, e ti fa spendere soldi che magari ti servivano per i vestiti, il cibo, o gli alimenti per tuo figlio. Lo United è la tua vita sociale, è tutto il tuo mondo. Natale, Pasqua, le cene con i colleghi, le feste, i compleanni. Tutto perduto, se c'è una partita. Devi organizzare la tua vita in funzione del calcio.

Quelli che lavorano dalle nove alle cinque, quei tizi con la cravatta, non lo capiscono un impegno del genere. Ed è per questo che a trentadue anni devi ubbidire a un capo più giovane di te. È per questo che il tuo conto in banca è in rosso da quindici anni. Ma va bene così, continui a ripeterti, come un mantra. Va bene così. Va bene così. Ti stai comportando bene, questo è quello che conta – *vai nella direzione giusta,* come dicono MammaGuyPapàGemmaeBrianiltuoCapo, e lo ripetono così spesso che ti fanno venire il mal di testa. *Riprendere il controllo della tua vita,* questo è quello che dicono. E lo hai fatto. E non vuoi tornare indietro. (Speri che Gemma la smetta pure con le minacce, dopo che ci avrà pensato Ryan. Forse ce la farai a mettere tutto a tacere. A far finta che non sia successo). Insomma stavolta sopravvivrai, stavolta ti sei fatto furbo. Non ti licenzierai all'improvviso, non farai capricci, non sparirai chissà dove, anche se dicono che per un paio di settimane dovrai sostituire il caposquadra, mentre lui è in ferie. (*Una grande opportunità per dimostrare quello che sai fare, Mikey* dice Brian, mettendoti la mano sulla spalla). Va bene, però mica puoi perdere la FINALE, giusto?

La mattina di lunedì prima di telefonare ti assicuri che la valigia sia pronta. Poi tutto educato, tutto melassa e sciroppo, spieghi che hai una brutta infezione toracica e dovrai stare a casa per l'intera settimana. *Mi dispiace tanto, Brian* dici, con la voce più rauca possibile. *Lo so che è un brutto momento. E non voglio che pensi che la mia carriera non mi interessa, perché voglio davvero diventare caposquadra. Sul serio. Però mi hanno detto che non devo alzarmi dal letto. Voglio dire... Se hai proprio bisogno posso venire...* Beh, Brian è un bravo ragazzo. È un vecchio amico di Guy – è tuo fratello, sempre pronto a salvarti, che ti ha trovato quel lavoro dopo che a forza di leggere annunci eri finito a giocare al fantacalcio. *No, va tutto bene, Mikey* dice Brian. *Non voglio che l'attacchi a tutti, e soprattutto alle signore, sai cosa intendo? Ehi, resta a casa tutto il tempo che ti serve. So che non mi prenderesti mai per il culo. Chiameremo qualcuno da un altro negozio per coprire i tuoi turni. Pensa solo a rimetterti, va bene? E* NON *preoccuparti.*

Un'ora dopo sei sulla strada per l'aeroporto di Manchester, fischiettando, con il colletto rialzato e gli occhiali da sole, anche se nessuno ti riconoscerebbe in mezzo a tanta gente, giusto? (Soprattutto su un volo per l'Estonia, da dove poi prenderai un altro aereo per Mosca). L'aeroporto è invaso dall'Armata rossa in movimento, metà dei tifosi indossano i colori della squadra, cantano e bevono. Il posto è un manicomio, ma un bel manicomio, e anche tu salti, scherzi e canti insieme a quegli estranei che però sono anche amici, in coda per il check-in, ai controlli di sicurezza, all'imbarco. (Un vecchio audace accenna passi di danza con una commessa non troppo contenta al reparto cosmetici del duty free. Un centinaio di tifosi applaudono). Sull'aereo ti fai degli amici, mentre si rincorrono le voci sulla formazione che il Mister metterà in campo. Proprio come nel 1999, non ne hai la minima idea. Proprio come nel 1999, nessuno può sapere cosa deciderà. E vale anche per il Chelsea. Mandi un messaggio a Guy, proprio mentre le hostess dicono di spegnere i cellulari. Scrivi: ARMATA ROSSA. C'è bisogno di dire altro? Se voleva, poteva venire anche lui.

Tutto intorno a te, tra il lieve ronzio dei motori dell'aereo, ricominciano i cori. (C'è qualcosa di rassicurante nel fatto che gli appassionati di calcio siano così prevedibili). Più avanti c'è Ledley-della-trasferta-col-Liverpool. Ti fa un cenno per farti capire che ti ha visto, ma niente di più. Poi si siede, rivolto nella direzione opposta, verso il muso dell'aereo. Pensi che forse avresti dovuto andarci a giocare con la sua squadra, dopotutto. Anche con una gamba sola. Forse avresti dovuto anche richiamare Terry, un paio di sere fa, dopo che ti aveva lasciato tre messaggi per offrirti di nuovo quel drink. A casa sua. Forse sarebbe venuto con te e non saresti da solo, in quel nonluogo in mezzo ad altri luoghi, con giusto un messaggio di tuo fratello che dice soltanto: MIKEY, COMPORTATI BENE, OK? Come se fossi ancora un bambino.

Dopo aver lasciato la tua roba in albergo (molto costoso, prenotato all'ultimo minuto) e aver indossato l'uniforme completa per la partita (maglia dello United con WILSON scritto dietro, sciarpa dello United, giubbotto portafortuna dello United con vari distintivi, berretto portafortuna dello United), vai subito a esplorare la città e a guardarla riempirsi di colore. Il tempo è buono, ed è piacevole passeggiare, e anche se non conosci le strade non sei mai solo con tanti Rossi in giro e tanto da bere. (Fai un patto con te stesso: d'ora in poi ti ubriacherai SOLO QUANDO LO UNITED ANDRÀ IN FINALE DI CHAMPIONS LEAGUE. Decidi termini e condizioni. Le trattative si concludono in fretta). Senti l'eccitazione per le strade e nei bar di Mosca. In giornate così, non conta solo la partita. Se fosse rinviata al prossimo anno non importerebbe. Conta sentirsi parte di una comunità, della grande Armata che marcia su Mosca e si prepara a combattere contro il malvagio orso russo che vuole distruggere lo sport nazionale inglese, sostituendone il vecchio spirito (lo United) con il denaro (qualunque altra squadra, fondamentalmente), cercando di comprare la gloria. (Il denaro che spende lo United, a prescindere dalla quantità esorbitante, è esente da critiche). L'Armata rossa non permetterà che vincano i cattivi. Giusto?

Il resto del martedì è un totale blackout fino a quando ti svegli, verso le tre del mattino, e muori dalla voglia di un bicchiere d'acqua. Vai in bagno incespicando, apri il rubinetto, ti disseti e pensi, E se fossi stato un difensore? È buffo, se pensi che c'è mancato così poco. Ti metti a ridere forte. In quella frazione di secondo immagini con chiarezza la vita che avresti potuto fare. Una bella carriera, dieci anni tranquilli come pilastro della difesa dello United, una grande casa a Hale Barns, una flotta di automobili che non usi mai, la Stretford End che compone un inno apposta per te e un fan club con sezioni in quindici paesi. Ci pensi per un po', poi apri il minibar e mangi e bevi tutto quello che trovi. Poi ti addormenti di nuovo.

Il giorno della partita ti alzi a metà mattina, apri le finestre e metti la musica a tutto volume, per la gioia di tutti i moscoviti, mentre ti fai la doccia, la barba, vai di corpo e ti versi del whisky, molto abbondante. Fischietti, mentre metti in ordine dopo la notte trascorsa. Per le canzoni attingi soltanto alla Santissima Trinità dei gruppi di Manchester. Un po' di Stone Roses. Un po' di Joy Division. Un po' di Smiths. Musica decente, vero? Mica quella robaccia sdolcinata che ascoltano al Sud, o la *muzak* scadente che i russi mettono dappertutto, e di sicuro non gli Oasis, quegli stronzi che tifano City. (Guy dice che ormai è passata. Quella musica. Dice che è quasi ridicola). Per come la vedi tu, a fare il ballo della scimmia a piedi nudi nella tua stanza stai dando lezioni a tutti i moscoviti. Due scatolette per colazione e via in strada. Vuoi stare in mezzo alla gente prima del calcio d'inizio – vedere l'anima di questa città, trovare i bar con i Rossi e bere qualche pinta ghiacciata. (C'è un sacco di tempo. La partita comincia molto tardi, così gli uomini in completo grigio possono arrivare con calma; loro VENGONO SEMPRE AL PRIMO POSTO). Passeggi per la città con in mano il tuo prezioso biglietto, insieme all'Armata, verso lo stadio, quando squilla il telefono. Probabilmente è Guy, e non è più arrabbiato, solo preoccupato. O magari papà? Ti aspetti quasi che ti dica che ha un biglietto anche lui, per il posto vicino al tuo, e allora che ne dici papà se ci troviamo per una birra?

Prendi il telefono e dici, forte e chiaro, *Manchester United Fan Club, sezione di Mosca, come posso aiutarla?*

Brian risponde *Beh, Mike. Potresti aiutarmi spiegandomi perché mi hai mentito.*

Ti fermi in mezzo alla strada, cercando di farti venire in mente qualcosa. Potresti far finta di essere a casa? Riusciresti a essere così sfacciato? Trovare un punto tranquillo e negare tutte le accuse? Dirgli che sei a letto a guardare la partita in tv? Dietro di te un gruppo di tifosi si mette a cantare *Giggs... Giggs will tear you apaaart agaaain.* Mentre stai cercando di venirne fuori il coro ricomincia, ancora più forte, e quasi non lo senti il tuo capo che dice *Buona partita, Mike. E buona fortuna. Non venirmi a chiedere le referenze.* Dopo che Brian ha riagganciato ti metti a gridare per qualche secondo, ma nessuno ci fa caso.

Vagai per la città qualche ora, tra strade e bar, frastornato. Raccontai che cosa mi era successo ad alcuni tifosi. Mi dissero tutti che il lavoro non era importante. Che esisteva soltanto il calcio. Nei bar e per strada incontrai ragazzi che per la causa dello United avevano fatto dei veri sacrifici, ma un sacco avevano raccontato stronzate ai loro capi come me, fingendo una serie di malanni che non avrebbero mai avuto. Tra il pubblico, quella sera, c'era gente che aveva la bronchite e l'ulcera e una gamba o un braccio rotti e perfino la gonorrea. A qualcuno, il medico aveva appena diagnosticato il cancro e l'hiv. (E presto – alleluia! – si sarebbero rivelati dei falsi allarmi). Alcuni avevano mentito alle mogli, ai figli, agli amici. Un tizio doveva andare al matrimonio del fratello – a fare da testimone – ma al momento della verità non ce l'aveva fatta a rinunciare al suo vero amore. Inoltre, era la quarta volta che il fratello si sposava, mentre lo United era arrivato in una finale europea solo tre volte. Aveva detto di essersi preso un virus contagioso e che doveva restare in isolamento per tre giorni. Secondo lui il fratello aveva capito tutto, ma non aveva detto nulla. *Questo vuol dire essere una famiglia* mi disse il tizio. *Questo è il potere dello United. Ehi, amico, fregatene di quel lavoro di merda. Il mondo è* PIENO *di lavori. Brinda! Non ci pensare! Saremo campioni d'Europa!* Lo sconosciuto mi attirò a sé e disse *Adesso andiamo a vedere la magia che diventa realtà, vieni?* Lo disse a voce bassa, come parlando a sé stesso.

Allo stadio mi misi in coda con il resto del pubblico e consegnai il biglietto. Il tizio al tornello guardò prima il biglietto e poi me, e scosse la testa. Io non parlo russo e l'inglese del tizio era piuttosto scarso, ma certe parole le sapeva bene. Di sicuro gli capitava di usarle spesso. *Falso, falso* mi disse. *Tu falso*. Non ricordo granché dopo, ma dicono che cominciai a spingere chi avevo davanti per entrare a forza. Non ci riuscii e allora tornai indietro, cercando un'altra strada. Quando da dietro arrivarono quelli della sicurezza tirai un paio di pugni poco convinti, caddi a terra, mi rialzai e mi nascosi zoppicando in mezzo alla folla – non di corsa, ma abbastanza in fretta. Sapevo evitare la legge meglio di parecchi altri, anche con una gamba matta. (Sentivo il ginocchio che pulsava). Non mi resi conto subito di cos'era successo. Pensavo solo a dove avrei guardato la partita. Mentre risalivo a spintoni la folla, con l'adrenalina che svaniva, lentamente mi resi conto che non sarei riuscito a entrare nello stadio, che davvero non avrei assistito all'evento. Pensai a Little Ryan. Avrei voluto averlo vicino. Lui o chiunque altro. Proprio in quel momento, come se mi avesse udito esprimere quel desiderio, arrivò un altro messaggio di mio fratello, che diceva solo: STAI BENE? E pochi secondi dopo, un altro: SEI SOBRIO?

Mike capì che doveva concentrarsi, e in fretta, altrimenti avrebbe perso del tutto la partita. Non poteva lasciarsi andare. Tirò fuori la cartina di Mosca, si diresse verso una delle strade principali (con un'altra fitta al ginocchio) e ricorrendo al linguaggio internazionale del calcio, sventolando la sciarpa e gesticolando come un pazzo, riuscì a spiegare cosa stava cercando. Per fortuna lì vicino c'erano diversi posti dove poteva andare. Alcuni moscoviti amichevoli glieli indicarono, anche loro parlando a gesti. Poco dopo entrò in un bar pieno di tifosi dello United, incespicando sulla soglia.

Mentre gli schermi mostravano i preparativi della partita, Mike cercò di dimenticare quello che era appena successo – non lo avevano fatto entrare, e lui aveva accettato quasi senza reagire. Perché non aveva lottato? Si immaginò vari modi in cui avrebbe potuto mettere fuori combattimento quelli della sicurezza, dribblare gli steward, seminare la polizia e trovare un punto, chissà come, da dove guardare la partita senza essere notato. Più cercava di non pensarci, più nitide erano le immagini. Diede la colpa alla Russia. Diede la colpa al jet lag. Avrebbe dovuto essere sulle gradinate, ad applaudire mentre lo speaker leggeva le formazioni, e invece era lì, stretto in mezzo a centinaia di altri idioti senza biglietto che allungavano il collo per guardare uno schermo sfocato.

Mike appoggiò la testa sul bancone, un po' troppo velocemente. Andò a sbattere con la fronte e poi cercò di far finta di nulla. Il braccio di un estraneo gli cinse le spalle, e un uomo dal viso rosso e amichevole gli disse:

«Ehi, amico. Biglietto falso anche tu?».

Mike tirò fuori il biglietto dalla tasca dei jeans, lo mise controluce e cercò quello che sapeva non esserci. «Bastardi» disse, sottovoce.

L'uomo dal viso rosso non sembrava infelice. «Non buttarti giù, amico» disse. «Sarà comunque una grande, grande giornata!».

Mike ordinò una birra e si unì ai suoi nuovi amici, che facevano parte di un club non ufficiale, i Dublin Reds, «Sezione Nord». Alzarono i bicchieri per brindare alla squadra e a Sir Alex, rivolgere una preghiera a Dio (cioè Sir Matt Busby, ovviamente) e poi, dietro insistenza di Mike, lanciarsi in una entusiasmante versione di *Mio padre mi dice di tifare City*.

Il bar si riempì in fretta. Era evidente che il gestore non era preparato alla valanga di clienti che travolse il suo locale, all'invasione dei Rossi, e si ritrovò a corto di personale in quella che sarebbe stata sicuramente la serata più redditizia dell'anno. Forse di tutta la vita. Mentre correva di qua e di là non aveva l'aria di chi sta facendo un sacco di soldi, ma di chi ne sta perdendo altrettanti, attimo dopo attimo, per ogni pinta di birra che non riesce a servire. Non aveva abbastanza personale. Non aveva abbastanza spine. Non aveva abbastanza spazio né tempo.

«Ehi, Gorbaciov!» gridò un tifoso assetato. «Ci porti qualcosa o no? Datti una mossa, cazzo!».

Il gestore grugnì, si asciugò la fronte e lentamente gli mostrò il dito medio della mano destra. Mike pensò che poteva andare ad aiutarlo dietro al bancone. Dopotutto, gli serviva un lavoro.

Dopo un po' stai cercando di seguire il dialogo tra gli uomini e le donne dei Dublin Reds (ora sei seduto insieme a loro), ma continui a distrarti, entri ed esci dalle conversazioni e ricordi, ricordi. Per non pensare alla situazione (TUTTI QUEI SOLDI BUTTATI E CHE VERGOGNA), racconti ai Dublin Reds del tuo viaggio, della tua vita.

Sapete, una volta giocavo nello United dici. *Per caso qualcuno di voi ha sentito parlare di me?* Ti rispondono con educazione. Qualcuno prima pensa di sì, poi invece no. Un altro finge, e si capisce. La maggior parte continua a farsi gli affari suoi. Uno piuttosto anziano dice di seguire lo United da cinquant'anni. Lo chiamano «il Computer». Anche con un riferimento preciso alla data del tuo debutto, e un accenno alle circostanze, il Computer si ricorda solo un Mike Wilson, ed è l'altro. Forse il Computer pensa che stai dicendo stronzate e cambia discorso. Qualcuno ha sentito quale sarà la formazione?

La notizia sta arrivando in quel momento. Qualcuno la legge sul telefono. Altri la diffondono col passaparola. *Giggsy gioca?* domandi a Alec, uno dei Dublin Reds. Lui ride, ti mette un braccio intorno alle spalle e dice *Non importa, amico! Chiunque giochi, Dio è dalla nostra parte! E Dio non ci avrebbe fatto venire fin qui per assistere a una sconfitta. Piuttosto, che ne dici di un'altra pinta?* Questo Dio deve essere diverso da quello di cui parlano i genitori di Gemma (questo ti costringe a pensare a Gemma), e da quello con cui parla mamma (questo ti costringe a pensare a mamma). Sorridi. Ti fa male la bocca. Alec dice *Lo sport* UNISCE *le persone. È bellissimo, non è vero, fratello? Non credi?*

Comincia la partita: i giocatori sono usciti mentre suonava l'inno della Champions League, tutti col mento in avanti, concentrati, i rossi dello United come i blu del Chelsea. Nella prima finale di tutti i tempi tra due squadre britanniche c'erano addirittura alcuni giocatori inglesi. Cento milioni di persone stavano guardando quella partita, o magari un miliardo. Per la prima volta in assoluto mi sentivo un po' orgoglioso di essere inglese. Tutto il bar si mise a cantare a pieni polmoni e braccia spalancate, centinaia di voci, un ruggito di amore e devozione – Rossi di tutto il mondo, uniti nello United. Era tutto pace amore e comprensione, ma io ancora non ci credevo, sapete? Ero in un bar di tifosi, proprio come quelli in cui ero stato a Londra, Madrid, Milano. Cristo, avrei potuto guardarmela a casa e diventare caposquadra entro un anno. Se fossi stato più furbo – negli ultimi dieci anni – adesso avrei potuto essere da Guy e Sally, seduto con Little Ryan sulle ginocchia, stringendolo a me, con Gemma vicino. Le formazioni comparvero sullo schermo.

1. VAN DER SAR, Edwin

5. FERDINAND, Rio (C) 15. VIDIĆ, Nemanja

6. BROWN, Wesley 3. EVRA, Patrice

18. SCHOLES, Paul 16. CARRICK, Michael

4. HARGREAVES, Owen 7. RONALDO, Cristiano

32. TÉVEZ, Carlos 10. ROONEY, Wayne

Ecco la conferma: Giggs non era nella formazione di partenza, ma era comunque in panchina. Mike provò una sensazione di piacere, ma anche di amarezza, dentro di sé. Non sapeva quale fosse più forte. Ryan avrebbe mancato un pezzo di storia? O era tutto organizzato per un gran finale? Ryan, che non aveva risposto al suo appello. Ryan, che aveva avuto un'intera settimana per fare qualcosa dopo quella che era ovviamente una lettera urgente, e non era riuscito a staccarsi per cinque minuti dalla sua vita perfetta e felice, piena di successi e trofei, con una moglie e due figli, per prendere carta e penna o sedersi al computer e aiutare chi aveva bisogno. Anche se Ryan fosse stato seduto in panchina a fare il numero di Gemma, proprio in quel momento, probabilmente sarebbe stato troppo tardi.

Non te lo lasceranno vedere mai più.
Lo sai.
E non c'è niente che tu possa fare.

Mentre Mike guardava le squadre sullo schermo, allineate ad ascoltare l'inno della Champions League, nel bar scoppiò una rissa tra due uomini di mezza età che si picchiavano con cattiveria, a pugni e calci, come in uno scontro all'ultimo sangue. Mike domandò a Alec cosa fosse successo, ma lui non lo sapeva. Sembrava che non lo sapesse nessuno.

«Andiamo, ragazzi, siamo tutti dalla stessa parte!» disse Alec, facendosi avanti per separarli.

Altri furono più incisivi. Un uomo si infilò in mezzo ai due litiganti e riuscì a farli smettere. «Ehi, teste di cazzo, mica siamo animali!» gridò, indicando le immagini confuse dei due capitani che si stringevano la mano. «Un po' di RISPETTO cazzo!».

Subito, come se avesse usato una formula magica, i due uomini si risvegliarono dall'incantesimo, fecero un passo indietro e si misero a guardare lo schermo. Un altro dei Dublin Reds offrì loro una pinta ciascuno e li incoraggiò a stringersi la mano, proprio come i due capitani. Quello tutti lo potevano capire. Quando Mike tornò a guardare lo schermo vide che l'immagine era sempre più confusa. Diventò sgranata un paio di volte, poi si bloccò e ripartì al rallentatore. I giocatori diventarono dei rettangoli rossi, il pallone un quadrato. A Mike sembrò di sentire il sapore del sangue, e del vomito.

Quasi non riesci a guardare. La partita finisce in un attimo. La partita dura un'eternità. Guardi e non vedi. Mentre i Dublin Reds gridano e cantano e ballano ballano ballano, tu sei di nuovo all'ottobre del 1992, quando avevi braccia e gambe forti e il futuro a portata di mano. (Ronaldo segna, 1-0 per lo United, e oddio il cross glielo ha fatto nientemeno che WESLEY BROWN e tutto il bar cade dalle sedie a forza di ridere). Adesso ti sembra proprio conclusa, la tua vita. Pensi, tra gli schizzi di birra versata e gli applausi e le grida che ti assordano, a come dovrai metterti in giacca e cravatta e cercare un altro lavoro, per conto tuo, e a come sia tutto ingiusto. (Lo United sta giocando bene. I pronostici sono favorevoli). Mentre ti girano in testa quei pensieri senti come un bruciore allo stomaco. Lo riconosci, sai come si chiama, e sai che devi tenerlo a bada e (Lampard segna il gol del pareggio poco prima dell'intervallo, anche se il Chelsea non lo merita, il bar si ammutolisce, e a te sembra che ti abbiano preso a pugni) e – E DI CHI È LA COLPA DI TUTTO QUESTO, COMUNQUE? Alla fine del primo tempo Ryan torna negli spogliatoi insieme al resto delle riserve, con sguardo serio e concentrato.

Mentre i nostri forse eroi e forse coglioni andavano a sorbirsi un altro «asciugacapelli» di Fergie (Ryan ancora con la tuta, in attesa della chiamata, impotente), io continuavo a lambiccarmi, a ripensare a quel mare di quasi-leggende che, a forza di spingere per la prima squadra alla fine, anche se per poco, non ce l'avevano fatta, e che si erano persi proprio quella finale di coppa dove avrebbero potuto farsi notare da qualche grossa squadra. Giocatori bravi, validi, affidabili, che erano stati ceduti dopo un cambio di allenatore, quando chi li aveva portati in squadra già si stava sistemando da un'altra parte, magari dopo appena pochi mesi, settimane o addirittura giorni che i suoi giocatori si erano fatti raggiungere dalle famiglie a Yeovil, a Darlington, o in qualche altro posto in culo al mondo dove avevano preso in giro sé stessi e detto che si trovavano benissimo. A migliaia, ogni stagione, da poco superati i trent'anni, giocatori di talento e giocatori appena decenti, pieni di classe o solo determinati, sfortunati, seduti con le mogli/fidanzate dopo l'ultimo trasferimento che non aveva funzionato, pensando a cosa accidenti fare con le carte di merda che la vita gli aveva servito. (O che si erano serviti da soli?). A carriera finita, e senza titoli per fare altro. I figli da crescere. E allora, che fare? (Quelli della televisione russa, durante l'intervallo, mi riempivano la testa di suoni che secondo me significavano: *È una finale di Champions League, Sergej, si gioca in due, la palla è tonda, tutto può ancora succedere*). Alcuni di quei giocatori avevano sogni che volevano realizzare da quando erano bambini, come aprire un ristorante o un pub. Quelli con buone conoscenze e un mucchio di trofei potevano trovare lavoro nei media e continuare a parlare di calcio per l'eternità – ma non tutti ce la fanno. Lo sa il cielo che non ci sono troppe sedie da occupare negli studi televisivi o radiofonici. E che cosa ti resta quando non puoi più fare l'unica cosa che hai sempre voluto? Darti al bricolage? Costruire pozzi in Africa? Nel 2007, quando dissi a mamma che volevo tornare a scuola, lei scoppiò a piangere. *Il mio ragazzo* disse, allungando le mani e toccandomi le guance. *Se solo Gregory e Simon potessero vederti*. Però non sarebbero tanto orgogliosi, giusto? Perché, insomma, ero rimasto fuori dalla partita più importante della mia vita, ero senza soldi dopo aver comprato quel biglietto, di nuovo ubriaco (con un'altra pinta sul tavolo, offerta dai Dublin Reds, i miei nuovi migliori amici), e adesso era ufficiale: SONO UN IDIOTA. In quel bar di Mosca, spinto di qua e di là, circondato dalle chiacchiere, pensai, E se potessi rispondere a tutte le domande in una volta? Sognavo a occhi aperti, e nient'altro. Avevo il cervello in pappa.

«Bentornato a Manchester». Mike si immaginò Debbie Carlsson che lo diceva a Gregory Wilson, fermo sulla soglia con un mazzo di fiori, tra due valigie. (Nella fantasia di Mike suo padre aveva rinunciato al calcio e alle altre donne ed era tornato a casa, come gli aveva promesso al telefono). «Ho paura di non potermi fermare a fare due chiacchiere, io e mio marito stiamo uscendo. Derek mi porta in un nuovo ristorante italiano in città e, chissà?, forse dopo andiamo al karaoke. Ah, scusa, Gregory, dimenticavo. Mike è a Mosca a vedere la partita, ma forse vuoi andare a trovare Guy? Adesso sei nonno, sai. Diverse volte».

Mike immaginò sua madre, col sorriso stampato sul volto, che si muoveva con cautela, mantenendo la calma, scrivendo l'indirizzo di Guy e Sally su un pezzetto di carta e consegnandolo all'ex marito, domandandosi se sapeva della morte del fratello e poi chiudendo la porta.

Durante l'intervallo, tu e i Dublin Reds buttate giù una fila di shot, ciascuno in omaggio a qualcuno o qualcosa. Non importa chi o cosa. Gridate, contate, sbattete la mano sul bancone, e tu pensi, Piuttosto prevedibile, giusto?, la tua ricaduta. Doveva succedere, giusto? Avresti ceduto alla prima difficoltà. Resti lì a compatirti ed è una sensazione assoluta, totale, che ti consuma tutto. Poi, davanti al bancone, pensi che in realtà tu e Ryan siete come gemelli. Quelli che nascono attaccati insieme, con solo un cuore o una testa. Perché il gemello più sano possa sopravvivere l'altro deve morire, o vivere come uno storpio, mentre l'altro cresce e diventa la più grande leggenda dello United. Guardi l'ultimo bicchierino e dici *Devo pagare il prezzo della sua immortalità*. Poi lo butti giù e vai a pisciare.

All'inizio del secondo tempo guardai lo schermo e vidi che in pratica era solo una macchia confusa. Non riuscivo a mettere a fuoco, e lo sforzo mi faceva male agli occhi. Era più facile chiuderli. Farlo mi fece sentire, mi fece sentire... sentire come? Ero tranquillo, credo, e ricordavo con chiarezza quando avevo cercato di tornare al casinò la settimana dopo che io e Guy avevamo vinto tutti quei soldi, nel 1993, quando ancora giocavo nello United. Stavolta ero da solo, però, e non c'era nessuno ad aprirmi la porta con una formula magica. (Quando la partita ricomincia, tutto il bar esulta. Gridano AMMAZZATELI e VAFFANCULO DROGBA e CHELSEA DI MERDA). I buttafuori erano diversi, non ero vestito nel modo giusto – Guy non aveva voluto prestarmi un completo, dopo che l'ultima volta mi ero vomitato addosso – e non mi fecero entrare. (Adesso il Chelsea sta dominando, si sentono un sacco di *oooh* e *aaah* e la gente si copre gli occhi con le mani. Al cinquantaquattresimo Essien tira una cannonata che finisce alta sulla traversa e qualcuno in fondo al bar grida NOOO CAZZZOOO). Adesso ti gira la testa, vero Mikey? E sullo schermo, nello stadio dove dovresti essere e non sei perché – NON PENSARCI – Drogba prende un palo! (Ryan si sta scaldando a bordo campo. Ryan si toglie la tuta).

Nessuna delle due squadre sembra capace di sbloccare il risultato, e allora si andrà ai supplementari. (Ed ecco che arriva Ryan, poco prima del fischio, in sella e pronto a partire). Arriva un altro messaggio di Guy, NON FARE IL COGLIONE PER TUTTA LA VITA, e quelle parole ti riportano a quando dormivate nella stessa camera e la vita stava diventando pericolosa e la notte, dietro le palpebre, rivedevi le immagini del *Cavaocchi* e di *Ti scuoierò la faccia* tra mucchi di corpi putrefatti. Guy ti manca così tanto che vorresti poter infilare una mano nel telefono e tirare e farlo uscire proprio lì accanto a te. Ti manca lo zio Si, che non si sarebbe mai cacciato in un guaio come quello in cui sei tu adesso, quando fare una strage e scappare sembra più facile che tornare a casa.

Arriva il novantesimo. La gente rumoreggia. Parla. Fa ressa al bancone. Ho fatto cenno di sì quando mi hanno chiesto se ne volevo un'altra. Nell'intervallo mi sono domandato cosa fosse successo alla collezione di libri sui serial killer di Guy. E soprattutto, che fine avrà fatto quel tizio, il Cavaocchi?

Durante i supplementari entrambe le squadre avevano avuto delle occasioni da gol. Il Chelsea aveva colpito la parte inferiore della traversa. Ryan Giggs, la leggenda dello United, si era visto respingere un tiro sulla linea dal capitano del Chelsea, e Mike Wilson si era preso la testa tra le mani e aveva gridato «è destino!», ma adesso il tempo scorreva verso un risultato che a Mike, e probabilmente a Guy e Sally e Robbie, e ai Dublin Reds, e a Danny Tredwell, il difensore dell'Oldham a cui Mike aveva rovinato la carriera, e a Debbie e Derek, a Gregory e ai suoi amici al bar e agli allenatori di entrambe le squadre e a tutto il loro personale, sembrava inevitabile.

Nessuno vuole andare ai rigori.
Lo sai bene quanto me, Sergej, è una lotteria.
Finché non si trova un sistema migliore, però...

Lo United vince il sorteggio e tira per primo, e Carlos Tévez (il cui nome sarà dimenticato) si avvicina al dischetto, sistema il pallone, prende la rincorsa e – SEGNA – Čech si tuffa dalla parte sbagliata, è 1-0 e Tévez stringe i pugni mentre il bar IMPAZZISCE e poi silenzio attesa nervosa per il primo rigore del Chelsea lo tira Michael Ballack (il cui nome sarà dimenticato) e – SEGNA – forte e sicuro ed è 1-1 e proteste nel bar di Mosca e in migliaia di altri in tutto il mondo, qualcuno dice *cazzo perdiamo* prima che un boato scacci il nervosismo quando Michael Carrick (il cui nome sarà dimenticato) arriva e – SEGNA – è 2-1 e *non avevo dubbi* dice il tizio dietro di te mentre il bar IMPAZZISCE DI NUOVO e poi silenzio attesa nervosa mentre Juliano Belletti (il cui nome sarà dimenticato) si avvicina al pallone e tu cerchi col pensiero di farlo tirare alto e fuori dallo specchio e invece – SEGNA – ed è il primo pallone che tocca stasera anche se non lo sai e lo schermo dice 2-2 e il bar protesta di nuovo mentre chissà quanti altri nel mondo ESULTANO perché sono pieni di tifosi del Chelsea, alcuni solo per quella sera, gente di Liverpool e Barcellona e Edimburgo, alcuni con magliette che dicono TUTTI TRANNE LO UNITED, e in tutto questo ti domandi se tirerà anche Ryan, poi tutti gridano quando il goleador della serata e probabile Scarpa d'oro Cristiano Ronaldo (il cui nome, nonostante tutto, sarà dimenticato) arriva e fa la solita rincorsa interrotta del cazzo e – SBAGLIA – oddio cazzocazzocazzo si resta sul 2-2 e hai un terremoto in testa ed è ovvio che adesso perderete anche se nessuno lo dice perché prima che ve ne rendiate conto Frank Lampard (il cui nome sarà dimenticato, grazie a Dio) è sul dischetto e – SEGNA – e si va sul 3-2 per il Chelsea e qualcuno già si avvia all'uscita e il tizio dietro di te dice *facesse così anche in nazionale, 'sto stronzo* e una risata nervosa si diffonde nel bar mentre il tempo passa e tocca a Owen Hargreaves (il cui nome sarà dimenticato) e «Palle d'acciaio» – SEGNA – ed è 3-3 e il prossimo è Ashley Cole (il cui nome sarà dimenticato) e – SEGNA – anche lui, 4-3, e tutto a un tratto è quasi finita e Cristo santo adesso tocca a Luís Nani (il cui nome sarà dimenticato), e tutto il bar si lamenta mentre si avvicina al dischetto (speri che non possa sentirvi da dove si trova), ma va bene perché Nani – SEGNA – però attenzione, è 4-4 e il bar si prepara all'inferno e a una lunga notte e a un viaggio di merda per tornare a casa e a mesi di lavoro per recuperare i soldi spesi per questa vergognosa SCONFITTA quando Mr Chelski in persona, quel bastardo di John Terry (il cui nome sarà dimenticato), sistema il pallone, e i russi della tv lo presentano e probabilmente stanno dicendo *ancora uno e sarà il re del mondo, signor Abramovič* o roba del genere, ma nemmeno loro potevano prevederlo perché anche se il portiere dello United Van der Sar (il cui nome sarà dimenticato) si tuffa dalla parte sbagliata Terry scivola e all'improvviso finisce per terra e – PRENDE IL PALO E SBAGLIA – AHAHAHAHAH e nel bar comincia la festa AHAHAHAHAH come se lo United avesse già vinto mentre Terry è rimasto a terra e vuole morire AHAHAHAHAH perché una cosa come quella può significare solo che il destino ha già preso la sua decisione, ma poi, tutti insieme, i tifosi del bar si ricordano che in realtà non è ancora finita e o la va o la spacca e il panico panico panico si diffonde mentre Anderson (il cui nome credo nessuno ricordi) va al dischetto per tirare il suo rigore, e sembra proprio un ragazzino brasiliano che ha bisogno di coccole e non è abbastanza grande per una cosa del genere e, pensi, è folle da cosa dipendano a volte vittoria e sconfitta e Anderson – SEGNA – con una botta di culo perché ha colpito il portiere e sembrava che rimbalzasse via e invece gli è come passata attraverso, e comunque è 5-4, questo è quello che conta, e c'è un sospiro di sollievo che dura finché un altro bambino, Salomon Kalou (il cui nome sarà dimenticato) arriva tutto solo dalla metà campo, sistema il pallone e – SEGNA – e questo significa che adesso è 5-5 e sembra che andrà avanti per sempre, non ricordi nulla di quanto è successo prima né riesci a immaginare una vita dopo ma poi la terra smette di girare ed ecco signore e signori si fa avanti Ryan Joseph Giggs (il cui nome sarà ricordato per sempre) – come facevi a non sapere che sarebbe successo? – e come se camminasse a mezz'aria va incontro al suo destino, e tutto intorno a lui si ferma e questo è il momento più sereno della tua vita perché sai che la tua anima e la sua sono una cosa sola, che tutto quello che è successo serviva ad arrivare a questo momento, ogni cosa, e ogni secondo e millisecondo degli ultimi vent'anni si fondono insieme sotto di te mentre l'urlo sale nello stadio e nel bar, mentre lui prende la rincorsa e naturalmente – SEGNA – e manda il pallone in un angolo della rete, 6-5, e se i sogni fossero desideri e i desideri si avverassero allora saresti seduto su una nuvola e Sir Matt ti accenderebbe un sigaro perché, certo, nessuno di questi ragazzi lo sa, ma è il rigore

DECISIVO e anche se adesso è Anelka che affronta il futuro e tutto intorno dicono *oh merda* e *andremo avanti tutta la notte?* e *ne batterà uno anche mia nonna* tu sai che questa, adesso, è la fine, e quando Anelka (il cui nome sarà dimenticato) – SBAGLIA – e Van der Sar para, e lo United è campione d'Europa e IL BAR IMPAZZISCE, tu non stai nemmeno guardando.

Ti avvicini al bancone.

Meglio giocare d'anticipo, giusto?

Giggsy Watch – LittleGiggsWilson dice: Ha battuto il record di presenze. Ha segnato l'ultimo rigore nella notte in cui vinciamo il trofeo più importante. Immortalità, sto arrivando.

Voto medio dei tifosi: 10/10

Mentre iniziavano i festeggiamenti e le riserve e i tecnici correvano sul campo e i giocatori del Chelsea crollavano a terra in ginocchio, Mike Wilson pensò che non sarebbe potuta andare meglio, per la squadra o per Ryan, il capitano, che non si era nemmeno *offerto* di battere quel rigore. Mike pensò a Terry, il suo amico dell'Old Trafford, e ai samurai.

«Dio HA SCELTO Giggsy» Mike disse a uno dei Dublin Reds, di cui aveva dimenticato il nome. «È perfetto così».

Lo era davvero. E come si può migliorare la perfezione? All'improvviso Mike Wilson seppe cosa voleva fare. Seppe cosa *doveva* fare. Pensò a quello che Guy diceva spesso: «L'amore non si spiega, Mikey». Beh, lui non aveva bisogno di spiegare niente a nessuno. Doveva soltanto agire.

Avanti avanti avanti attraverso la folla impazzita, i cori e gli insulti e il rumore, che ti ricorda la tua prima partita, anni fa, la prima volta all'Old Trafford con papà, da ragazzino, quando l'amore era ancora una faccenda semplice. Vai avanti tra le bottiglie di birra alzate e la folla in fermento, verso il centro di tutto. Lo troverai. Lo troverai. Non sai esattamente come fare, quando ci arrivi (anche se ci stai pensando mentre cammini), ma non puoi aspettare oltre. Non sarebbe mai finita. Non sarebbe mai finita. Se non facevi qualcosa, dicevi qualcosa, se non ti facevi avanti e cambiavi la storia come hai sempre saputo che potevi fare, non sarebbe mai finita. Allora continui a camminare. Tutto è chiaro, semplice, e questa chiarezza è un tale sollievo.

Riderete, ma quando ci penso, adesso, voglio dire quando ci penso DAVVERO, il ricordo di quegli istanti, mentre tornavo indietro per le strade di Mosca, mentre tornavo verso lo stadio quando tutti invece stavano uscendo: ero come sospeso a mezz'aria, come Ryan quando si era avvicinato al dischetto. Come aveva fatto quel giorno al bar, quando mi aveva stretto la mano e detto che era contento di rivedermi. Come un cocker spaniel che rincorre un pezzetto di carta stagnola portato dal vento. La gamba non mi faceva più male. Correvo e non sentivo niente. Sapevo cosa stavo per fare e mi sembrava giusto. E allora volavo attraverso la folla. Sì, volavo. O forse no. Forse la gamba mi faceva male da morire, e il dolore mi faceva girare la testa.

Mike Wilson rallentò fino a fermarsi, ansimando, quando arrivò allo stadio Lužniki. C'erano i furgoni dei media, e un mare di giornalisti che parlavano davanti alle telecamere in ogni spazio libero, usando parole come «epocale» e «storico», come se stesse crollando o nascendo un regime politico, mentre una voce, nell'auricolare, ricordava loro di comportarsi come se riuscissero appena a contenere il loro entusiasmo. Nel frattempo molti tifosi se n'erano andati, pronti a una lunga notte di felicità o tristezza nei bar e nei ristoranti della città. Solo i più accaniti sostenitori dello United avevano deciso di restare, sperando di intravedere i loro eroi mentre lasciavano lo stadio e tornavano in albergo. Le possibilità di attirare la loro attenzione erano scarse. Di sicuro i giocatori volevano scappare per festeggiare in pace tutti insieme, no? Alcuni tifosi, però, erano disposti ad aspettare. Vicino a Mike c'era un gruppo di bambini con i pennarelli, che speravano di farsi autografare i loro gadget dello United. Mezz'ora dopo avevano sempre la stessa espressione. Ansiosi ma pieni di speranza. Nervosi ma eccitati.

Alla fine comparvero i giocatori. Di nuovo in borghese, con il completo con lo stemma della squadra, ma più rilassati, uscivano in fila indiana dallo stadio, affiancati dagli uomini della sicurezza. Salirono, uno per uno, i due gradini e scomparvero nel pullman della squadra. *Rooney*. *Ronaldo*. *Tévez*. Qualcuno sorrideva. Qualcuno guardava. Alcuni giocatori sembravano ignorare la confusione che c'era intorno, come se non ci fosse nulla di particolare in quella serata, in quei fotografi, in quei tifosi che, in soggezione, guardavano i loro eroi. *Anderson*. *Van der Sar*. *Vidić*. Mike era pronto. Aggrappato alla transenna, difendeva la posizione in mezzo a due ragazzine. Aspettava il momento giusto.

Mike pensò a cosa stavano facendo sua madre e Derek in quel momento.

Ferdinand. *Hargreaves*. *Nani*. *Brown*.

Pensò a cosa stava facendo suo padre.

Scholes. *Carrick*. *Evra*.

Pensò a cosa stavano facendo Guy e Sally e Robbie e Millie.

Pensò a cosa stavano facendo Gemma e Colum e la piccola Alice.

Pensò a cosa stava facendo suo figlio.

Pensò a tutte quelle cose, e gli sembrarono reali.
Poi Mike lo vide.
Mike vide Ryan Giggs, e si tuffò in mezzo a due guardie.
Si lanciò in avanti, a braccia tese.
E strinse le mani attorno al collo di Ryan.

EX CALCIATORE IMPAZZITO AGGREDISCE RYAN GIGGS, EROE DI UNA DRAMMATICA FINALE EUROPEA

Timothy Davids

Era già stata una serata incredibile. Uno dei più grandi calciatori di sempre, Ryan Giggs, 34 anni, aveva segnato l'ultimo rigore per il Manchester United nella finale di Champions League, e sollevato il famoso trofeo per la seconda volta nella sua carriera. Giggs aveva programmato di festeggiare tutta la notte con amici e compagni di squadra – festeggiamenti che, di sicuro, perfino Sir Alex avrebbe approvato. *La serata, però, gli è quasi costata la vita.* Un uomo, ossessionato dal calciatore, lo aveva infatti seguito fino a Mosca con solo una cosa in mente: UCCIDERLO. Mike Wilson, che all'inizio degli anni Novanta aveva vissuto una breve esperienza come giocatore dello United (da non confondersi con un altro, più famoso Mike Wilson di qualche anno dopo), due giorni prima della partita si era assentato senza permesso dal suo posto di lavoro in un negozio di Manchester e aveva raggiunto la Russia per prepararsi a commettere il delitto. Il folle aveva programmato di guardare la partita prima di compiere la sua impresa criminosa, ma le prime indagini lasciano intendere che avesse comprato un biglietto falso e fosse stato allontanato dallo stadio. Ieri sera, la televisione russa aveva parlato di una zuffa tra il personale della sicurezza e un uomo che corrisponde alla descrizione di Wilson, un'ora prima del calcio d'inizio.

Dopo la partita Wilson, ex attaccante di 32 anni, si è diretto verso l'uscita riservata ai giocatori, dove gli eroi dello United si erano fermati a firmare autografi per i tifosi prima di salire sull'autobus della squadra. Wilson si è finto un cacciatore di autografi, e quando Giggs ha allungato una mano per firmare il suo biglietto si è lanciato contro di lui come se volesse strangolarlo. Per fortuna gli uomini della sicurezza russa sono intervenuti appena in tempo, salvandogli la vita. Su Facebook è già stato creato un gruppo in onore degli uomini che hanno salvato la vita all'eroe dello United, e oltre 30.000 persone hanno già aderito. Un commento lasciato sulla pagina del gruppo dice: «Mosca, ti saremo grati x sempre». Un altro dice: «Chiunque voi siate, grazie x aver salvato Ryan. Proprio come Monaco, non vi dimenticheremo mai!». I colleghi descrivono Wilson come «un solitario» e dicono che era «ossessionato» da Giggs, che incolpava per i suoi sedici anni di sfortuna. Per quanto riguarda l'aggressione, i testimoni hanno fornito versioni diverse. Uno di loro, quando gli è stato domandato se Wilson avesse accennato in qualche modo alle proprie intenzioni, o detto qualcosa a Giggs prima o dopo il suo gesto, ha dichiarato di averlo sentito gridare «ti voglio bene, ma ora è il momento di morire!». Un altro tifoso sostiene che Wilson è rimasto in silenzio. Un altro ancora lo ha sentito gridare, prima di lanciarsi, «voglio la testa di Ryan Giggs!». La vittima non ha ancora voluto commentare l'incredibile incidente, anche se uno dei suoi portavoce ha rilasciato questa dichiarazione: «Ryan desidera cogliere l'occasione per ringraziare i tifosi di tutto il mondo per il loro immenso sostegno in questo momento difficile. Desidera inoltre chiarire che augura ogni bene a Mike Wilson, e chiede a chiunque voglia dare un contributo di fare una donazione agli enti di beneficenza per la salute mentale elencati sul sito web di Ryan».

Servizio completo alle pp 4, 5 e 7. Approfondimenti: «Rialzati, Sir Giggs!», p. 13. Editoriale: «C'è chi alza la coppa, chi la bottiglia», p. 34.

«Nel calcio finisce male per tutti.
L'unica differenza è quanto tempo impiega
ciascuno di noi ad arrivare alla fine.
E se, quando ci arriva, riesce a trasformarla
in un nuovo inizio».

Dalla dichiarazione di Mike Wilson
dopo il suo arresto a Mosca nel maggio 2008.

Carriera di Ryan Giggs

NOME: Ryan Joseph Giggs (prima conosciuto come Ryan Joseph Wilson).
DATA DI NASCITA: 29 novembre 1973.
LUOGO DI NASCITA: Canton, Cardiff, Galles.
ALTEZZA: 1,80 m.

RUOLO: ala sinistra, centravanti, ala destra, nelle fasi successive della carriera, a volte, centrocampista. Se necessario, ha anche giocato in difesa, come terzino sinistro.

EROI: Sebastian Coe, Mark Hughes, Michael Johnson, Diego Maradona, Bryan Robson.

HOBBY: vedere un film sull'impianto di casa, guidare le auto custodite nei suoi quattro garage, bere un drink ogni tanto al bar dell'hotel Bridgewater, andare alle partite del Salford Rugby Club, passare il tempo con la famiglia.

CARRIERA PROFESSIONALE: Manchester City 1985-87 (giovanili), Manchester United 1987-oggi.

PALMARÈS:

Campionato inglese (13): 1992-93, 1993-94, 1995-96, 1996-97, 1998-99, 1999-2000, 2000-01, 2002-03, 2006-07, 2007-08, 2008-09, 2010-11, 2012-13
Fa Cup (4): 1993-94, 1995-96, 1998-99, 2003-04
Coppa di Lega (4): 1991-92, 2005-06, 2008-09, 2009-10
Fa Community Shield (10): 1993, 1994, 1996, 1997, 2003, 2007, 2008, 2010, 2011, 2013
Uefa Champions League (2): 1998-99, 2007-08
Coppa delle Coppe (1): 1991
Supercoppa Uefa (1): 1991
Coppa Intercontinentale (1): 1999
Coppa del Mondo Fifa per club (1): 2008.

SUCCESSI INDIVIDUALI:

Giovane calciatore dell'anno della Pfa (2): 1992, 1993
Calciatore dell'anno della Pfa (1): 2009
Calciatore del mese della Fa Premier League (3): settembre 1993, agosto 2006, febbraio 2007
Squadra dell'anno della Pfa (8): 1993, 1994, 1995, 1996, 1998, 2001, 2007, 2009
Squadra del secolo della Pfa (1): 2007.

RECORD:

Giocatore più decorato nella storia del calcio britannico
Unico giocatore ad aver partecipato a tutte e 22 le edizioni della Premier League
Unico calciatore ad aver segnato almeno un gol in 21 stagioni di Premier League
Giocatore con più presenze in Premier League, tutte con il Manchester United
Giocatore ad aver vinto più trofei con il Manchester United

Calciatore ad aver vinto più trofei in Premier League
Calciatore del Manchester United ad aver giocato più partite di Champions League
Unico giocatore ad aver segnato in 17 edizioni differenti della Champions League
Calciatore del Manchester United ad aver giocato più partite in Europa
Calciatore ad aver giocato più partite con il Manchester United
Calciatore ad aver vinto più campionati con il Manchester United
Calciatore ad aver disputato più stagioni con il Manchester United
Calciatore con più presenze in Champions League.

ORDINI E PREMI SPECIALI:
Rappresentante Unicef dal 2006
English Football Hall of Fame, 2005
Obe per i servizi resi al calcio, 2007
Laurea ad honorem, Salford University, 2008, per i servizi resi al calcio e per le opere di beneficenza nei paesi in via di sviluppo
Citato nell'episodio dei *Simpsons* «I monologhi della Regina», ambientato in Inghilterra
Personalità sportiva dell'anno per la Bbc, 2009, all'età di trentasei anni. Giggs ricevette 151.842 voti, battendo il favorito, il campione di Formula 1 Jenson Button, di 55.000 voti
Cittadinanza onoraria della città di Salford, gennaio 2010, concessa in precedenza a sole tre persone: Nelson Mandela, l'artista L.S. Lowry (nato a Stretford) e David Lloyd George, primo ministro britannico 1916-22. Giggs ha detto: «La cittadinanza onoraria di Salford, la mia città di adozione, è uno dei più grandi onori che mi siano mai stati concessi».

Statistiche aggiornate al 21 febbraio 2014.

Carriera di Mike «Little Giggs» Wilson

NOME: Michael Jonathan Wilson.
DATA DI NASCITA: 25 maggio 1975.
LUOGO DI NASCITA: Hope Hospital, Manchester (ora Salford Royal).
ALTEZZA: 1,82 m.

RUOLO: centravanti.

EROI: Sir Matt Busby, Sir Bobby Charlton, Sir Alex Ferguson, Ryan Giggs.

HOBBY: leggere autobiografie di personaggi dello sport e libri ispirati a fatti di cronaca nera, giocare a Football Manager.

CARRIERA PROFESSIONALE: Manchester United 1991-93, Plymouth Argyle (in prestito) 1993-94, Salford City Fc, occasionalmente (1994-99), varie squadre locali di non professionisti, occasionalmente (2000-08).

PALMARÈS: l'unico trofeo è una medaglia avuta come giocatore non titolare nella famosa squadra che vinse la Fa Youth Cup nel 1992, per quanto Wilson avesse ottenuto ottimi risultati, sebbene per un breve periodo, negli allenamenti. Dopo aver giocato per un po' nella squadra della scuola di calcio, ha collezionato 37 presenze nella seconda squadra dello United, segnando 20 gol, un ottimo risultato, all'epoca. Situazione disciplinare impeccabile – nessun cartellino giallo o rosso con la seconda squadra. Unica presenza in prima squadra, United-Oldham Athletic, 21 novembre 1992, per appena 133 secondi prima di un contrasto con Danny Tredwell, promettente giovane difensore, che avrebbe segnato la fine delle carriere di entrambi.

SUCCESSI INDIVIDUALI: nessuno.

RECUPERO E FINE ATTIVITÀ: dopo essersi rotto la gamba sinistra nel 1992 ha impiegato sei mesi per recuperare, ed è tornato a giocare con la seconda squadra dello United. Ceduto in prestito per una stagione al Plymouth Argyle nel 1993. Non ha ben figurato in seconda squadra, è rimasto varie volte a disposizione della prima, senza mai giocare, e si è rotto di nuovo la gamba in allenamento. Dopo qualche mese di riabilitazione è tornato a Manchester in anticipo dopo aver abbandonato la panchina durante una partita. Il contratto con il Manchester United è stato rescisso nel 1994, e Wilson si è ritirato dal calcio professionistico poco tempo dopo. Nel 1996 si è rotto la gamba per la terza volta.

SITUAZIONE FAMILIARE: il padre, cattolico irlandese, è rimasto perlopiù assente dal 1992, anche se una volta ha guardato Mike giocare per il Plymouth Argyle, in incognito, ed è tornato a Manchester il giorno dell'arresto del figlio. È tuttora proprietario di una casa in Algarve, Portogallo, presso un villaggio turistico nei dintorni di Faro, dove per un po' ha abitato. La madre, anche lei cattolica osservante, viene da una famiglia che per tre generazioni ha lavorato nell'industria tessile ed elettromeccanica, nel nord dell'Inghilterra. Si è risposata e realizza gioielli che poi vende online.

CARRIERA DOPO IL RITIRO DALL'ATTIVITÀ AGONISTICA: dopo aver trascorso diversi anni a combattere l'alcolismo e la dipendenza dal gioco d'azzardo, Wilson ha ricominciato a studiare nel 2000, frequentando corsi di Psicologia dello sport allo Stockport College, poi ha tentato di ottenere il brevetto di allenatore di calcio nel 2002. Ha abbandonato i corsi a metà strada, pur avendo dimostrato una buona attitudine per entrambe le materie. Dopo aver trascorso un altro anno vivendo del sussidio di disoccupazione, ha collezionato una serie di umili lavori d'ufficio, mai durati per più di un paio di settimane, prima delle dimissioni o del licenziamento. Questo schema si è protratto fino al 2006, quando ha trovato lavoro presso Sportswear Direction, dove seguiva un corso per diventare caposquadra. Ha mantenuto l'impiego fino al 2008.

FEDINA PENALE: alcune occasionali infrazioni e reati minori commessi da adolescente, soprattutto furti. È più probabile che sia ricordato, tuttavia, ed eventualmente, per una fallita aggressione a Ryan Giggs, la leggenda dello United, dopo la finale di Champions League del 2008. Preso in custodia dalla polizia, Wilson è stato consegnato alle autorità del Regno Unito dopo una serie di colloqui tra funzionari russi e britannici. Wilson è attualmente detenuto nella prigione di Strangeways, a Manchester.

Ringraziamenti

Vorrei ringraziare la mia agente, Jenny Brown, che mi ha sostenuto fin dall'inizio. Il mio editor, Luke Brown, e Alan Mahar, Emma Hargrave, Melissa Rudd e Rikhi Ubhi, per aver reso possibile questo libro. Creative Scotland, la cui generosa borsa di studio è stata fondamentale durante tutta la fase di scrittura. La University of Strathclyde, dove ho scritto la maggior parte del romanzo come Keith Wright Creative Writing Fellow, 2008-10. Cove Park, dove l'ho finito, nel 2011. Alan Bissett, Mark Buckland, AJC, Tim Glass, Kirstin Innes, Anneliese Mackintosh, Paul Martin e Adrian Searle, per avermi aiutato con i dettagli.

Un romanzo è uno sforzo collettivo.

Collana Attese

01. William Patrick Kinsella, *Shoeless Joe*
02. Thomas Brussig, *Litania di un arbitro*
03. Michael Shaara, *La partita perfetta*
04. Thomas Brussig, *Fino a diventare uomini*
05. James S. Hirsch, *Hurricane. Il miracoloso viaggio di Rubin Carter*
06. J.J. Armas Marcelo, *Il sogno del calciatore adolescente*
07. David Storey, *Il campione*
08. Scott Simon, *Il mio nome è Jackie Robinson*
09. Giovanni Orelli, *Il sogno di Walacek*
10. Ivan Polidoro, *Le coincidenze*
11. Sherwood Kiraly, *Pesci poeti e cari ricordi*
12. Dario De Marco, *Non siamo mai abbastanza*
13. Budd Schulberg, *Il colosso d'argilla*
14. George Plimpton, *Il curioso caso di Sidd Finch*
15. Charley Rosen, *Gli All-Star di Mosè*
16. Jim Shepard, *Non c'è ritorno*
17. John Graham Davies, *Ho battuto Berlusconi!*
18. Benjamin Markovits, *Un gioco da grandi*
19. Peter Abrahams, *The fan*
20. Anthony Cartwright, *Heartland*
21. Peter Gent, *I mastini di Dallas*
22. Alban Lefranc, *Il ring invisibile*
23. Rodge Glass, *Voglio la testa di Ryan Giggs*

66THAND2ND

via Marcello Malpighi, 12 A
00161 Roma
www.66thand2nd.com

direttore editoriale
Leonardo G. Luccone

editor
Giuliano Boraso

caporedattore
Maria Eleonora Cucurnia

redattori
Michele Martino
Michela Bennici

responsabile della comunicazione
Francesca Ciarcianelli

ufficio stampa
Marco Scognamiglio

art director
Silvana Amato

finito di stampare a Roma nel marzo 2014
dalla tipografia Futura Grafica srl
su carta Fedrigoni Old Mill in copertina
e Burgo Musa nell'interno
entrambe queste carte hanno la certificazione Fsc